京極為兼自筆書状（本文164ページ参照）

『玉葉集』撰進をめぐる「延慶両卿訴陳」に関わり，延慶３年４月20日に興福寺の僧・覚円（西園寺実兼の子）に宛てて認めた書状である．相論の過程で，係争点の１つとなった「新後撰」への題号変更について，対抗する二条為世の主張に対して，覚円が後宇多院の証言を得て弁護してくれたことへの感謝の意を伝えている．本書状は推敲の跡があって草稿と思われるが，数少ない為兼の自筆書状として貴重である．

『伊達本古今集』（奥書）

はじめに

京極為兼と出会ったのは、中学生（旧制）の一九四二、三年頃、次田潤『日本文学通史』（一九三七年初版）においてであった。「通史」であるのに、『玉葉集』『風雅集』の記述はかなり詳しく、為兼・伏見院・為子・花園院・光厳院・永福門院の秀歌が数首ずつ掲げられ、その清新さが手際よく解説されていた。和歌・俳諧に関心があったので、はっきり印象に残った。そして戦後、谷宏氏の新しい見方に興味を抱いたが、卒業論文作製の折（一九五二年提出）に、京極派を庇護していた持明院統が、何故二条派支持に転換したか、という疑問にとりつかれ、その後、鎌倉中期以後の中世和歌史―歌壇史の調査にのめり込んだのであった。

私は、学部と大学院と、二年間、土岐善麿先生の上代文学の受講生であった。教職についた後も時間があると先生の講義を聴講させていただいたが、ある時（一九六〇年前後であったと思う）、先生は、旧著『京極為兼』には満足できないところがある、と洩らされて、中世和歌を専攻する若い人たち数人で、為兼や京極派和歌を語る会のようなものを拙宅で行いたいがどうか、という御意向を示されたので、喜んで五、六人が参上することとなった。橋本不美男・藤平春男・福田秀一・篠弘の諸氏、そして私などがそのメンバーであった。資料の紹介や研究情報の交換が主で、実に楽しい会が数回続いた。先生は七十代半ばであったが、為兼への変わらぬ強い関心による発言はお元気そのものであった。為兼の新しい二著を刊行されたのはその少し後である。

時は移って七年程前のことである。為兼をまとめないか、というお話を日本歴史学会からいただいて、今までの為兼との関わりを思い、誠に光栄と感じて準備を始めた。中世和歌の研究者として決して為兼周辺への目配りを怠っているつもりはなかったが、為兼にあらためて近づけば近づくほど、最近の歴史史料の新しい発見、和歌研究の進展には目を見はるものがあり、とりわけ古筆研究の分野では、京極派関係の大事な史料が次々に見出されてきていた。

このことを遅延の理由にするのでは決してないが、何とか最近の為兼関係の重要資料と研究の蓄積だけは洩らすまいと心がけながら稿を進めると、やはり昔の国文出身者としての私には、記録・文書への理解が弱く、途方にくれること多く、恥かしさにひそかに身を震わせることが頻りであった。学会には、和歌の面を中心に書きたいのですが、などと希望を申していながら、書き継いで行くうちに、とても和歌の面だけに局限することの出来る人物ではない、ということを痛感させられた。悪戦苦闘の結果の本書は、おそらく国文の方から見ても、歴史の方から見ても、きわめて不充分なものであろう。大方の御叱正を仰ぎたいと思うこと切なるものがある。

以下は凡例的なことである。史料に即して記述するようにしたが、出典名については、誤解のない限り、例えば『新後撰和歌集』の「和歌」の字を省いたり、『花園院宸記』を『花園院記』のように略記した。またしばしば引用する参考文献は、出版社・所載誌の名、刊年などの記載は「参考文献」に譲った。なお和歌は主として『新編国歌大観』に依ったが、読み易いように適宜表記を改め、また歌番号を付した。記録・文書・奥書等の漢文体は原則として書き下したが、そのルビ・送り仮名は現代仮名づかいに依った（原文のままの場合は適宜返点送り仮名を付した。また和歌・和文は歴史的仮名づかいのままである）。

全体を通して、岩佐美代子・小原幹雄・福田秀一諸氏の論著に負うところが多く、とりわけ岩佐氏からは終始激励を賜わった。小川剛生氏からは実に多くの貴重な史料の教示を得、同時にその読解や意義などにも懇切な助言を与えられた。またここにはお名前を挙げきれないほどに多くの方々から学恩を受けた（文中または「参考文献」欄に掲出させていただいた）。以上、深く謝意を表する次第である。

二〇〇六年三月一日

井上宗雄

目　次

口絵

挿図

系図

挿　表

序　和歌の家

一　家系

和歌の家

為兼は藤原為教の子である。その為教の父為家から定家→俊成へ溯っていくと、文学史的に、とりわけ和歌史的に重要な家系であることが認識されるであろう。さらに溯ると、有名な、摂政道長（いわゆる御堂関白）に至る。道長と妻明子との間に生れた長家がこの家系の祖ということになる。

御子左の名と家系

平安時代中期、醍醐天皇の皇子、前中書王兼明親王はいったん源氏となって臣籍に降り、累進して左大臣に至ったが、貞元二年（九七七）藤原兼通の画策によって親王に復せられた。その三条邸は「御子左家」などと呼ばれていた（『帥記』治暦四年〈一〇六八〉十二月二十八日の条）。『栄花物語』には「御子左殿」とある。御子にして左大臣であった兼明親王の邸であったからである。その邸を寛徳元年（一〇四四）前後に長家が伝領し、詩会などを催すこともあった。この邸はその子孫には伝わらなかったが、そのゆかりで鎌倉時代末期以後、為家の長子為氏の子孫が、嫡流たるの権威において御子左家を称している。なお和歌史研究の場合、和歌の家六条家などとの対比などにおいて、俊成・定家の系統を総称して御子左家ということがある。

勅撰集作者を輩出

さて、長家・忠家・俊忠と続くこの家系の人々は、大納言・中納言まで昇進したが、いずれも勅撰集の作者となった数寄の人々であり、とりわけ長家・俊忠は歌人として注意すべき存在であったといってよい。

藤原俊成

俊忠の子俊成において、数寄の歌人から、専門歌人への飛躍があった。俊成は十歳にして父を喪い、姉の婚家先の葉室顕頼に養われて顕広と名乗ったが、仁安二年（一一六七）本流に復して俊成と改めた。これは諸大夫の家に属する葉室家からの脱出と見られる。が、正三位皇太后宮大夫に止まり、安元二年（一一七六）病により出家する。

『千載集』

俊成は政界の表面に出ることはなかったが、後白河院の命によって文治四年（一一八八）『千載集』を撰進する。従来の理知的趣向を重んじた歌壇の傾向に対して、古典的叙情の回復、韻律の重視、余情豊かな歌風を志向し、新しい和歌を形成していった。

世の中よ道こそなけれ思ひ入る山の奥にも鹿ぞ鳴くなる　（『千載集』）

『新古今集』

俊成の子定家を中心とする、いわゆる『新古今集』の歌人群は、俊成の優美静寂な歌境をさらに進めて、古典の世界をふまえた浪漫的・幻想的にして華麗な歌境の創立を庶幾して、若き後鳥羽院の絶大な支持のもと、元久二年（一二〇五）『新古今集』を成立せしめた。

藤原定家

定家は摂家九条家に若い頃から参候し、兼実、とりわけその子良経の知遇をえた。またその妻は西園寺実宗女、公経の姉である。承久の乱の直前に、和歌の事から定家は後鳥羽院と衝突して勅勘を受けたが、乱後、親幕派の九条・西園寺家の後ろ楯などによって正二位権中納言に昇り、歌壇の指導者となり、貞永元年（一二三二）後堀河院から『新勅撰集』撰進の命を受け、文暦二年（一二三五）独撰した。

『新勅撰集』

定家は晩年に至っても芸術的な作風を維持したが、老齢化や歌壇の沈静化などの風潮によって新古今時代の華麗さは薄れ、『新勅撰集』では古典的な、静かな歌風へと移った、とされている。次は晩年の自信作である。

来ぬ人をまつほの浦の夕なぎにやくや藻塩の身もこがれつつ　（『新勅撰集』）

『万葉集』に詠まれた、淡路島松帆の浦に住むおとめに身をなしての恋歌である。

藤原為家

定家の子為家は、西園寺家の勢威を背景に、官途は順調で、父を超えて権大納言に至った。その和歌は、定家晩年の風に学び、練達の趣があって巧みではあるが、若き日の父のような前衛的な傾向はなく、作歌に当たっては、その歌論書『詠歌一体』(『八雲口伝』ともいう)にいうように「稽古」を重視した。これは武家を中心とする作歌人口の増大に対応する面もあり、時代的な要請をふまえていると見られ、後に大きな影響を与えるのである。一首を挙げておこう。

音たてて今はた吹きぬわが宿の荻のうは葉の秋のはつ風 (『新勅撰集』秋上・一九八)

俊成・定家・為家三代の和歌はそれぞれ特色を持ち、歴史的意義は大きい。以上、現在まで多くの研究が蓄積されているので、要点のみを記すに止めた。

『詠歌一体』

二 祖父為家の妻室・諸子

祖父為家の妻子

為兼の父為教は為家の三男として生れた。はじめにその母を含む為家の妻室と主な子女(為教の同胞)について述べておこう。

宇都宮頼綱女

正室は、下野の豪族宇都宮頼綱女で、その母は北条時政女(母は時政後妻牧の方)である。佐藤恒雄氏により、正治二年(一二〇〇)生れと推定されている。頼綱は謀反の嫌疑で元久二年八月下野で出家（法名蓮生）、のち京に上ったので、頼綱女は幼少時から京で育ったらしい（佐藤「為家室頼綱女とその周辺〈続〉」）。為家との結婚は承久三年（一二二一）であるが、おそらく承久の乱の直後頃であろう。

為氏

翌貞応元年（六月以前）長子為氏をもうける。この為氏については後にしばしば言及する。

僧源承

次子は俗名為定。『明月記』嘉禄元年（一二二五）十一月二日以下の記事から、元仁元年（一二二四）生れと推定され、父母にあまり愛されず、嘉禎元年（一二三五）頃、出家、法名源承、のち法眼に昇った。和歌の道においては為家・為氏に忠実で、永仁頃（一二九〇年代後半頃）『源承和歌口伝』を著した。嘉元元年（一三〇三）には八十歳ほどで生存していたことが確認しうる。なお石田吉貞「法眼源承論」、福田秀一『中世和歌史の研究』、佐藤恒雄前掲論文、『源承和歌口伝注解』を参照されたい。

藤原為家像（冷泉家時雨亭文庫所蔵）

為教

頼綱女との間の三男が為兼の父為教である。これも上記石田論文に周到な考察がある。すなわち『明月記』安貞元年（一二二七）閏三月二十日にみえる、為家の冷泉邸で出生した男子が為教と推定される（『公卿補任』『尊卑分脈』の弘安二年〈一二七九〉五十四歳没とある享年は非）。なお『公卿補任』の正元元年（一二五九）尻付に「二男」とあるのは、僧となった源承を除いて数えているからである。

大納言典侍為子

『明月記』天福元年（一二三三）九月十三日に、為家室の女児誕生の記事があり、これが後の後嵯峨院大納言典侍（為子）である。九条左大臣道良と結婚して一女をもうけたが、弘長三年（一二六三）秋に没した。三十一歳。為家の哀傷歌集『秋思歌』がある（冷泉家時雨亭叢書『為家詠草集』所収）。その伝は岩佐美代子『京極派歌人の研究』に詳しく、また『秋思歌』によって七月十三日没が明らかになった（佐藤恒雄解題）。

僧慶融

次に、僧となった為家の子に慶融がいる。歌人としては相当に著名である。嘉禎・仁治頃（一二四〇年前後）の出生で、嘉元元年には生存していた。母に関する記述は管見に入らないが（井上「歌僧慶融について」『平安朝文学研究』復刊一一号、二〇〇三年）、佐藤氏は頼綱女の四男（末子）と推測している。

為顕

慶融よりほんの少し遅れて寛元初め頃（一二四〇年代前半）に為顕が生れた。母は為家の側室で、佐藤氏は『尊卑分脈』の記載をもとに、藤原家信女と推測している（「藤原為家息為顕の母藤原家信女について」)。為顕は関東に新天地を求め、出家して明覚と称し、鎌倉に庵室を設けて武士たちを招いて歌会を催し、『竹園抄』などの歌学書を著し、歌人としてユニークな歩みを示した。永仁三年(一二九五)の生存が確認される(『夫木抄』六〇五七。なお井上『中世歌壇史の研究　南北朝期』参照)。

後妻阿仏尼

安嘉門院(後高倉院皇女)に仕えていた女房四条は平度繁女(養女といわれているが、田渕句美子『阿仏尼とその時代』によると養女とは断定し難いという。度繁は中級の武官貴族)は、若い頃の失恋の日記『うたたね』がある(田渕論文によると、相当に虚構を交えているという)。建長五年頃、

為相と為守

為家の秘書のような存在となり、やがて恋愛関係に発展し、弘長三年為相を、文永二年(一二六五)為守をもうけた。為家は文永四年三月二日以前に頼綱女と離婚しており(『民経記』。前掲佐藤論文参照)、文応元年(一二六〇)秋頃から文永十年秋頃まで嵯峨の中院邸に住んでいた。文永五年十一月融覚(為家)譲状に「阿仏御房」とみえ、既に剃髪していた(以下、阿仏尼で通す)。ちなみに、以上により阿仏尼は為家の側室ではなく、正室・後妻とみるべきである。

覚尊

このほか、猶子と思われる僧となった子、また女子がいたようだが省略する。また、もう一人、系譜類にはみえぬ覚尊という子がいたらしい。なお、時雨亭文庫の貞応二年

本『古今集』を文永四年に為家の右筆として覚尊が写しているが、その筆跡が慶融と酷似し、両者同一人物ではないかと思える程であるという（佐々木孝浩「ツレの多い古筆切―慶融筆拾遺集切をめぐって―」『古筆への誘い』三弥井書店、二〇〇五年）。注目すべき指摘で、今後の検討が望まれる。

以上、為兼の縁辺の人々については後にも適宜触れることとする。

三 父為教とその周辺

為兼は父為教の生き方を原点にしたふしがあり、父については少し詳しく述べておきたい。為教は安貞元年閏三月二十日に生れた。父は三十歳、母頼綱女は二十八歳、祖父定家は六十六歳であった。

嘉禎元年十二月二十九日元服（『明月記』）、まもなく叙爵か。暦仁元年（一二三八）四月二十日除目で左兵衛佐（『経俊卿記』）、仁治三年正月五日従四位下（『民経記』）。すぐあと四条天皇の急逝があり、後嵯峨天皇の践祚、三月七日任右少将（翌日転左少将。『平戸記』）、このの ち公事勤務に名がしばしば見えるようになるが、しばらく眼を京政界の動向に転じてみよう。

京都の政界

承久の乱後、幕府は茂仁王を天皇として擁立し（後堀河天皇）、その父守貞親王（高倉院第二皇子）に太上天皇の尊号を贈り、院政を開始せしめた（後高倉院）。院は貞応二年（一二二三）他界、天皇の親政となったが、貞永元年皇子秀仁（四条天皇）に譲位して院政を開始した。が、文暦元年八月に二十三歳で病没した。

九条・西園寺家の支持

後堀河・四条両帝の時代に、廟堂の主流となったのは九条・西園寺の両家である。九条道家は将軍藤原頼経の父であり、その女竴子を後堀河の中宮に納れ、関白・摂政として権勢を振った。道家室綸子は西園寺公経女。公経の乱後の勢威は大きく、九条・西園寺の両家が提携して京政界に重きをなした。定家・為家父子に官途がひらけ、歌壇の指導者たる地位を獲得した背後には、この両家の大きな支持があったからにほかならない。

仁治三年（一二四二）正月、十二歳の四条天皇は急逝した。あどけない帝が、「近習の人、女房などを倒して笑はせ給はんとて、弘御所に滑石の粉を板敷に塗」っておいたのを自分で顚倒してしまったのが原因だったという（『五代帝王物語』）。このとき、土御門皇子の邦仁王と順徳皇子忠成王が新帝候補であったが、執権北条泰時は、順徳皇子を斥け

西園寺家の繁栄

後嵯峨院像
（宮内庁三の丸尚蔵館所蔵『天子摂関御影』より）

て、承久の乱で中立的立場にあった土御門院皇子邦仁を推し、かくして践祚したのが後嵯峨天皇である。

忠成王の践祚を期待していた道家は、この後紆余曲折の政治状況により失脚、一方公経は孫女姞子（実氏女）を仁治三年女御（次いで中宮）に納れて顕栄をきわめ、寛元二年（一二四四）に没したが、その権勢は息実氏に引き継がれた。実氏と為家とは従兄弟同士で、きわめて親しかった。

後嵯峨院時代

天皇は在位四年、寛元四年皇子久仁に譲位して院政を開始する。久仁はすなわち後深草天皇である（母は姞子）。外祖父実氏はこの年太政大臣となり、また関東申次として、京都政界における権威はさらに上った。なお正元元年、後深草は同母弟恒仁親王に譲位（亀山天皇）、後嵯峨院政はその没する文永九年まで継続する。践祚以来、天皇・上皇として三十年にわたる治世は、いわゆる後嵯峨院時代として、鎌倉時代の中で最も華やかな一時期を現出した。和歌に関わることは後に述べるが、『十訓抄』『古今著聞集』『弁内侍日記』ほか多くの物語・日記、また法語の類の成立があり、文芸・文化の華麗なる創出期であった。

廷臣としての勤め

為教は少将に任ぜられた仁治三年以後、その名は『葉黄記』『経俊卿記』ほかの記録類に見えるようになり、建長三年（一二五一）には中将に昇り、宮中行事、行幸・御幸に参仕し、廷臣としての勤めを果たしている。建長の初めには宮中の鞠の会に参じているところを見ると（『弁内侍日記』）、父為家が巧みであった鞠が家芸化しつつあって、父・兄為氏とともに鞠にも堪能であったようだ。

河合社歌合

寛元元年十一月十七日、為家が判者となって河合社歌合が行われた。定家の没後はじめて歌壇的な広がりを持つ歌合で、為家一族、信実一族、六条藤家流九条家の人々および真観（葉室光俊）が作者となった。十七歳の為教も参加したが、「夜を寒み氷るをざさの霜の上に影さやかなる冬の月かな」（四番左〈持〉）の判詞に「下の句よろしく見え侍るを、氷るをざさと侍る、つづきても聞えずや」と表現の未熟さが指摘されている。

春日若宮歌合

寛元四年十二月春日若宮歌合が蓮性（九条知家）・真観の主導によって行われた。ここに為家の指導権に対抗するグループ、いわゆる反御子左派が出現し、こののち文永三年頃までの二十年にわたってかなり活発な動きを見せ、歌壇も賑わいを見せる。為教はもちろん為家の庇護下にあり、宝治元年（一二四七）院歌合の作者となっている。四勝四負二持という、まずまずの成績を収めた。

『続後撰集』に入集

建長三年十二月成立の『続後撰和歌集』（為家撰）には二首入集。兄為氏が六首であるから、初入集として妥当なところであろう。なお反御子左派の私撰集が、宝治・建長期に撰ばれているが、為教歌も、『万代和歌集』（三首）、『秋風抄』（二首）、『現存和歌六帖』（二首）、『秋風和歌集』（二首）などに、入集している。

吉田泉殿での逸話

頓阿の『井蛙抄』（巻六）に、後嵯峨院の時、吉田の泉（吉田泉殿）で連歌があり、為家も祗候したが、滝の響きがひどく、「連歌も染まざりけるに、為教少将、山より柴を折りて滝の落つる所にふさぎて侍りければ、水の音も聞えずなりにけり。其の後、御連歌しみて侍りける由、弁内侍日記に書きて侍り」ということであった。すなわち、滝の音で連歌どころではなかったので、為教が滝の落ちるところを柴でふさいだという逸話の記述である（ただこの話は現存の『弁内侍日記』には見えない）。

吉田泉殿（現左京区）は西園寺公経の建てた別邸で、院の御幸がしばしばあった。右の記事の年時は明確でないが（『歌論歌学集成』第十巻補注参照）、若い宝治・建長頃のことではあるまいか。気働きは一応あったようである。また為教自身も連歌の人数に入っていた可能性もあろう。ちなみに、為教は連歌撰集の『菟玖波集』に五句、為氏は二十五句入集している。

為教の連歌

頓阿の『井蛙抄』に、連歌に関わりのある話が載るので、全文を掲げておこう。

> 故宗匠（為世）云、民部卿入道（為家）、為教を車の尻に乗せて、嵯峨より冷泉宿所へ出でられけるに、為教卿、兄（為氏）の悪しざまなる事ども申されけり。禅門ともかくも返事もなくて、道に肥えとり車のあるを見て、
>
> 　やせ牛にこえ車をぞかけてける
>
> と連歌をせられけるを、為教、よりすぢり案じけれども、つひにつけざりけり。冷泉にて車より降りらるるとて、「つひにえつけぬな。兄の殿ならば付けてまし」と申されけり。

為氏・為教兄弟の不和

為教の兄への悪口に対して、為家が直ちに連歌を仕掛けたのだから、悪口の内容は為氏の和歌・連歌についてで、おそらく兄弟の間に、この道に対する意見のくい違いがあったのであろう。しかし連歌さえ付けられない為教に、兄の悪口をいう資格はない、と為家が間接的にたしなめたのではないだろうか。これは為氏の子為世の語りなので、為

教のマイナス面の記述だが、頓阿は為世門ながらその記すところは正確といわれており、また話の具体性から全くなかったことではあるまい。いつのことか分からないが、若い頃のような感があり、兄弟不和の原因を示唆する大事な挿話である。

さて、ここで次の連歌の記事を媒体として話を進めよう。

建長四年九月常盤井太政大臣有馬の温泉にて連歌しけるに

こよひもまたやいねがてにせん

頼めてもとひ来ぬ人の偽りに　　前右兵衛督為教

（『菟玖波集』巻十）

西園寺実氏に近侍

為教が西園寺実氏の供をして有馬温泉に赴き、連歌を詠んだ、というものだが、為教は六年七月には実氏室准后貞子の職事となっており、九月十三日に実氏が南山（高野山）に赴いた折には、「左中将為教相伴、其外然るべき人なしと云々」（『経俊卿記』）とあるように、実氏に近侍したことを語る史料は多い。勅撰集撰者の故実を為家が記した秘書を、「為教卿、常盤井相国に随逐之間見及ぶか」と『井蛙抄』（巻六）にあるように、実氏には家礼同様の存在で「随逐」していたのである。

三善氏

為教の室すなわち為兼の母は三善雅衡女である（『公卿補任』『尊卑分脈』）。三善氏については、龍粛『鎌倉時代　下』、辻彦三郎「後伏見上皇院政謙退申出の波紋」に詳しく、それらをふまえて略述すると、雅衡の父長衡は算博士。西園寺公経の家司別当として活躍し、承久の乱の折には公経を助けて幕府と連絡するなどの功績があり、算道の人としては異例の正四位下に昇った。理材に長じて富裕であり、西園寺家の豪華さを支えた。寛元二年三月、公経に先立つ半年、七十七歳で没した（『平戸記』ほか）。雅衡の子康衡は正和四年（一三一五）三月二十三日、七十五歳であったが病が治った時、西園寺公衡は喜んで、その日記に「家務管領の仁也。就中造内裏紫震殿（ママ）雑掌也」と記し、六月三日没するや東下していた男春衡に報知している。龍粛は、三善氏は主命を帯して六波羅や、関東に赴いて幕府と連絡し、造内裏等の重要な財務計理の任に従い、西園寺家の活躍を支えた功績の大なることを指摘している。

三善氏略系図

行衡――長衡――雅衡
- 俊衡――女（播磨内侍。尊円母）
- 康衡――春衡
- 女（為教室。為子・為兼母）
- 女？（衡子。深性母）

三善氏と持明院統

なお、弘安十年八月二十二日仁和寺に入室した後深草院の第五皇子（深性）は、院と衡子との間の子で、十二歳であったが、この母は『一代要記』には「政平入道女」とあり、政平は雅衡のことであろう。『本朝皇胤紹運録』は忠子とあり、康衡（雅衡男）女とする（忠子は誤りという）。父はいずれとも決し難いが、雅衡女とすれば、為兼の叔母、深性は従弟に当たる。深性入室の折に為兼は「剣を持ちて傍らに在り」（『後深草院記』）とあるのも自然である。また雅衡男俊衡の女（播磨内侍）は伏見院との間に尊円親王を永仁六年にもうけるなど後深草系（持明院統）と三善氏との関係には深いものがあった。

第一　為兼の成長期

一　誕生とその幼少期

誕生

為兼は、為教と雅衡女との間に、建長六年（一二五四）に生まれた（『公卿補任』記載の年齢から逆算）。父為教は二十八歳。

姉妹に為子がいて、おそらく同母と思われる。為兼の全生涯にわたって重要な役割を果たした女性である。

姉為子

為子が為兼の姉か妹か、『花園院記』には姉・妹の表記がまちまちであるが、福田秀一『中世和歌史の研究』、岩佐美代子「大宮院権中納言—若き日の従二位為子—」等の考証によって姉と推定されている。岩佐氏は、為子が文永二年（一二六五）『続古今集』に入集していることから、勅撰初入集の年齢としては十七歳ほどがぎりぎりのところで、建長元年生と推測している。穏当な見解であり、それに従えば、最終事跡（『拾遺現藻集』入集）の元亨二年（一三二二）は七十四歳となる。為兼より五歳の長。

為教と雅衡女の結婚

右によれば、為教と雅衡女との結婚は宝治頃（一二四七〜四八。為教二十一、二歳）であろう。西園寺家に出入していた為教としては家司の息女との結びつきは自然である。この両家の婚姻はおそらく為教に経済的な安定をもたらしたであろう。

為兼の名

為兼は康元元年（一二五六）正月七日叙爵。三歳であったが、この折に為兼と名乗ったであろう。『十六夜日記』『春のみ山ぢ』『中務内侍日記』『とはずがたり』等、仮名書きの場合は「ためかぬ」とあり、それが正しいと思われる。臆測だが、主家の「実兼」（さねかぬ）の偏諱を受けたのであろう。

官歴

正嘉二年（一二五八）二月二十七日従五位上、五歳。正元元年（一二五九）正月二十一日任侍従、六歳。文永四年正月五日正五位下、十四歳。五年十二月二日任右少将。七年正月六日従四位下、十七歳。これを従兄為世と比べると、為世は二歳で叙爵、六歳従五位上、八歳侍従、十歳正五位下、右少将。十二歳従四位下。大まかにいって、為世の昇進の方が早いが、いわゆる庶流と見做される系統にしては、為兼は相当に早いといえようか。ある程度、為教を介して西園寺家という後ろ楯が効いていたのであろう。

為兼の和歌事跡は文永七年から始まるので、その前に再び父と姉との動向を略述しておこう。

為教の官途

為教は正嘉二年十一月、三十二歳で蔵人頭に補され、翌正元元年七月に辞している。頭の仕事は通例の如く勤め（『経俊卿記』『百練抄』等）、頭を辞したのち従三位右兵衛督となった。この時、参議は定員に満ちており、非参議の三位となり、その後も遂に参議に任ぜられなかった。格別に有能な廷臣とは見做されなかったのであろう。弘長二年（一二六二）正月正三位、文永五年正月従二位、翌年督を辞し、この頃には公儀参仕の記事も乏しい。

為教の和歌

その和歌については、正元元年三月北山行幸和歌に見えるなど、若干の事蹟はみえるが、弘長二年藤原基家撰『三十六人大歌合』（現存の有力歌人の歌を選んで歌合形式にしたもの）に、為氏は加えられているが為教は入らず、歌壇的地位は高くはない。翌年の御子左一門を中心に催された住吉・玉津嶋歌合には加わり、また文永二年七月七日後嵯峨院主催の『白河殿七百首』、七月二十四日歌合（後嵯峨院仙洞・亀山天皇内裏か未詳。真観判。為教一勝三負一持）、八月十五夜仙洞歌合（衆議判。一勝二負二持）、九月十三夜亀山殿歌合（衆議判。五負）などには連なっている。

野べはみな暁露のふかき夜にわれ立ちぬれて鹿や鳴くらむ　（十三夜歌合）

について「暁露の深き夜、理然る可からず」（判詞）と評されるように雑な歌を出している。この年末成立の『続古今集』には入集歌三首。為氏の十七首に比してその差は大きい。

廷臣としても歌人としても、そう抜きんでた存在とはいい難い。

為子は文永二年成立の『続古今集』に「大宮院権中納言」の名で入集しており、おそらくこの年十七歳ほどであり、また大宮院の女房であったことが知られる。健御前（俊成女。建春門院中納言）が十二歳で皇太后滋子に出仕しているところから、為子も十二歳前後の初出仕が推測される。建長元年生として文応元年（一二六〇）前後のことであろう。大宮院は実氏女姞子、後嵯峨院中宮、後深草上皇、亀山天皇の母であり、華やかな雰囲気に包まれた御所であったと思われるが、岩佐氏によると、「専門的歌人」としての活動も期待されていたか、という。『続古今集』入集の一首、

秋来ぬと雲ゐの雁の声すなり小萩がもとや露けかるらん（秋下・四五八）

は、「宮城野の露吹きむすぶ風の音に小萩がもとを思ひこそやれ」（『源氏物語』桐壺巻）、「霧深く雲ゐの雁もわがごとやはれせず物は悲しかるらん」（同、少女巻）をふまえて、叙景の裏に恋の面影を秘めた複雑な情趣を湛えた歌で、十七歳ほどの為子の教養が察知さ

日吉社七首和歌

『風葉和歌集』

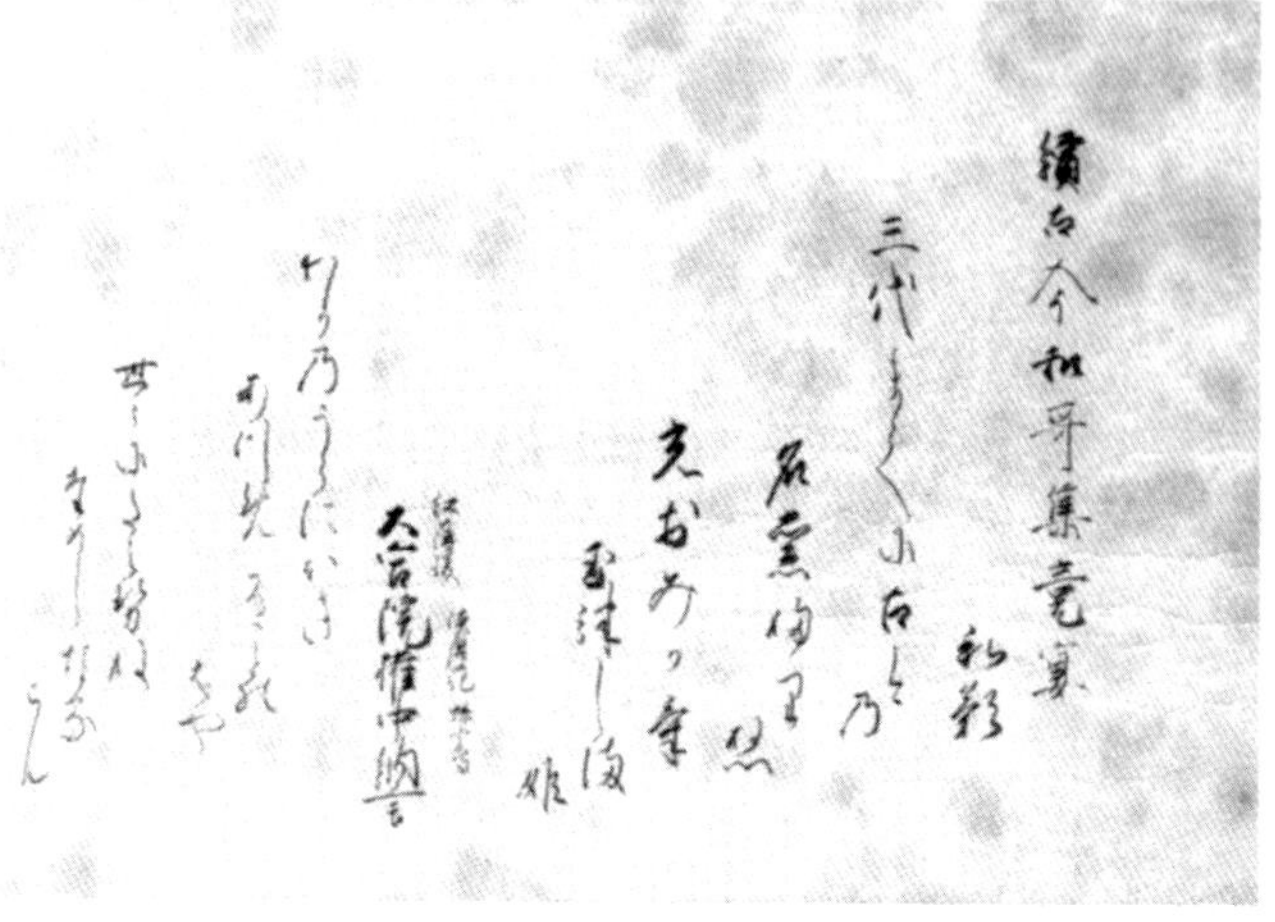

『続古今集竟宴和歌』(早稲田大学中央図書館所蔵)

れる。三年三月十二日の『続古今集』の竟宴には為教も参仕、女房では中納言(光俊女)と為子が出詠。詠は『続古今和歌集竟宴和歌』(群書類従本ほか)にみえる。光俊女はベテラン歌人で、それと並んで重んじられていたのである。

文永八年頃、覚源(上述)が勧進した日吉社七首歌合に加わっている。為家・為氏・為教・源承・慶融・為世ら一族の人々が出詠しており(『閑月集』『新後撰集』ほか)、二十三歳ほどの為子は和歌の家のメンバーとして認められていたのである。そして八年十月大宮院の御所で『風葉和歌集』が撰ばれた。作り物語中の和歌を集めたユニークな私撰集である。

樋口芳麻呂氏によれば、撰集の中心的役割を果たしたのは為子という。
以上の事蹟から、為子は和歌も巧みで、古典の教養が深く、おそらくは明敏な頭脳を持つ才女として当時高く評価されていたのであろう。

二　歌人としての初学期

為家と阿仏尼

為家と阿仏尼の住む文永中頃の嵯峨中院邸の雰囲気を示す挿話を二つほど掲げておこう。

為家と阿仏尼がいる部屋の外に為氏が来て咳払いをする。阿仏尼は中から明障子を押さえて、「あかりしやうし」を詠み込んだ歌を為氏に要求する。為氏は即座に、『源氏物語』（若紫）の、犬君という侍女が、飼っていた雀を逃して、姫（後の紫の上）が泣き顔をしている場面を想起して、「いにしへの犬君がかひし雀の子とひあかりしやうしと見るらん」（古の犬君が飼ひし雀の子飛びあがりしや憂しと見るらん）と詠んだので、阿仏尼は笑って障子を開けてやったという（『井蛙抄』）。為氏の当意即妙の才を記したものといえるが、和やかな雰囲気が察せられよう。

飛鳥井雅有との交流

そして文永六年九月頃、為氏の妻の兄弟で、歌にも鞠にも堪能であった飛鳥井雅有（二十九歳）が『源氏物語』を習いに為家のもとにやって来る。この時の雅有の日記が『嵯峨のかよひ』である。テキストを読むのが阿仏尼で、その読みようは、「まことに面白し。世の常の人の読むには似ず、習ひあべかめり」という立派なものであった（既に古典であった『源氏物語』を読み上げるのは難しいのである）。学習のあとは酒になる。阿仏尼は「このあるじ（為家）は千載集の撰者（俊成）のむまご（孫）、新古今・新勅撰の撰者（定家）の子、続後撰・続古今の撰者なり。客人は同じく撰者（雅経）の孫、続古今の作者なり」、こういう方々が小倉山の住み家で優れた物語を語る、何とすばらしい、と実に巧みな客あしらいをして、為家を感激させ老い泣きをさせてしまう（『嵯峨のかよひ』）。

これも静かな雰囲気を示しているものである。が、この十一月為家は為相宛の譲状を記し、越部下荘を為氏より取り戻して為相に譲った。為氏はこれを了承したが（『冷泉家古文書』）、こののち為家の周辺は以前のように和やかな雰囲気が薄れてくるのであった。

為家より和歌を学ぶ

そして翌七年には十七歳の為兼が中院邸に宿って学習に来るのだが、もとより為兼が中院邸を訪れるのはこれ以前にもあったと思われるので、阿仏尼や為相と顔を合わせることも少なくはなかったであろう。
『延慶両卿訴陳状』の「為兼第二次陳状」に、為兼は「文永七年より連々祖父入道と同宿して和歌の事を伝受せしむる次、『古今集』なおもって数反におよぶ」と記している。なお四歳年長の為世は文永元年の「十五歳より当道練習の為に祖父入道に従いて年序を送りおわんぬ。その間三代集の説を受け、撰歌の故実を伝えおわんぬ」（「為世第三度訴状」）とある。『嵯峨のかよひ』によれば、文永六年九月以後、為世はしばしば中院邸に来て、為家・雅有や、父為氏も来合わせて、鞠・連歌に興じており、三代集の説も中院邸で受けたことは推測に難くない。

為兼は為世より数年遅れて祖父から本格的に和歌を伝受され、おそらくそれと一続きで、為兼は文永九年秋、為子と共に為家の許に同宿して三代集を伝受するのだが、それは『伊達本古今和歌集』の奥書に詳しい。

『伊達本古今和歌集』

この本は為兼と関わることが多いので、少し解説を加えておくと、伊達旧伯爵家旧蔵（安藤積産合資会社現蔵。『新編国歌大観』本の底本。いま笠間書院版の影印に依る）。本文は定家筆だが、定家の奥書に続いて為兼筆で嘉禄二年（一二二六）四月九日定家の奥書と為相に付属したと

為兼の奥書

いう為家の奥書とが転載され、次に長文の為兼の奥書がある。

件の本、手自ら再三校合の時、大概相違無し。然るに両本少々違う事有るに依り、
此の本に於ては之を書き加え了んぬ

あさか山かげさへみゆる山の
井のあさくは人をおもふものかは

此の歌、為相朝臣相伝の本に於ては、祖父戸部禅門自筆を以て之を書き入れられ畢んぬ。此の本同じく件の本の如く一字を違えず書き入るる所也。彼の濫觴は、下官去る文永九年秋の比、藤大納言典侍（為子）と相共に三代集を故戸部禅門に伝受の時、数ヵ月連々同宿、重々不審等事問答の時、件の安積山の歌、此の所に有る可き歟、然るに之無し（下略）

「あさか山」の書き入れ

すなわち、定家筆の嘉禄本古今集の序文に「あさか山」という古歌が記されていないので、祖父為家がこれを書き入れられた。その起こりは、文永九年秋頃、為子と三代集を為家から伝受した折、「あさか山」の歌がここにあるべきなのにない、ということであった。以下、大略を記すと、こういう時は古本を集めて決すべきだ、という庭訓があり、後高倉院御本が他に異なる古本（一説に貫之自筆）で、阿仏尼の兄平繁高が相伝しており、一見をゆるすよう依頼したところ、この本は私などが預っているのは恐れがあるの

で早速「進置」します、として送ってきた。その箇所を見ると、為兼の考えた通り例の歌があった。為家は感懐の余りその後高倉院本を譲ってくれた、とある。

為相の奥書

次に記されている為相の奥書を参照すると、為家は感懐の余り例の歌を為相相伝本に書き入れたが、それを為兼はこの定家筆本（すなわち伊達本）に一字を違えず写し入れて秘蔵した、というのである（伊達本には書き入れの形で「あさか山」の歌が補入されている。なおこの件については次章にも述べる）。

後高倉院本を譲与

また「延慶両卿訴陳状」の「為兼第二次陳状」前引の文に続き、次の文がある。

第三度の時（古今集の講義）、安積山の歌、「この二首」の詞の上に有るべきものか。しかるに家本々に見えざるの由尋問のところ、祖父入道（為家）、家の証本を集め、引き勘うといえども所見なし。この時、後高倉院の御文書（庫）の古本は、一説に貫之自筆と云々。くだんの本、入道民部卿（みんぶきょう）咸（感）得の間、披見せしむるのところ、かの歌の在所、為兼の所存の如く相違無きの間、咸（感）思に堪えず、くだんの古今をもって為兼に譲与（じょうよ）しおわんぬ。（下略）

書き入れの件については真剣な討議が行われたのであろうが、いま後高倉院本の様態が不明なので、為兼の主張についての批判は困難である。ただ十九歳の若さで自己の見解を堂々と主張する自信に満ちた態度には驚かされる。為家七十五歳、為子二十四歳ほど、傍らには阿仏尼が侍していたことであろう。

文永六年の嵯峨中院邸の様子は、『嵯峨のかよひ』によって窺われるが、七年秋以後、為家を囲んで為兼・為子・阿仏尼（および七歳の為相）が顔を合わせて和歌研究に関わった。そしてこの嵯峨同宿の折、為兼は為家から勅撰集撰集の故実をも教示され、それに関わる文書披見の許可をも得たのである。

為家、勅撰集撰集の故実を伝授

それからおよそ四半世紀の後、永仁二年（一二九四）五月二十七日、永仁勅撰の余波で、為相が撰者を希望することがあった。為兼はそれを援護すべく書状を認めたが（西園寺実兼宛か。高松宮蔵手鑑）、その中で為兼は次のように述べている。

（勅撰集の故実以下のことについて為家が私に）授けしめ給うの時、為相朝臣所持せしむる文書等、隔心なく之を見る可し。撰集之口伝故実以下に至りては、彼の朝臣（為相）成人の時、又授く可きの由、慇懃に仰せ置かるる事に候。此の条今更自称に非ず、故阿仏房存日、諸人に対して披露せしめ候いき。彼の朝臣又此の趣を存知せられ候うか。（下略）

詳しくは次章に述べることとして、いま簡単に記すと、為家は撰集故実を為兼に口伝し、為相所持の文書を自由に見てよい、為相が成人の暁にはその故実を授けよ、と仰せ置かれ、それは阿仏尼も承認し公表されていることなのだ、というのである。

為相に相伝の書を譲る

これは事実とみてよいと思われる。文永九年八月二十四日為家は侍従為相宛に「融覚藤原為家譲状」を認め、「相伝和歌・文書等、皆 悉く為相にゆづりわたし候。目六同じく副へ遣す。返す返すあだなるまじく候。あなかしこ〳〵」とあり、さらに十年七月二十四日の阿仏尼宛「融覚藤原為家譲状」にも「まこと〳〵故中納言入道殿日記自治承至于仁治人はなにとも思ひ候はねども一身のたからと思ひ候ふ也。子も孫もさる物見んと申すも候はず、うちすてて候へば、侍従為相にたび候ふ也」と記し、なお歌書や漢籍も私が写したり訓点を施したものだから重んじて欲しい、とあって、為家が相伝の書（和歌・文書・『明月記』）を為相に伝えたのは九年から十年にかけてであった。すなわち為家は文永七年秋以後、三代集をはじめ和歌のことを為兼に授け、また九、十年にかけて為相に相伝の書を譲ったが、為兼に対して、為相に譲った書は隔心なく見てよい、と言明し、阿仏尼がその証人となったという。阿仏尼としては、将来為兼が為相の後ろ楯となることを期待していたから承認したのであろう。

為家の所領譲与

文永九年頃、為家は為氏から半ば強要されて播磨の細川庄を与えたが、その時、早く死んで了いたいという気持を込めて「限りある命を人に急がれて見ぬ世の事をかねて知りぬる」と詠んで嘆いたが、なお不孝な振舞いのあった為氏に対して、為家は十年七月十三日、近江の吉富庄を為氏から取り戻す（悔返す）という書状（通告状）を送った。為氏は仰天して、細川庄は返すから吉富庄は取り上げないで欲しい、と嘆願してきたので、為家は譲歩して細川庄を召し返して為相に譲った（七月二十四日・十一年六月二十四日付阿仏尼宛譲状。以上、『冷泉家古文書』。佐藤恒雄「藤原為家所領譲与について」に詳しい）。

為家、為氏を勅撰集撰者に推挙

為家はこれほど為氏との違和感がありつつも、やはり家督として尊重した（為教は頼りなく、為相は幼いという事情があったのだろう）。十一年五月為氏と同車して亀山院の側近藤原経任を訪うて勅撰集の撰者として為氏を推挙、次いで院の内意を得ている。

為世、病床の為家に侍す

また十一年頃であろうが、為世は為家から「最後の病床において重ねて三代集の説を受けおわんぬ」（「為世第三次訴状」）ということであったから、為家は病床においても忙しかった。

老の後やまひにしづみて侍りし冬、雪の後、前大僧正道玄、人々あまたともなひきたりて題をさぐりて歌よみ侍りし中に、岡の雪といへることをよみ侍りしを、筆とることかなはず侍りて、為兼少将に侍りし時書かせていだし侍りし

前大納言為家

いかにして手にだにとらぬみづぐきの岡べの雪に跡をつくらん

（『玉葉集』雑一・二〇四一）

これは十一年冬の歌と見るのが妥当である（小原幹雄「藤原為兼年譜考」の推測も同）。すなわち為世も為兼も老病の為家に侍することが多かったのである。

為家は文永十年冬以後、北辺の持明院邸（阿仏尼の宅）に移った（佐藤恒雄氏推定）。『源承和歌口伝』には「持明院の北林」とあり、嵯峨の和歌文書もここに移した。為相・為守を産んでのち阿仏尼はずっと為家と同居していたから、中院邸も持明院の宅も、そこを訪れることの多い為兼・為子は阿仏尼ともごく近いところにいたのである。為兼は、九歳年少の叔父為相を、甥か弟のように教え導いたのではなかろうか。

為家他界

建治元年（一二七五）五月一日為家は七十八歳で他界した。為兼時に二十二歳。為家の存在の大きさを考えると、為兼の和歌の初学期はここに終わったと見てよい。

官位停滞

右少将為兼は文永七年十七歳の正月、従四位下に叙せられて以降、十二年（建治元年）正月六日従四位上となり、十月八日左少将に転じたが、この程度の小異動を別とすると、約八年にわたって停滞が続いた。

西園寺実兼に随従

『花園院記』元弘二年（一三三二）三月二十四日の条に、（為兼は）「入道大相国実兼公幼年自り之を扶持し、大略家僕の如し」とあり、父の縁と母（三善氏）の縁によってであろうが、「幼年」から西園寺家に出入したと思われ、五歳年長の実兼の「家僕」同様の間柄であった。

西園寺家の不遇

その文永年間の、主家西園寺家について見ておこう。

後嵯峨院政下、亀山天皇の在位期。九年に院が他界したのち亀山親政、十一年正月皇子後宇多践祚、亀山院政が開始される。

西園寺実兼像
（宮内庁三の丸尚蔵館所蔵『天子摂関御影』より）

亀山皇后は洞院実雄（実氏弟）の女佶子、後宇多の母であるが、践祚に先立つ九年八月に他界、翌十年には実雄も没する。しかし嫡流の西園寺家は実氏が六年に没し、その子公相（実兼父）は父に先立って四年に他界している。亀山中宮嬉子は公相女であるが、父の死によって退出、再び宮廷に入ることなく今出河院の女院号を宣下される。亀山・後宇多宮廷の後宮には西園寺家の人はなく、実兼は庇護者を喪っていた（実兼は十年二十五歳）。本郷和人氏によると、西園寺家は亀山・後宇多に忌避されて、そのため実兼は長く大納言にとめ置かれ、そこで後深草―伏見側（いわゆる持明院統側）に接近したのではないか、と推測する（「西園寺氏再考」）。共に不遇感を抱いていた両者が結びつきを強めたのはきわめて自然であろう。

実兼の「家僕」であった為兼の官位停滞も、主家の不遇の余波であったのではなかろうか。ちなみに、実兼が大臣（内大臣）に任ぜられたのは伏見天皇即位後の正応二年四十一歳の折で、父の任大臣より十歳も遅かった。

三　反宗家の志――建治・弘安期――

熙仁親王立太子

後深草院の長年にわたる不満は、建治元年四月に至って爆発する。すなわち尊号・随身・兵仗を辞し、近臣と共に出家の意志を固める。これを知った幕府は、十月使者を上洛させ、宮廷内部の融和・安定を意図して、皇子熙仁の立太子を奏請したのである。十一月五日に立太子があり、実兼は春宮大夫を兼ねて、後深草、西園寺家側は大きな光明をえたのであった。

公事参仕

弘安元年（一二七八）正月六日為兼は正四位下に昇り、二月八日土佐介を兼ね、四月十二日左中将に進んだが、おそらくは政界の状況に影響されたところがあったのではなかろうか。そして弘安期に入って為兼の公事参仕の記事も記録類に次第に多く見えてくる。例えば、弘安二年正月九日法勝寺修正第二夜、亀山院の御幸に為世らと供奉している（『勘仲記』。もちろん中将としての責務ではあるが）。

為家の忌明けが考慮されてのことと思われるが、建治二年七月、亀山院は為氏に勅撰集撰進の命を下した。

歌会に参会

この事態に即してであろうが、建治二年秋、二つの歌会記事が残る。一は八月十九日、亀山院脱屣後初の歌会が行われ、兼平・実兼・為氏・為教・為世・為兼・隆博、「権中納言為教卿女」らの名がみえる（『勘仲記』『吉続記』）。晴の歌会に為兼の名が初めて見えるのだが、歌は残らず、次いで九月十三夜内裏五首会に参じ、ここで初めてその歌がみえる。

為兼の和歌の初見

建治二年九月十三夜、五首歌に　　前中納言為兼

すみのぼる月のあたりは空はれて山のは遠く残るうき雲

（『新後撰集』秋上・三四五）

他一首が残る（『新千載集』一五七八）。

右の歌について岩佐氏は、「すみのぼる心や空をはらふらん雲のちりゐぬ秋の夜の月」（『金葉集』一八八、源俊頼）をふまえつつも、実景実情歌のようにすっきり仕立てて、後年の為兼歌風の一特徴となっている、と評している（『京極派和歌の研究』）。

弘安元年に入ると次の事跡がある。

同廿五日書始部
第一春　第二夏　第三秋　第四冬
第五賀　第六恋一　第七恋二　第八恋三
第九恋四　第十恋五　第十一雑春　第十二雑夏
第十三雑秋　第十四雑冬　第十五雑上　第十六雑中
第十七雑下　第十八羇旅　第十九尺教　第二十神祇
弘安元年十一月九日以故大納言入道殿御自筆本書写了　同校合　為兼（花押）

右は小松茂美編『日本書蹟大観』（第五巻）所収の白鶴美術館蔵本である。奥書に、故為家の自筆本を写したとあるから、この歌集は為家の没した建治元年以前に成立した、かなり大部の、整ったものと推定される。これ以前の勅撰集にこの巻立てのものはない、と解題にあり、掲出の一紙のみの切のようである。確かに珍しい歌集で、おそらく『拾遺集』系の私撰集であろうが、雑夏・雑冬などの部立は他に類がなさそうである。

『僻案抄』書写

慶応義塾大学斯道文庫蔵『僻案抄』（室町初期写）の奥書に次のようにある。

弘安元年十一月廿二日夜以二故京極中納言入道殿御自筆本一於二持明院旧宅一書写了
為兼

これは注意すべき記載で、持明院旧宅は為家が最後に住んだ、おそらく阿仏尼宅で、そこには先述のように為家から為相に譲られた和歌文書があり、『僻案抄』のような著者定家自筆本もあって、それらを「隔心」なく披見、書写しているのである。

弘安百首を詠進

この年は、新しい勅撰集のための百首歌、弘安百首が召されている。弘安百首については、小林強「弘安百首に関する基礎的考察」（『解釈』一九八九年）、「弘安百首佚文集成」（『中世文芸論稿』一二、一九八九年）に詳しい。前者によると、挙行が遅れて四十名四千首の詠作は十分に撰集資料として活用されたかどうか疑問という。なお現在百首全部の残っているのは亀山院・実兼・雅有。雅有の端作りに「秋日同詠……」とあるから、元年秋には詠進されていたようであり、為兼もおそらくは同様であろう。存疑歌二首を含めて二十

四首が各撰集類から採録されている（なお為教・為子も詠進者となっている）。為兼の歌では、

暮れかかる麓はそこと見え分かで霧の上なる遠の山の端

（『題林愚抄』四三〇九）

などが印象鮮明な叙景歌だが、これは「はるかなる麓はそこと見えわかで霞の上に残る山のは」（文永四年内裏詩歌合の為氏の歌。『続拾遺集』一二八）を学んだ作（岩佐指摘）のため、佳吟だが入集しなかったのであろう。また『玉葉集』『風雅集』にこの百首から入集していないところを見ても、そう特色ある歌は多くなかったと推測される。

同年仁和寺性助法親王も五十首を催し、為教・為兼も作者となっている（『新千載集』『閑月集』。小林強「性助法親王家五十首に関する基礎的考察」『中世文芸論稿』一一号、一九八八年）。

十二月二十七日『続拾遺集』成立。為教七、為子三、為兼二首。

為教の申状

二年正月十八日為教は、わが歌を削って為子・為兼の歌を増やして欲しい、と愁訴した（岩崎家所蔵手鑑。村田正志論文。「人々御中」とあるのは亀山院に奉ったもの）。「為世第三次訴状」にある「弘安中状為兼自筆」がそれと思われ、父の意を体して為兼が書いたという。為氏が仙洞に参ると、院から「昨日為教卿の申状、尾籠過分」という仰せがあったという。院が為氏を支持していたことはいうまでもない。

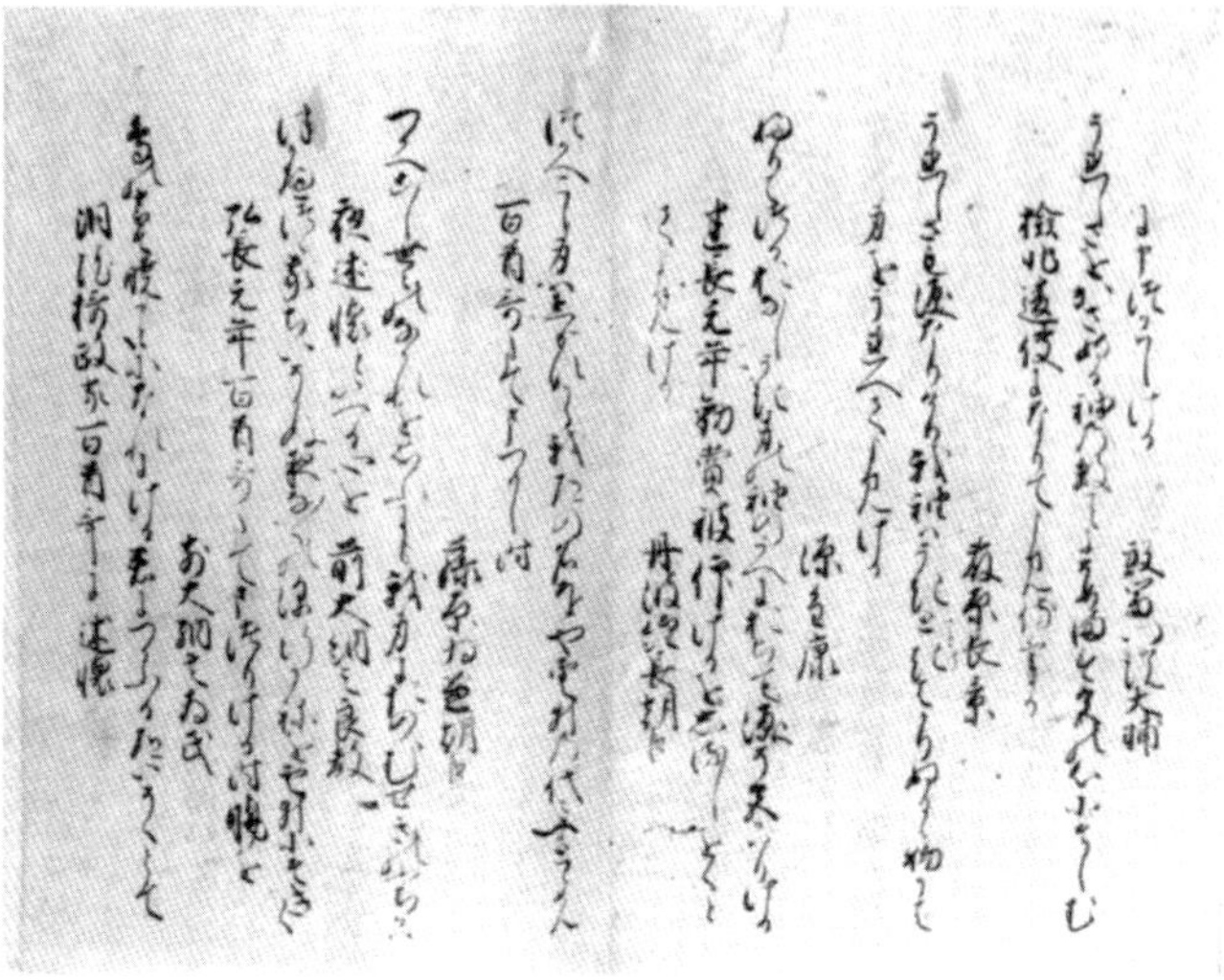

『続拾遺和歌集』（宮内庁書陵部所蔵）

為氏の撰集中、西園寺邸から帰る折、為教は「車の下に追い来たりて、先非を悔いて向後別心あるべからざるの由、比叡山を指して誓言に及びおわんぬ。この事度々に及ぶの由つぶさに記し置く所なり。しかるに為教卿たちまち度々の誓約を忘れ、続拾遺の時、濫訴に及ぶの間、五ヵ月の中に夭亡しおわんぬ」であったという（「為世第三次訴状」）。為教は為氏の撰集中から隠忍を重ねて兄に膝を屈したのだが、遂に聞き入れられず、院への愁訴も問題にされず拒絶されたのである。

為教は五月二十四日五十三歳で没

した。憤死同然であったと思われる。

為教の和歌

歌人としての力量は兄為氏に及ぶべくもなかったが、時には「くれかかる伏見の門田うちなびき穂波をわたる宇治の川舟」（『玉葉集』七四九）のようなすっきりした佳什もある。ただしこれもあるいは「伏見山田面の末を吹く風に穂波をわたる宇治の河舟」（『洞院摂政百首』一七六四、光俊）に触発された詠か、あるいは「伏見山麓の霧のたえまより遥かに見ゆる宇治の川波」（『続拾遺集』一二七五、実氏）の影響があるかもしれない。ちなみに実氏にはこういう叙景歌があり、また率直な感懐を叙した歌（『続古今集』一七八四）もあり、この辺が為教にも影響し、為兼に伝わったのかもしれない。

宗家への反抗心

為教は生涯を通して兄為氏に対して強い反抗心を持っていた。この反宗家への執念を為兼は受け継ぎ、その反抗心はやがて当代の権威への反骨として成長するのである。

為子・為兼と阿仏尼との和歌贈答

弘安二年冬、為氏と細川庄をめぐる訴訟で鎌倉に滞在する阿仏尼と、京の為子・為兼との間で、はるばる和歌の贈答があった。「前右兵衛督為教君の女、歌詠む人にて度々勅撰にも入り給へり。大宮の院の権中納言と聞ゆる人、歌の事ゆゑ朝夕申しなれしかばにや、道の程のおぼつかなさなどおとづれ給へる文に」として贈答歌があり、また、

この御兄中将為兼の君も同じさまに、おぼつかなさ、など書きて

故郷は時雨にたちし旅衣雪にやいと冴えまさるらむ

返し

旅衣浦風冴えて神無月しぐるる雲に雪ぞ降りそふ　（『十六夜日記』）

とある。既に述べたように、文永年中、姉弟はしばしば為家や阿仏尼と同宿して歌に関わっていたのである。「朝夕申しなれ」た間柄であったことがここでも確認される。阿仏尼は翌年まとまった歌を贈ってもいる。為子より二十数歳年長であったようだが、京に留め置いた為相・為守兄弟を護ってくれそうな一門はこの姉弟しかないのである。懇切にそれを依頼し、為兼の側もその貴重な蔵書を披見したということもあって、出来るだけ庇護の手をさしのべていたのだろう。

『古今集』の所持

弘安三年には注意すべき記事がある。『古今集』の奥書である（松田武夫「弘安本古今集に就いて」『文学』昭和七年三月号、『王朝和歌集の研究』所収）。すなわち嘉禄二年定家、建長七年三月為家が、ある能書（朱傍書によると阿仏房）に誂えて写させたという奥書に続いて、

此の古今和謌集は、中将為兼朝臣の本を以て彼の亭に於て書写せしむる所也。羽林病痾之間、秘祷の為に数日親近、休息の暇に染筆する所也。校合の事、其の隙無きの間、彼の姉大納言典侍（為子）の局に誂えて校合せしめ了んぬ。尤も証本と為

桑門良季（以下略）

すべき也。于時弘安三年五月廿五日

為兼病む

とある。これによると、三年五月二十五日前後に為兼は病床にあったこと、為子も近くにいたこと、阿仏尼の書写と関わりのある本を所持していたことなどが知られる。病名などは不明だが、祈祷を頼むことなど、余り軽いものではなかったのであろう。折から姉弟は父の服喪の時でもあった。良季は不断光院の僧か。

『春の深山路』と為兼

飛鳥井雅有の『春の深山路』はこの年の日記で、前三分の二は春宮熙仁参仕の記事である。

そこに為兼の名は二ヵ所に見える。前半部分に名が見えないのは、五月まで父の服喪期間、またその頃病床にあったからで、七月六日春宮に参上したのは久しぶりだったのであろう。この時、雅有が春宮に、「背面」ということを質問なさって下さい、と申し、春宮への質問の結果、「北」という意味であることは知っていたが、その理由は知らない、というもので、もう一つの質問、『万葉集』撰定の時期については、為家は文武天皇の代と言っていたが若干疑問がある由を答え、雅有は「如何さまにても稽古はすると覚え候」と春宮に申したという。時に春宮は十六歳、雅有四十歳、為兼二十七歳。どういう意図の下問か不明だが、雅有の為兼に対する関心から発せられたものと思われる。続いて八月十五夜（沓冠歌による）春宮探題続歌百首は十人の歌人によって詠まれ、春宮五首、雅有十一首、為兼十二首であったが、最も多いのは具顕十三首という。まず為兼は和歌の家の人として扱われていたとみてよい。『春の深山路』に為兼の名がみえるのは以上である。

春宮探題百首

なおこの十五夜、為兼は内裏月五首を詠進している（『新千載集』慶賀・一三二六）。春宮の会は当座と思われるから、内裏の会には詠進のみであったのであろう。『春の深山路』にその名が一ヵ所にしか見えないのは、春宮の近臣には、専門分野別に参仕するグループの如きものがあったからではあるまいか。十月に行われた有名な「弘安源氏論議」にも為兼は（専門家と目されなかったのか）入っていない。

『源氏物語』と為兼

その『源氏物語』にちなんで、『増鏡』（老の波）にみえる次の話を記しておこう。後深草・亀山両院の伏見滞在に従って、楊梅兼行が、趣向を凝らして作った檜破子（上等な弁当の箱）に雲雀を荻の枝につけたものを献上したので、後深草院は『源氏物語』松風の巻にある趣向に思いを寄せて、為兼を召して「かれはいかが見る」と仰せがあったが、為兼は「いと心得侍らず」と答えた。それは定家の書いた写本には「荻」とは見えないからだという（現存青表紙本には「おきのえた」とある由だが、この辺の詳細は不明である）。この話によると、後深草院からは源氏の素養があると見られていたらしい。『増鏡』には二年九月の辺に見える話なのだが、この時、為兼は服喪中のはずであり、年月のことは今後の検討課題ということになろう。

なお為兼作と伝える源氏物語巻名和歌があるが、為家作ともいわれる。井上「伝為兼資料二つ」、佐藤恒雄氏の源氏巻名和歌についての論を参照されたい。

春宮に近侍

三年十二月十五夜、冷泉富小路殿で、春宮は冬の満月を見に釣殿に出たが、お供は女房のほか「男は左中将（為兼）ばかり参る」（『中務内侍日記』）とあって、為兼は春宮にごく親しく侍していたことが知られる。

『続拾遺集』

弘安三年について一言注記しておきたいことがある。「本云　弘安三年九月尽日以㆓撰者之御筆本㆒終㆓書写之功㆒而已　同七年九月十四日以㆓　奏覧之本㆒重令㆓校合㆒畢」という奥書の伝為兼筆『続拾遺集』が存する。ただし筆跡は為兼のでなく、書写年代も室町初期まで下るかと思われるが、四九二番歌に「弘安二年十月七日被㆑顕㆓名字㆒。依㆑被㆑申㆓大宮院㆒」として詠人不知歌の名が如円法師とされ、六二〇番歌に「弘安二年十月七日追被㆑入了」と注記がある由で、この頃まで補訂がなされていたらしい（大宮院の申し入れで顕名になった、などは興味深い。平舘英子「伝為兼筆本『続拾遺和歌集』」『国文目白』四四号、二〇〇五年）。すなわち改訂は二年十月まで行われたことは確かだが、その段階でも為兼関係の歌数は動かなかった。為兼が関与したとは思えない伝本だが、伝称の名にちなんで記しておく。

公事参仕の増加

さて、為兼の事跡は弘安五年末以降、にわかに多くなる。五年十二月二十一日、昨年十月から南都の訴えがあって神木が入京していたが、この日の帰座に藤氏の公卿が参仕した中に、「春宮大夫殿上人中将為兼朝臣在共」と『勘仲記』にみえ、為兼の実兼近仕ぶりが窺われる。同様の近仕の状況が『実躬卿記』十年六月七日の条などにもみえる。

また六年以後、春宮熙仁の践祚するまでの数年間の公事について略記すると、まず目立つのは、中将としての行幸・御幸の供奉、あるいは新日吉小五月会の競馬の奉行（七年十二月九日、十年五月十二日等）などの行事参仕である。

一時的に籠居

六年四月頃、為兼は「何事にかありけん、こもりて久しく参らざりけるに」折りふし時鳥の訪れた有明の空に、春宮がわざわざ具顕を使者として様子を聞かせている（『中務内侍日記』）。この折の為兼の籠居の理由は明らかでないが、三月十七日後嵯峨院御月忌の亀山院の御幸には供奉しており、また六月三十日吉田殿御幸・競馬には参仕しているので（『実躬卿記』）、一時的な籠居であろうが、春宮からの厚い信任が窺われる。

藤原貞子九十賀に参仕

八年二月三十日～三月二日北山邸で行われた藤原貞子九十賀に参仕すると、三月一日には為氏・為世・為実・為通（道）らと和歌を献じ（『新千載集』二三一六）、蹴鞠も家芸であるからその御会にも参じた（『実躬卿記』『増鏡』）。

住吉御幸に供奉

なお同年十月十四日～二十三日の亀山院住吉御幸に供奉、八日歌会の歌人名は『実躬卿記』にすべては記されず、為兼の名も見えないが、『新千載集』（九九一）によって為兼も詠じたことが知られる。

啄木秘曲伝受に参仕

九年五月二十日、実兼からの、春宮の啄木秘曲伝受にも参仕（『後深草院記』）、春宮辺からの信任は厚い。

和歌の作品もこの頃にわかに多くなる。

歌会出詠

まず晴の会としては、六年八月十五夜内裏歌会（『新千載集』四二七）、七年九月九日亀山院仙洞歌会（同・五三二）に和歌を詠進、八年八月十五夜三十首（『新拾遺集』五八二・一五五四）を奉ったが、これは『続後拾遺集』（三五五、為氏）および『実躬卿記』によると亀山院の召したものであった。三十首披講に先立って五十韻連歌が行われた（『賦何目連歌』）。為氏・隆博・為兼・為通らが加わった。為兼と連歌との関わりとして注目されよう。三十首の会は顕官・歌仙が挙って参じ、晴の会であった。

『弘安八年四月歌合』

弘安八年に初めて本文の備わる為兼参加の歌合が存する。刈谷市立図書館・今治美術館などに蔵せられる『弘安八年四月歌合』（『新編国歌大観』第十巻所収。二十番）においてである。作者は大夫（西園寺実兼）・為兼・具顕・権中納言局（為子）。判詞があるが、判者は不明。おそらく春宮煕仁か（岩佐美代子『京極派歌人の研究』）。参加者は京極派和歌揺籃期のコアメンバーである。

なくせみの声はたゆまぬ庭のおもの木かげすずしき夕日かたぶく
（六番左〈勝〉「蝉」　為兼）

判詞に「夕日さしそひていますこし見所侍るべからん」とあり、習作的な歌ながら、具象性豊かな叙景歌で、後の京極派和歌の萌芽ともみられる。「かなしさはなれゆくままの秋風にいまいくたびのさても夕ぐれ」（七番左〈持〉、「秋風」）、「さびしさもしばしはおもひしのべどもなほ松風のうすくれの空」（十七番左〈持〉「山家」）など、とりわけ表現面に新しさを試みている点など、新風への志向が感じとられ、「はかりなき心といひてわれにあれどまだそのゆゑをおもひえなくに」（十九番左〈勝〉）のように「心」という題も珍しく、その重視は次の問題に連なるのである。

『為兼卿和歌抄』

為兼の唯一の歌論書『為兼卿和歌抄』について述べておく（以下『和歌抄』と略す）。『日本歌学大系』（第四巻）、日本古典文学大系『歌論集　能楽論集』、『歌論歌学集成』（第

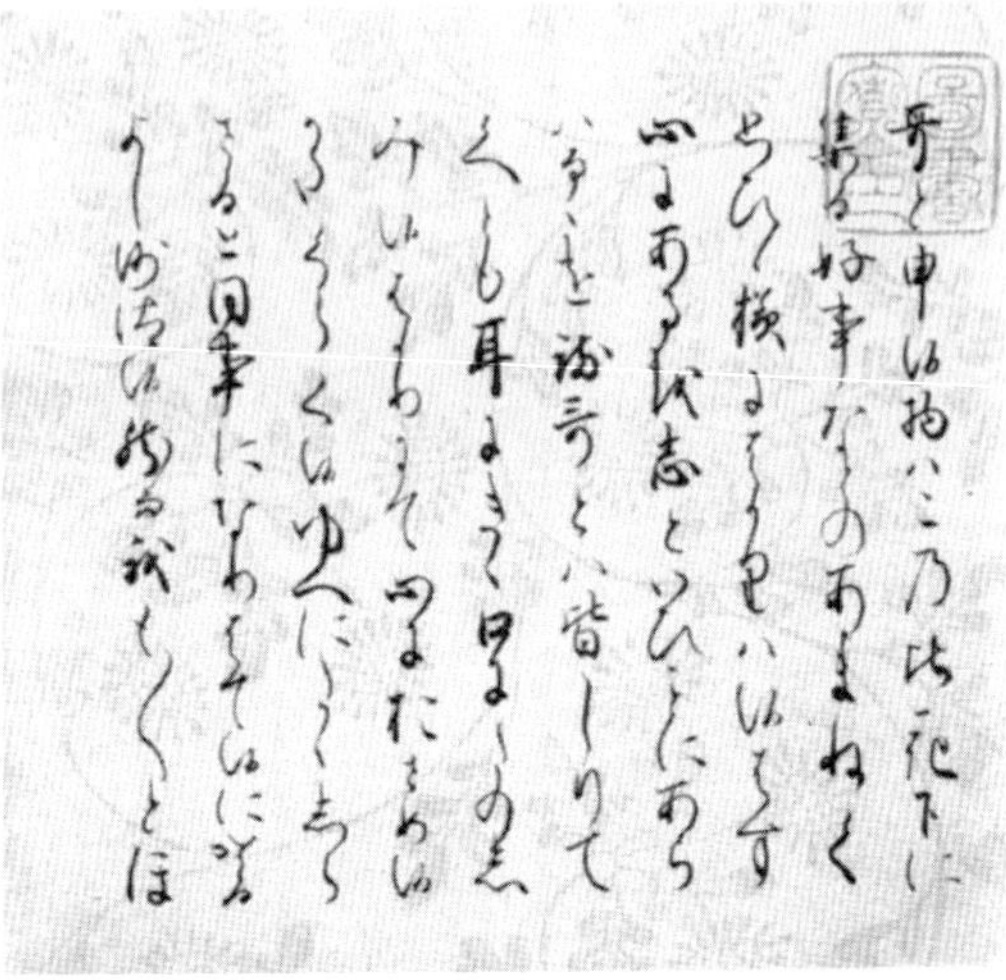

『為兼卿和歌抄』（宮内庁書陵部所蔵）

十巻）等に所収（以上、書陵部本を底本）、また濱口博章氏による陽明文庫本の影印・翻刻がある。内容については福田・岩佐氏著書、『藤平春男著作集』（第三巻）等に詳しい。口語訳は土岐善麿『新修　京極為兼』等に、また『歌論歌学集成』には四伝本による校異と詳しい校注（小川剛生氏による）があって有益である。

成立は、本文中の「侍従実任」の表記から、弘安八年八月二十七日～十年正月七日の間、ほぼ九年中であろう（小川氏）。文中「候ふ」文体から「侍り」文体に変化しており、時間的にはやや幅があるか、未定稿かともいわれ、福田氏は春宮のための執筆で、結局は未定稿で筐底に埋もれていたか、という説を出している。

万葉の比は心のおこる所のままに同じ事ふたたびいはるるをもはばからず、褻晴もなく、歌詞・ただのこと葉ともいはず心のおこるに随ひてほしきままにいひ出せり。

とあるように、『和歌抄』の眼目は「心」の尊重、「言葉」の自由化である。この点に『万葉集』の尊重がある（ただし『万葉集』の実感・実情性といわれるものの復活を意図しているのではない）。さらに「花にても月にても、夜のあけ日のくるるけしきにても、その事にむきてはその事になりかへり、そのまことをあらはし、そのありさまをおもひとめ、それにむきてわが心のはたらくやうをも心にふかくあづけて心にことばをまかするに」として、終わりに、

ことばにて心をよまむとすると、心のままに詞のにほひゆくとはかはれる所あるにこそ。

とあって、言葉によって心を詠む、とする宗家を中心とする歌壇の主流に対して強い批判を込めたものと考えられている。

『和歌抄』は、歌とは何か、という基本的命題から、稽古の心構えなど具体的な問題に至る多くの言及があるが、一貫して、真実の心を正しくあらわすことの重視がある。

言葉の自由化

為兼歌論と唯識説

為兼歌論に影響を与えたものに、明恵・空海・禅などの思想や「詩経大序」ほかの文学論があり、密度の濃い歌論が形成されているが、近時注意されているのは、一切の諸法は心（識）が現わし出したものであり、外界（境）は心の働きから作り出されたもの、とする唯識説である。きわめて注目すべき論である。岩佐美代子氏によれば、弘安六〜八年頃、興福寺西南院僧正実聡から学んだものと考えられている。実聡は為氏の子、為兼の従兄で、和歌を好み、政治的な面にも関心があり、為兼と共通する性格があって親しかった人物である（なお唯識説と為兼歌論・和歌との関わりの詳細は岩佐『京極派和歌の研究』を参照されたい）。

未完成の歌風

ところで、為兼の和歌はこの頃まだ充分に完成されたものではなく、その歌風はこののち長期にわたって形成されたものとみられるので、『和歌抄』は「偉大な指標、卓越した予見の書」と意義づけて然るべきもの、と評価するのが妥当である（岩佐『京極派歌人の研究』）。

父祖自筆本の参看

なお『和歌抄』に、『古来風躰抄』『近代秀歌』『詠歌大概』に依った点があるといわれるが、それは為相の相伝した父祖自筆の本を借り、手許に置いて参看執筆したのではないか、と推測されている（小林一彦「偽書論をこえて」『文学』二〇〇三年一一・一二月号）。

弘安末頃の春宮近臣の詠草

書陵部所蔵、後崇光院貞成親王の『看聞日記』の紙背には、多くの分野にわたる文書の紙背が用いられ、『図書寮叢刊　看聞日記紙背文書・別記』に収められているが、この紙背文書の中に、為兼ら鎌倉後期歌人、とりわけ中院具顕ほかの春宮の近臣の詠草が多く存している。同書の解題や岩佐著書に依って掲げると次の如くである。番号は右掲出の『図書寮叢刊』の和歌資料に付されたもの、なおかつこの中の年次などは推定に依ったものである。

六〇　中院具顕詠百首和歌　（弘安九年閏十二月）
六一　中御門為方詠五十首和歌　（弘安五年十二月か）
六二　京極為兼応令詠百首和歌　（弘安九年閏十二月）
六三　京極為兼詠百首和歌　（同右）
六四　西園寺実兼当座詠五十首和歌　（残欠五首。弘安年間）
六五　京極為兼詠三十首和歌　（弘安十年春か）
六六　法皇（後深草）御方和歌　（五辻親氏・釈空性〈詠三首二種〉）
六七　和歌詠草　（七首、為兼筆、弘安末か）
六八　和歌詠草　（八首、実兼筆）

六九　和歌詠草　（六首、為兼筆、弘安末か）
七〇　世尊寺定成応令詠五十首和歌　（弘安九年閏十二月）
七一　世尊寺定成応令和歌懐紙　（同右）

右のうち、六六が正安元年（一二九九）〜嘉元元年（一三〇三）頃であるのを除いてすべて弘安年間の詠と思われる。そのうち為兼の和歌について述べておく。

六二は「詠歳暮百首応　令和歌　　左近衛権中将藤原為（兼）」と端作り・署名のある百首。すべて歳暮の感慨であり、春宮に奉ったものである。

春をむかへんことは心にいそげどもとしのなごりは惜も有かな　（二首目）

六三は「詠早春百首和謌　　左近衛権中将藤原為兼」という端作り・署名のある百首。すべて立春詠である。

ふでのうちにおほくのはるをたててみればかきつくるままにおもかげになる　（九十一首目）

ももかへり春のはじめをむかへ見るもただ一時の心なりけり　（九十九首目）

六五は「春日同詠花三十首和哥　　左近衛権中将藤原為兼」と端作り・署名のある三十首。

まだきより思いづればさくら花心の中にさかりをぞみる（四首目）

六七は端作り・署名なし。袖書（そでがき）に一首、詠草の本文に七首（一首重複）。賀茂（かも）社への奉納歌らしい。

ふかきみちはかものやしろにありけりとことにふれてぞ思ひあはする

六九は六首のみ。

君の心世にゆるさるる時いたりなばくるしとおもふ事までもあらじ

岩佐氏は六三「ももかへり」など「唯識的把握にいたる内的過程の表現」として、この時期、唯識説の思想に裏づけられた詠の存在することを指摘している。

この一連の作品の中には、六二など、歳暮を主題とするからか、景の描写はほとんどなく、心に映った思いの詠出であり、六九「君の心」などにみるように、推敲（すいこう）途上の作が多く、「心」という語を多く入れて詠むのは『和歌抄』との対応からであろうが、未精練の感は否めない。ただ旧来の歌壇の歌風とは大きく異なり、習作的ではありながら、確かに『和歌抄』にいうような新しい行き方を目ざしてのものと見ることは可能であろう。

春宮を中心としたグループの成立

ここに春宮を中心とした一つのグループが成立しており、そのメンバーの一人である

52

中院具顕（六〇）百首の深い内面性を見ても、為兼の新歌風が選択されており（岩佐『歌人の研究』）、この人々は為兼の新しい歌論を受けとめて精進していたと思われる。

さてもまたいかにかあらん身のゆくへこの冬ざれになげきくはへて　（具顕）

以上が、初学期を経た後の為兼のいわば雌伏（しふく）期である。

第二　政界への進出――正応・永仁期――

一　伏見天皇の親政

伏見天皇践祚

弘安十年（一二八七）十月二十一日、伏見天皇は冷泉富小路殿で受禅、ここを皇居とした。為世・為兼は受禅の儀に参仕（『実躬卿記』）。これに先立って十九日後深草院は常盤井殿に御幸、為兼が供奉している（『勘仲記』）。ここが院政を行う御所となるのである。

源具顕死去

この皇統の喜びの中に、十一月天皇の側近であった源具顕が没した。七日（『尊卑分脈』）とも九日（『中務内侍日記』）ともいう。二十八歳前後であった（岩佐氏推定）。践祚を見たことがせめてもの喜びであったが、残念であったであろう。

実兼の北山邸へ方違行幸

十二月二十五日には実兼の北山邸へ新帝方違行幸があり、雪が降って、夜雪御覧があり、その後に歌会、左中将為兼は「警固の姿にて参りたる、いと優しく見ゆ」（『中務内侍日記』）とある。会の作者は権大納言典侍（親子）・新宰相・内侍、男は天皇・

実兼・為兼。長年の苦労の報いられた喜びの程も察せられよう。

幕府の後深草院政への申し入れ

年が明けた弘安十一年（四月二十八日に正応〈一二八八〉と改元）正月二十日、（四日付の書状を携えた）関東の使者入道行覚（二階堂盛綱）が入京した。後深草院政への申し入れである（『公衡公記』）。その「条々」は、

一、御政事　執柄諸事、計り申さるべきか
一、議奏公卿　并　評　定　衆事　御計らひたるべきか
一、任官加階事　理運昇進、次第を乱さず之を行はるべきか
一、僧侶・女房政事口入事　一向に停止せらるべきか
一、諸人相伝所領事　道理に任せて本主に返付せらるべきか

（他二条略）

その後に付帯書きとして、任官・叙位・所領について関東の所存と称して所望する輩がいても信じてはいけない、関東所存の場合は申し上げる、としている。

幕府の意志としては、政事は道理に従い、執柄と諮り、議奏・評定衆をきちんと任じ、筋を通して昇進を認め、僧侶・女房の口入（容喙）は禁ずべきことなどを七ヵ条にわたって直言したのである。

後深草院政に対して幕府が示したこの条々が、のちのち為兼の進退を含めて政界の表にも裏にも規制として働くのである。後深草院は『とはずがたり』『増鏡』からすると、小柄・虚弱・好色というイメージがあるが、それは措いても、久しく政治から離れていた危うさを幕府は感じていたのではなかろうか。

西園寺実兼の顕栄

さて、西園寺実兼（四十歳）は正応元年十月権大納言より正官に転じ、右大将を兼ね、従一位に昇り、翌年十月任内大臣、三年四月に辞したが、四年十二月太政大臣となる。この間もとより関東申次は続けている。

後深草院像
（宮内庁三の丸尚蔵館所蔵『天子摂関御影』より）

蔵人頭に補任

以上のような状況が為兼に大きく影響したことはいうまでもなく、正応元年七月十一日蔵人頭となっている。『勘仲記』に、

隆良朝臣、伊定朝臣、顕資朝臣、実時朝臣、宗冬朝臣五人の上﨟を超越すと云々、禁裏御吹挙、先途を遂ぐと云々、

とあり、超越して頭に補せられたのも深い

信任による天皇の推挙であった。

参議に補任

翌二年正月十三日任参議。『伏見院記』には為兼について「本自無弐の志を竭くし、忠勤を致すの仁也」とあり、この昇任も天皇の配慮に依った。ちなみに、十五日に拝賀、そのあと西園寺邸に赴いて新任の慶を申した。「家礼の仁と雖も」公卿として拝賀に来たのだからとて、実兼も公衡も対面している（『公衡公記』）。

権中納言に補任

その四月二十九日叙従三位、三年六月八日兼右兵衛督、十二月八日叙正三位（石清水賀茂行幸行事の賞）、四年七月二十九日任権中納言、五年六月十四日聴帯剣、七月二十八日叙従二位。

急速な昇進

この（超越を含む）急速な昇進は、公家社会ではもちろん、上記の幕府の申入に照らしても、芳しいものではなかったであろう。が、天皇の期待に応えて為兼の正応年間の活躍はめざましい。しかし勤仕の事跡を逐一記述するのも煩雑なので、細事は略す。

後深草院出家

正応三年二月十一日、後深草院は、自らの血統が天皇・東宮・将軍となっていることの「繁昌」を思い（日記）、政務を天皇に譲って出家した（ただこの後も政務に立ち入ることはあった）。

僧善空の人事介入

伏見親政が発足して一年余りが経った正応四年。この四、五年（すなわち弘安十年頃以後）、僧善空（「禅空」とも）の口入によって昇進した人々がおり、また多くの人が家領等を奪われて、その人々が関東に訴えるということがあった。すなわち善空は後深草院政の開始期から人事等への介入を行ってきたのである。

森幸夫「平頼綱と公家政権」（『三浦古文化』五四号、一九九四年）によると、真言律宗の僧禅空は、幕府の実力者平頼綱と密接な関係があって、後深草院の治天の君の座の獲得も、頼綱の力に負うところがあり、さらに院の優柔で弱気な性格が、禅空や頼綱の口入を容易にさせた、と見ている。

禅空を排除

伏見親政が「徳政」による意欲的な政治を進めようとする時、その障害者としての禅空（善空）の排除が緊急な課題であった。おそらく天皇は為兼ら側近と謀った上、為兼を関東に下して禅空らの排除を断行したのである。『実躬卿記』四年五月二十九日の条によると、口入による所領はすべて本主に返付され、昇進した人々は解官されたり出仕を停められたりした。天皇の徳政による親政の第一歩が踏み出されたと見られるが、おそらく為兼はその方針に深く関与していたことであろう。

鎌倉下向

なお『醍醐寺文書』の「親玄重申状」は、法印定任と親玄との争論につき、後深草の聖断を仰ぐための坊門忠世宛の五月十三日付の申状で、中に親玄の忠勤は「為兼卿在国」の時によく存知している、とあり、『鎌倉遺文』は正応三年のものとしている（一七三四九号）。二年または四年の可能性もなくはないが、三年であるとしたら、それもおそらくは政治的要務を帯びて鎌倉に下向したのであろう。

為兼の夢

翌五年正月十九日天皇は、為兼が元日に見た夢を語ったことについて『伏見院記』に記している。

山に松樹三本有り。口を開けて之を呑む。吾祈請の旨三つ有り。一は政務の長久、一は君臣合体して背く所無く、長久なるべし。一は自身本不生の理を発明すべしと云々。今三本の松樹、此の佳瑞かと云々。

初めの二つは天皇の政務の長きことの祈請である。第三は「本不生」（真言密教の説で、一切の存在、すなわち諸法はその根本において不生であること）の悟りの希求であろう。

夢への深い関心

時代の風潮でもあるが、とりわけ為兼にはその堅固な宗教心から発する霊感の強さを自覚し、「夢」への深い関心があったのである（岩佐『京極派和歌の研究』、伊藤伸江『中世和歌連歌の研究』笠間書院、二〇〇二年参照）。

南都北嶺の騒動

『伏見院記』正応五年正月三日の条に、「山門嗷々事」があり、「新中納言為兼を以て山門幷びに南都の事、仙洞に申さしめ、又相国（実兼）に仰せ合はす」とある。「南都の事」は去月二十七日春日の神木が入京したことを指す。五日の条に「近日南北両京訴訟同時嗷々、（中略）藤氏公卿出仕せざるの間、伝奏に人無し。或は直問答、或は為兼卿を以て問答」とある。比叡山と興福寺で騒動が起こったのである。こののち十四、十五、十七、二十五、二十六、三月二十一、二十六日などに記事がある。この事件は四月二十一日の神木帰座により終わったようだが、伝奏が勤務しないため、天皇は側近の権中納言為兼を衝に当らしめたらしく、天皇・法皇・関白（九条忠教）・南都の間に立って折衝したようである。この南都北嶺のもめごとは（『興福寺略年代記』）、後の永仁の闘乱とは関係ないものである。

僧の人事に関与

五年二月二十六日僧官の除目があって、大僧正頼助が辞退し、覚済を任じ、また実承・親玄が権僧正となった。『伏見院記』によると、天皇は親玄の昇任に不満だったが、「近日の風儀無力」として容認した。当時醍醐寺親玄は「太守」（得宗北条貞時）らに密教の修法を施すなど、得宗の護持僧のような役で鎌倉に滞在中。その昇任にも関東の後押しがあったと推測される。その『親玄日記』（『内乱史研究』一四～一六号、一九九三～九五年に依る）には、為兼の二十八日付書状が収められており、「御転任の事、驚き申す可からず候と雖も、朝恩相違無きの際、定めて御自愛候ふ歟」とあり、追伸として「醍醐寺座主職の事、旧冬より連々承り候ふ間の趣、具に申入れ候也。御沙汰の次第相違無く候」などとあって、為兼がこの僧官や醍醐寺座主職の人事に関与していたことが推測される。天皇の意思とはすれ違っているが、これは関東の意向を慮ってのことであろう。天皇の側近として諮問に答えたものであるが、人事への「口入」ということになろう（この件、今谷明『京極為兼』に指摘がある）。

大宮院崩御

同年九月九日大宮院が他界、廃朝五日が決定され、奉行に為兼が候補となったが、為兼は春宮胤仁親王（のちの後伏見天皇）の乳父であったので憚ることとなった（『勘仲記』）。

為子、典侍として重用される

姉為子は元年六月実兼女鏱子が女御として入内した折に詠歌しており（『玉葉集』一〇九二）、八月中宮となると、「中宮藤大納言」として鏱子に仕え、二年四月〜三年九月の間に典侍となって「藤大納言典侍」と称せられた（岩佐「大宮院権大納言」参照）。なおこの頃の家集については後述する。四年二月一日三条実躬は中宮に申し入れることがあって藤大納言局（為子）と対面している。天皇の居所の近くに内侍所があり、典侍・内侍（掌侍）等の高級女官が天皇と常に接しており、天皇や中宮への取り次ぎは彼女らが担当したようである。取次は口入と紙一重であり、為子の重い立場が察せられる。五年四月二十三日賀茂祭にも「女使藤大納言典侍、新中納言為兼卿姉也」（『実躬卿記』）とあり、重用されていた。

二　歌風の模索

鞠の会に参会

為兼の家系は和歌の家であり、『花園院記』（元亨四年〈一三二四〉七月二十六日、元弘二年〈一三三二〉三月二十四日等）にあるように、和歌によって仕えたのであるが、同時に、為世と並んで鞠も抜群に堪能であった。天皇が鞠を好んだので、一族の為雄・為実らの人々と共に内裏鞠の会にも参じている（『伏見院記』正応二年正月～三月の間）。

京極派和歌模索期の歌合

正応元年には、為子の『藤大納言典侍集』、親子の『権大納言典侍集』によると、九月に歌合があった。この二集と『兼行集』とを合わせた三家集によって、正応元年九月九日歌合、二年十月十三日歌合などの歌から天皇とその側近の人々が内々の歌合などを催していたことを知りうる（この三家集については後述）。岩佐氏は、京極派和歌について、弘安十年までを揺籃期、正応元年～永仁六年を第一次模索期とするが、上記三集の歌は京極派和歌形成中の、模索期のものとして重要である。

正応二年内裏御会始

二年正月十七日内裏御会始（『伏見院記』『公衡公記』。『中殿御会部類記』参照）。為兼詠は

『新千載集』一二〇三にみえるが、晴の会なので為世・隆博らも参じ、為子も懐紙で詠進している。

朝覲行幸の歌会

三月二十四日には後深草院滞在の鳥羽殿に朝覲行幸があり、その歌会には天皇・関白師忠以下、為世・雅有・隆博・為兼・為実・為道・隆教ら歌道家の人々も参加、為兼が読師を勤めた。題は「花添春色」（『新編国歌大観』第十巻所収）。

久明親王に古今伝授

この年十月十日新将軍久明親王（十五歳）が関東に下った。東下以前、すなわち在京の折、為兼は古今伝授を行ったという。二条家の定為が門弟の行乗に『古今集』を講じた『六巻抄』にみえるもので、仮名序の「今はふじの山も煙たたずなり」を為兼は「不立」と教えたが、のち為世は家説は「不断」であると述べたことにまつわる記述である。ちなみに、久明から、（御子左家）一流のうちでくい違うのは何故か、と質問があったので、為兼は師範としての責任があるとして急ぎ下ったという。為兼・為相は不立説によって宗家と対抗していた。

正応三年内裏御会始

三年正月二十日内裏御会始。題者は為世。題は「庭松久緑」。講師為実、下読師為兼、御製講師為世（『伏見院記』）。九月十三夜内裏三首会（『新編国歌大観』第十巻所収）。天皇・権大納言典侍・藤大納言典侍・中宮大納言、関白家基以下廷臣、為世・隆博・為兼・為実・為道・隆教ら歌道家の人が参じている。為兼には、

今までは昼の名残もみるべきを月にまけける入相の空　（「夕月」）

月は猶かたぶきはてぬ影ながら鐘より後はしののめの空　（「暁月」）

など、時間の推移を込めて、発想・表現の新しさを求めた歌がみえる。

正応四年内裏御会始で御製講師を勤める

四年正月九日内裏御会始。為世・隆博・為道・隆教・為相ら歌道家の人が参じたが、為兼は御製講師を勤めた（『実躬卿記』）。なおこの年内裏当座会の歌が『夫木抄』（六六四八・七二三五）にみえる。

以上見る如く、内裏の晴の会では、歌の家（二条・京極・冷泉・飛鳥井・九条）の人々が斉しく出席し、為世を中心とした御子左宗家としての二条家一門の存在は重いものであったが、四年正月の会で為兼が御製講師になっているのは天皇の意向に依ったものと思われ、歌人としての地位を高めている。

宇都宮蓮愉

正応五年春、為兼は宇都宮蓮愉（俗名景綱）と和歌を贈答した（『沙弥蓮愉集』四二、一三）。「蓮瑜」と書かれることが多く、それが正しいとも思われるが、鎌倉後期写の時雨亭文庫本の本文冒頭に「沙弥蓮愉」とあり、今はそれに従っておく。頼綱入道蓮生の孫、為氏・為教とは従兄弟同士であり、著名な武家歌人（『続古今集』初出）であった。弘安八年の霜月騒動に連座して失脚したが、正応半ばには政治的にも復活しており、為兼も血縁ということもあって何かと関わりを持った（もっともこれは為世も同様であった。なお蓮愉については『沙弥蓮瑜集全釈』参照）。この年蓮愉は六十八歳、為兼三十九歳。

三島社十首

同年、執権北条貞時（二十二歳）の勧進した三島社十首を詠じた（『夫木抄』一七四三・五四七〇、『風雅集』八三七）。この十首には雅有・慶融・為相・為道・蓮愉らも加わり、公武の和歌における交流が具体的に示されている。おそらくは京から詠を送ったのであろう（小林一彦論文に詳しい）。

山おろしの木ずゑの雪を吹くたびに一くもりする松の下かげ　（『風雅集』八三七）

正応期は三十代後半、公務繁忙ということもあってか、残る歌は多くなく、また公の場の歌が中心で、歌風を詳しく批評しうる程ではないが、このように時に伝統的な風から抜け出す意欲を見せた歌も混る。

三　君寵の権勢

三条実躬に勅免の伝達

正応六年は八月五日に永仁と改元された。永仁三年頃までの為兼の政治的行動は諸記録によってかなり明確だが、ここも一々記載することは煩瑣でもあるので、幾つかの事蹟を挙げるに止めよう。

三条実躬は本家筋の実重と不和のことがあり、実重の訴えによって勅勘を蒙ったが、西園寺公衡らの尽力で、正応六年（永仁元）三月八日勅免される。その伝達を為兼が行っており、次いで公衡から勅免状が届いた。これは公衡の尽力と亀山上皇の意向などによったらしいが（『実躬卿記』）、為兼も公衡に従って衝に当たったようであり、内意を示したり、事後の処置を伝えたりしている。

伊勢勅使として下向

四月七日には鎌倉の将軍久明親王から、伊勢勅使用として馬の献上があり、これは為兼が賜わった（『実躬卿記』）。既に勅使となることが決まっていたのである。そののち鎌倉における平頼綱（平禅門）の誅殺による天下触穢などにより、遅れて伊勢神宮には七月八日の出発となった。なお天皇は勅使第一日目の宿泊予定の近江栗太郡の駅舎が叡山西塔・東塔の紛争によって奉仕し難い情報をえて瀬田の宿泊を命じており、中宮の夢想に内侍所の女官が出現する瑞相を記すなど、『伏見院記』の記載（三・四、十日の条）には為兼への心遣いが込められている。出発に当って三十首の奉納歌を添えた。二条家の為雄・為道らが出立を見送ったが、為実の落馬を語り、また酉の刻の始めに雷一声のあったことをも天皇が日記に記しているのは、そこばくの不安があったからであろうか。

伊勢参宮

為兼は十一日に伊勢の離宮院に着し、一日休養して十三日に参宮、無事に奉幣を終えた。詳しくは『正応六年公卿勅使御参宮次第』（群書類従・神祇部）に記されているが、これには祠官荒木田尚国の手記と、終わりに宸筆の宣命文が載せられている。それらによると、なお蒙古の外寇を顧慮して海内の清平ならんことを祈るのが主眼であった。

参宮における奇瑞

『伏見院記』によると、十六日戌刻帰参、殿上に着したので、天皇は早速次第を尋ねたところ、為兼は、宣命を読む時に烏が多く飛来したことの奇瑞、また宣命を焼くと、その煙が神殿の方に靡いたのは神が納受したと思われること、参宮の前日十二日にひどい痢病に罹ったが、夢告があって「心神勇甚」の状態となったことなどを報告している。霊感の強さを自覚していた為兼の面目躍如たるものがある。勅使発遣の主眼は「万民安全、国家泰平」を祈ることだが（十日の条）、天皇が為兼を勅使としたのは、以心伝心、持明院統政権の永続祈請も込められていたのであろう。

為兼の夢想

八月二十六日為兼は天皇に次のことを語った。前夜、賀茂宝前で夢想があった。夢中に宇都宮入道蓮愉（前述）が、異国からの唐打輪を勧賞のため進める、といってきた。為兼が何の賞か、と問うと、叡慮に従わぬ不忠の輩をみな追罰すべき事前の勧賞であり、また糸五両を献ずるが、これは五百五十両になるだろう、ということであった（『伏見院記』）。霊感の強い為兼のこの夢想は、きわめて政治性の強い、願望の結果であったと思われ、天皇にしても、この夢を書きとめたのは、上述伊勢における為兼の霊感と同様、希瑞として共感するところがあったからであろう。すなわちこの二十七日は、勅撰（ちょくせん）のことが議せられた日であり（後述）、両者の念頭には、素志が果たされるべき希瑞として映ったのであろう。

関東下向

そして為兼は歳末、関東に下った。『沙弥蓮愉集』に、「権中納言為兼卿永仁元年歳暮之比、関東に下向侍りしに、世上の事悦びありて帰洛（きらく）侍りし時、道より申し送られ侍」として「としくれし雪を霞に分けかへて都の春にたちかへりぬる」（五四二）とあり、蓮愉の「雪ふりて年くれはてしあづまのにみちあるはるの跡はみえけん」の返歌が録せられている。「世上の悦」とは何であろうか。翌年正月六日正二位への昇叙（しょうじょ）をさすと推測されている（『沙弥蓮瑜集全釈』）。なお為兼の下向は十二月六日前後であり（『親玄日記』）、東下の主眼はおそらく勅撰の議についての了解工作であって、そのほか政事についての要務などであったのだろう。

長井貞秀、蔵人に補任

二年正月六日叙正二位。三月五日左衛門少尉（さえもんのしょうじょう）貞秀（さだひで）が蔵人に補せられ初めて参内した。貞秀は長井宗秀男。長井氏は大江広元の流れを汲む幕府の文筆官僚で、先祖は宮廷の中下級官僚だが、現在宗秀は幕府の要人である。その御曹司が蔵人に補せられたのだが、「権中納言為兼、諸事扶持を加うと云々。権勢尤も然るべき歟」、と『勘仲記』は記し、かつ六日の条では、貞秀は姿も所作も気品があり、きちんとしていたとある。宗秀は東使として在洛中で、昨日は饗応のために主殿司十二人に砂金二十両、小袖二、檀紙二十帖を贈っている（同、五日の条）。貞秀は十八日に諸所拝賀、十九日に石清水臨時祭の舞人を勤めたが、それを見ようとして「見物車雲霞の如し」という有様であった（『実躬卿記』）。

　永仁二年三月大江貞秀蔵人になりて慶を奏しけるをみて宗秀がもとにつかはしける　　前大納言為兼

めづらしきみどりの袖を雲の上の花に色そふ春のひとしほ　（『風雅集』雑上一四五八）

おそらく貞秀の補任には上記『勘仲記』の記事からも為兼の力が大きく働いたのであろうことは推測に難くない。

三条実躬、蔵人頭を望む

　その三月二十五日三条実躬は参内し、蔵人頭に補せられたいと申し入れを行い、二十六、七日後深草院、関白近衛家基ほかにも希望を申し入れた。競望者は二条家の為道であったが、実躬はその日記に、運を天に任せるが、現在では「為兼卿猶執り申す」と記し、さらに諸方に懇願したのだが、二十七日の結果は意外にも二条家の為雄（為道の叔父）であった。実躬はその日記に、

二条為雄、蔵人頭に補任

　当時の為雄朝臣又一文不通、有若亡と謂う可し、忠（抽）賞何事哉。是併しながら為兼卿の所為歟。当時政道只彼の卿の心中に有り。頗る無益の世上也。

と記している（「有若亡」は役に立たぬ者、の意）。為兼は「執り申す」すなわち天皇に取り次ぐという行為で人事を掌握しており、為雄の蔵人頭も為兼の計らいと見たわけである。

実躬の不満

四月二日の条には、実躬は面目を失ったので後深草院仙洞の当番などには出仕しないことにしようと思ったが、父に諫められ、恥を忍んで出仕した。「当時の世間、併しながら為兼卿の計い也。而るに禅林寺殿（亀山院）に奉公を致す輩、皆以て停止の思いを成すと云々」と記している。為兼の権勢がすこぶる大きかったこと、あるいはそう見られていたことが窺われる。為兼は後に為氏男為言の子俊言や為基、また冷泉家の為守の子教兼を猶子としている。これは為兼に実子のいなかったこともあるのであろうが、血統を尊重しつつ本家筋への楔を打ち込む感もある。為雄にしても為言にしても為兼の従弟である。なお実躬は明らかに亀山院方への差別をみとっている。

実躬、為兼に蔵人頭を要望

実躬は翌三年三月二十五日に為兼邸に赴いて「来月五日祭除目行わるべき由風聞の間、夕郎所望の事、然るべき様執奏すべき由示し合せ了んぬ。当時此の仁御重愛の仁たるの間此如く示し置く所也」(『実躬卿記』)と為兼に蔵人頭を望む願いを示した。為兼権勢の根元が天皇「御重愛之仁」であったからである。結局実躬は六月二十三日蔵人頭に補せられる。八月五日小除目では上卿為兼の下で働いている様が日記に詳しく記されている。

実躬、蔵人頭となる

この頃の公事に関する記事は煩を避けて省略するが、一つだけ記すと、福田著書六八一頁に「為兼の奉行した奉請状三通」が掲出され、いずれも勅使としての仏舎利請取状で、永仁三年三月、延慶三年(一三一〇)四月、応長元年六月のものである(国学院大学に請取状一幅を蔵する由である)。いずれも自筆である。

永仁の南都闘乱とのかかわり

永仁元年末から、奈良において興福寺院家の大乗院と一乗院との間で、烈しい抗争が起こった。いわゆる永仁の南都闘乱である(この事件については安田次郎「永仁の南都闘乱」に詳しい)。『実躬卿記』によると三年十二月十二日夜、武家の使者二人が西園寺実兼の書状を携えて、南都の件につき実躬を訪れた。実躬は「参内、権中納言為兼を以て事の由を奏す。即ち関東に申さるるの綸旨、前相国(実兼)の許に書き遣わさるべき由、勅定あり」ということであった。

南都闘乱について為兼は深く関与したのであろうか。『実躬卿記』には右のほかは全くといってよいほど見えない。右の記事も、為兼が常時君側にいたから、側近公卿として取り次いだという程度のことなのではなかろうか。

天皇の訴訟制度改革

正応六年六月天皇は訴訟制度改革を行った。記録所で庭中訴訟が審議され、中流官人が二人ずつ六番に（庭中番）、雑訴は上中流官人が五人ずつ三番に（各々下流官人も加えられ）結番（けちばん）された。すなわち一部上層公卿と名家の実務官僚がその衝に当たったのである。元来「徳政」とは正しい政治の在り方（とその推進）をいうが、その中心は雑訴（訴訟）の問題にあり、それは寺社の抗争を含む多くの訴訟、人事問題にからむ政務万般に及んでいた。その制度の改革は度々行われたが、この度もその一つであった。その役員構成は上記の如くだが、為兼は名家の出身でなく、もちろん上層公卿ではないから、そのメンバーには入っていない。

為兼権勢の根元は天皇の寵愛

『実躬卿記』などに依っても、公卿として朝儀の上卿などを勤めることはあったが、当時の政道の中枢部分に、制度的に関与する立場にはなかったのである。上述のような、為兼が大きな「権勢」を持つと人々に見られたのは、常に君側に侍して天皇の持つ人事権や政務の諮問に答え、人々の推薦状や嘆願書を天皇に取り次ぐ立場にあり、それらについて天皇に意見を言上し、また天皇の諮問に答えるのが常であったからで、必然的に天皇への影響力が強く、「当時政道只彼の心中に有り」と見られたのである。そこで例えば人事では「理運昇進、次第を乱さず行はるべき」（関東申入）はずなのに、「徳政」中「非拠」を行う為兼（『実躬卿記』三月二十七日の条）に対する不満が人々の間に広くかつ強く存したのである。結局為兼は広い政治的基盤は持たず、その権勢の源泉はただ君寵（『御重愛』）にあったのであり、きわめて危い立場にあったといってよいであろう。

四　永仁勅撰の議

永仁元年八月十五日夜の内裏歌会

永仁元年八月十五日夜、内裏と後宇多院仙洞で歌会が行われた。為兼は仙洞にも詠を奉っている（『新拾遺集』七六九、『藤葉集』一一二。『実躬卿記』によると題者為世）。内裏歌会の方は書陵部『内裏御会和歌永仁元』が存している（『新編国歌大観』第十巻所収）。「月前風」以下五題は為兼出題。作者は天皇・関白家基以下、女房には権大納言典侍（親子）、為子、新宰相。

雁がねのおのが一つらさそひつれて夜深き月の空に過ぐなり　（「月前雁」為兼）

風の音は空に聞えて遠方の梢にすめる秋の夜の月　（「月前風」兼行）

為兼歌の第三句など、後の京極派和歌に見られる字余りである。兼行歌にも清新な気配がある。

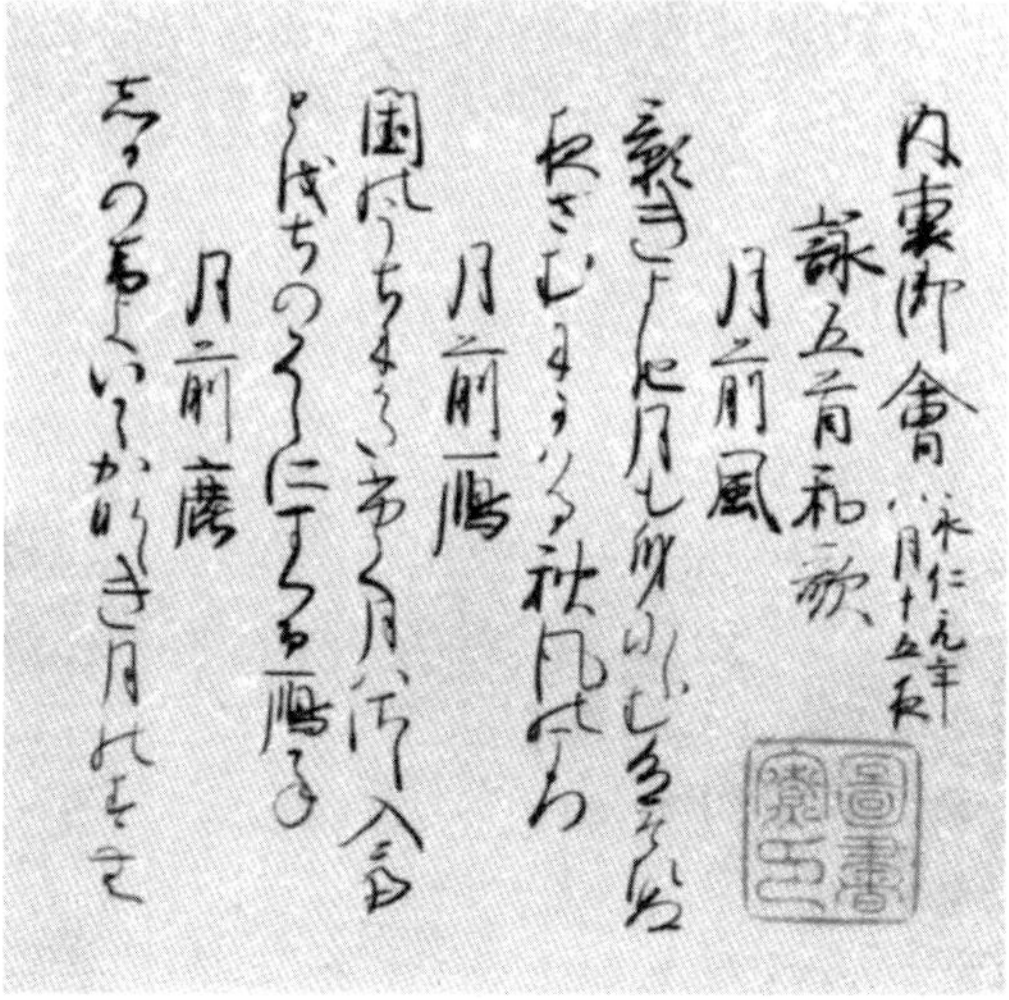

『内裏御会和歌』（宮内庁書陵部所蔵）

十五夜の会はもとより晴の会であり、現任の公卿と歌道家の人々および高級女房の歌人はすべて作者となっている。

為兼が題者となっているのは、天皇の意向によると思われ、為世が仙洞の会の題者となっている点から、伏見天皇方と為兼、亀山院方と二条家との結びつきが見えてきているといえようか。

八月二十七日天皇は為世・為兼・

雅有・隆博を召して、勅撰集撰集のことを諮った。為兼は前夜賀茂社に参籠し、夢想のあったことは前に述べたが、撰集について祈念するところがあったのであろう。

二十七日雅有は所労で不参。天皇は右大将花山院家教をして三者に、下命の月はいつがよいか、また御教書・宣旨・綸旨など下命の形式や、撰歌の範囲などを下問した。為世は十月下命がよいとし、為兼は下命に一定の月はないから八月でよい、と答え、隆博はこれに賛同している。下命は三者とも綸旨によるのがよい、とし、

撰歌の範囲

撰歌の範囲は、為世は、上古の歌は先行の集に採られ、残るのは下品の歌だから中古以後の歌を主張、為兼は、近日天皇は古風を慕われているから上古以後がよい、として隆博の賛同を得た。また百首歌を召すのは「近来定まる事」だが、これを仰せ下されるのは撰集下命の前か後かについては、各人「時に依って「不同」である」と答えた。以上の評議によって、天皇は家教を通して、今月の下命、また上古を棄てるのは無念だからそれも選び載せること、今日が吉日だから、というので綸旨案を家教が持参した。それによると、万葉以外の代々の勅撰集に入らざる上古以来の歌を撰進すべく四人に命じた。

天皇、撰進を命ず

隆博は喜悦の余り落涙、天皇はその歌道執心の深さに感嘆している。

以上は『伏見院記』に依ったが、『実躬卿記』にも簡単な記事がある。すなわち「今

日　勅撰有る可し。御百首出題以下事、評定有る可しと云々」とあるが、これは、この日、勅撰集のことが決まり、そのための御百首出題以下の事を議すべく、評定が有るのであろう、と解せられる。実躬は早退したので詳しくは記していない。

為兼の意見が採用される

天皇の上古仰慕の念、為兼の上古歌の尊重の意見、万葉にも詳しい六条家の末孫としての隆博の考えなどが窺われるが、為世と為兼の対立点（二点）はすべて為兼案が採用され、手まわしもよく綸旨が下された。天皇と為兼との間に前もって相談のあったことが容易に推測される。

これがいわゆる「永仁勅撰の議」であるが、ここで提起された課題は後に長く尾をひくことになる。

百首歌行われず

百首歌は結局行われなかった。歌題や人選の決定が難しかったのであろう。おそらくさまざまな思惑が交叉する内に、百首歌の仰せの時機を逸してしまったのではなかろうか。

和歌資料の収集

そうしたなかで天皇の周辺では和歌資料が収集されることになった。

天皇を中心として、側近歌人たちの詠が抜書きされて、個人別の家集が、天皇の詠草を含めて成立したという推定があるが、その中で、同じ構成をもって現在伝わっているのが、前に触れた為子・親子・兼行の三集である。その断簡（古筆切）が松木切と呼ばれる。現存三集はいずれも六十余首所収。正応元、二、永仁二年の歌合等の詞書がみえる。詳しくは岩佐『京極派和歌の研究』、別府節子「松木切の考察」「鎌倉時代後期の古筆切資料」を参照されたい。

為兼は年末関東に下って蓮愉と和歌を贈答し、二年三月大江貞秀の補蔵人について父宗秀に歌を贈り（前掲）、二年三月二十日三首和歌御会に参じた（『実躬卿記』および『新後撰集』一五一以下。別府「鎌倉時代後期の古筆切資料」）。為兼の「庭花盛久」歌が『夫木抄』（一一八七）に、同じく為子の歌が『新千載集』（一〇三）にみえる。天皇・為世・隆博・為道・為相ら出席。天皇側近ばかりではないところから、晴の会とみてよいものであろう。五月二十八日の内裏の会には為兼題者、講師は為世男為道。為世・為実らも参じており、為兼歌は『夫木抄』（三六六六、七）にみえる。

冷泉為相、勅撰集撰者を望む

これより先、三月二十日には東国より上洛していた為相が、四月三日頭弁俊光に申状を提出して（高松宮家手鑑）、自分も勅撰集の撰者に加えて欲しいと伏見天皇に訴えたが、これについて為兼は下された諮問に答え、五月二十七日付の書状（同上）で為相を援護して為世が妨害するのを不当とした。後半を引いておく。

彼の故実（勅撰口伝故実）以下、故民部卿入道殿（為家）之を授けしめ給う時、為相朝臣所持せしむる文書等、隔心無く之を見る可し。撰集の口伝故実以下に至りては、彼の朝臣（為相）成人の時、又授く可きの由、慇懃に仰せ置かるる事に候。此の条今更に自称に非ず。故阿仏房存日、諸人に対して披露せしめ候いき。彼の朝臣又此の趣存知せしむる事に候。此の如く候間、撰集所望の時、障碍を致さしむる条、身に於ては痛みに存ずる由申す許りに候。恐々謹言

五月廿七日　　為兼

為世の敵対心

これに対して為世は八月二日頭弁（平親経か）に書状を奉った（『冷泉家古文書』に「二条為世書状案」として影印・翻刻がある。また尊経閣文庫に同文の「為世卿申文」があり、翻刻が次田香澄「玉葉集の形成」に、村田正志「京極為兼と玉葉和歌集の成立」にある。前者には次田氏の詳しい解説がある。後者は「静嘉堂所蔵文書」とあるが尊経閣が正しい）。次田氏によると、三段に分けられる。（一）は冷泉家が抑留した文書のうち、弘安に院宣により文書十七合（文治・建久期の家記）は返還させたが、そのほかの文書についても為相は請文を奉りながら返却せず関東に逃げ下り、違勅・奏事不実の罪科があること、（二）は（五月二十七日付為兼書状の「勅撰故実」以下の文章をほとんど原文のまま引いて、）為相がその所持の文書を隔心なく為兼に見せよ、撰集口伝故

実は成人の折為相に授けよ、など為家が命じたというのは、為相が父から学んでいないことが明らかなること、(三)はわが子為道こそ撰者の資格があること。以上である。

為世の為相への敵対心の露骨であること、為兼が為相を援護していることが如実に知られるであろう。なお為相や為道の撰者追加はならなかった。

『伊達本古今和歌集』奥書

永仁二年八月、もう一つ和歌事跡がある。それは前に触れた『伊達本古今和歌集』の奥書に見られるものである。すなわち為相所持本の仮名序に、後高倉院本によって「安積山」の歌を書入れた(そして伊達本にもそれを転載した)件について長文の奥書を記し、「永仁二年八月四日　特進藤為兼(花押)」と署している。続いて次の為相の奥書がある。

為相の奥書

安積山の歌の事、為相相伝本に於ては、此の奥書の如し。後高倉院御本に任せて、先人自筆を以て書き入れられ訖んぬ。而るに当時流布の本、此の歌無し。仍て後輩之不審を散ぜん為に、故愚筆を染む可き之由、黄門仰せらるるの間、奥書を加うる所のみ

右中将為相(花押)

すなわち「安積山」の歌は、為相相伝の本に、後高倉院本の本文に任せて先人(為家)が自筆で書き入れたものである。流布の本にはこの歌がないので、後々の不審がな

いように、「故愚筆を染む可きの由、黄門（為兼）仰せらるるの間、奥書を加うる所のみ」という。この奥書は、為兼に求められるままに書いたものだ、という、読み方によってはなかなか意味深重な書きぶりである。

この時点で、為兼が為相に加証奥書を求めたのは、間もなく為相が東国に下るので（『夫木抄』一三二一〇参照）、伝本の確実性を表わすための措置であったと思われる。

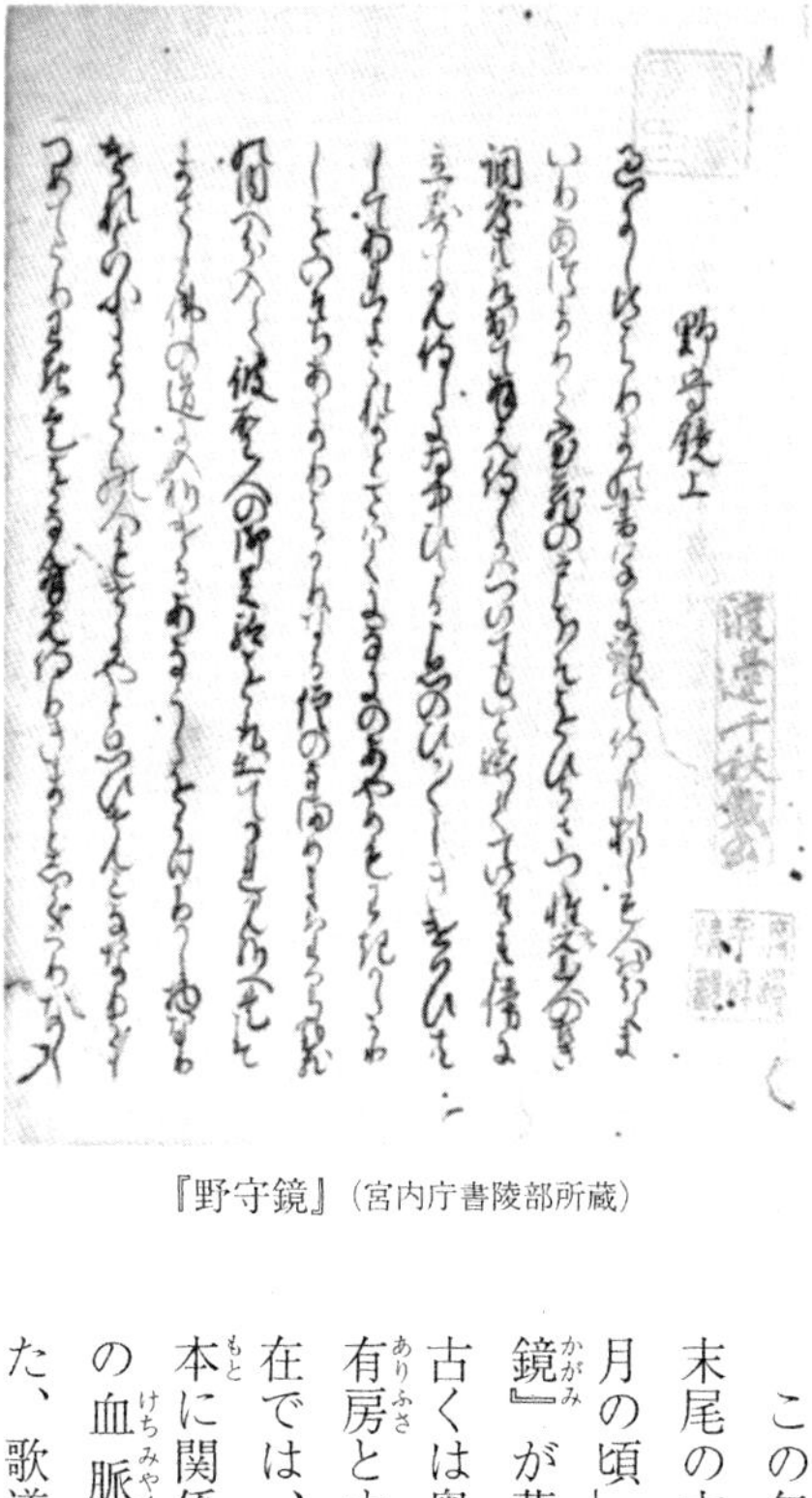

『野守鏡』

『野守鏡』（宮内庁書陵部所蔵）

この年には上下二巻の書で、末尾の方に「永仁三のとし長月の頃」記したとする『野守鏡』が著されている。作者は古くは奥書に名のみえる六条有房とする説があったが、現在では、天台宗の叡山東塔桜本に関係ある、魚山流声明の血脈、蓮海房の跡を受けた、歌道に強い執着を持つ反

為兼の歌風を非難

為兼派の出家者と考えられている（福田著参照）。

その上巻では、六ヵ条を立てて為兼の新風を非難する。歌道の根本は（一）「心を種として心を種とせざる事」、（二）「心をすなほにして心をすなほにせざる事」、（三）「詞を離れて詞を離れざる事」、（四）「風情を求めて風情を求めざる事」、（五）「姿をならひて姿をならはざる事」、（六）「古風をうつして古風をうつさざる事」であって、為兼のように、詞を飾らず、物語のように詠むのは誤りであり、歌の心ともいえぬ心を先として、ただ実正に近い俗に近い卑しいことを詠むのは歌の意義を失うことであり、要は「実あらざることを実とす」ることが（つまり虚構によって真実や美が）得られることこそ「歌の義」（誠の文芸）であることを述べる。そして、

なけとなる有明がたの月影よ時鳥なるよのけしきかな

荻の葉をよくよく見れば今ぞ知るただ大きなる薄なりけり

など、表現の不備な、「かけはなれたる姿」の為兼歌を徹底的に非難する。このような誤った考え方は一遍の踊り念仏と同じである、という。下巻では、為兼を批判しつつ禅宗・念仏宗を非難、天台密教の正しさを礼讃し、歌論と宗教思想とを結びつけて叙述しているが、この点は歌論史上注意されるであろう。

歌壇の変化を批判

また「今の世となりて」、すなわち伏見天皇の治世になって、「柿下(かきのもと)のこだち皆あらたまりぬれば……なげかしくおぼえ侍る……」として、歌壇の様相が大きく変わったことを慨嘆し、為兼を「かの卿は御門の御めぐみ深き人にて侍るなるに、これをそしりてみつしほのからきつみに申ししづめられむ事もよしなかるべきわざにて侍れば、委しくそのあやまりを申しがたし」といい、このような為兼が「つつがなくして勅撰をうけたまはり、今様姿(いまやうのすがた)のみだれがはしき歌どもえらびおきなば、和歌ここにたえぬべきもの也」と極言(きよくげん)するが、これは明らかに永仁勅撰の計画をさしているのであろう。「歌の道も歌の家より失せむ」という状況の中で、「ただ言に出でて争ふ人は為世卿より外は聞え侍らず」ともある。

為兼の上記二首がどのような形で発表されていたのか不明であるが、筆者は歌壇の様相などに詳しい人であったようだ。為兼は君寵によって政治的、歌壇的に大きな存在になりつつあることが記述され、その為兼の歌風が完成の域に達せず、習作的なものの多い未熟な新しい一面を指摘している。そういう状況の中で、明確な批判を行っているのは為世だけだと述べているのは注意されよう。それは本書が為家的歌論に立つ（福田氏指摘）以上、当然であろう。なおこれへの為兼側の反応は明らかでない。

為兼は永仁四年五月十五日に失脚し、権中納言を辞するのだが、その頃までの和歌事跡を一、二記しておこう。

『伝伏見院宸筆判詞歌合』

『伝伏見院宸筆判詞歌合』。十七番左右、二十二番右、二十三番左右の七首のみが古筆切で残存している（『新編国歌大観』第十巻所収。岩佐美代子解題）。作者は「権中納言藤原朝臣」（為兼）、「為相朝臣」、慶融、右王丸、憲淳、宗秀で、おそらく醍醐寺報恩院憲淳の主催で、醍醐寺で行われたものであろう。為兼の官位記載から正応四年七月末以後、永仁四年五月の間で、あるいは宗秀の上洛していた永仁二年頃の可能性があろう。

本文は為相筆、判詞は後伏見院と伝えるが、内部徴証から伏見院筆とされている。為兼の二首を掲げる。

残りなきこずゑと思ふ程よりはなほありたへてちる紅葉かな　（十七右勝、「落葉」）

心なほをかしく侍るべし

なげきわびあけだにせよと思ふよもそれさへ秋のせめてなるころ　（廿三左勝「秋恋」）

心ふかくして優艶なり

岩佐氏は「京極派初期の特色が見られ」ると評する。確かに発想・表現ともに新味がある。また慶融（為家子）は為相とも親しかったので加わる可能性は高い。憲淳は為兼と親しかったようだ（嘉元三年〈一三〇五〉に成った『続門葉集』四四一に贈答歌がある）。なお宗秀と親しかったことは前に述べた。内々の歌合とは思われるが、天皇の判詞を得ていること、また京極派初期の歌合であることなど、貴重なものといえる。

六帖題歌

「伏見院の御時」すなわち在位時に、天皇の命によって六帖題歌の詠まれたことが『玉葉集』『風雅集』『夫木抄』から知られる。作者は天皇・為子・為兼・兼行・新宰相らで、岩佐『京極派和歌の研究』に二十余首が収集され、詳しい考察がある。年時は明らかでないが、私見ではおそらく永仁に入ってからではなかろうか。

為兼の二首を挙げる。

旅人のみのふきかへすあきあらしに村雨むかひゆきなづみぬる

（『夫木抄』一五一七二）

庭の虫はなきとまりぬる雨の夜の壁に音するきりぎりすかな

（同・五六一四、『風雅集』五六四）

などのように新しさの窺われる歌もある（後者については、古歌・漢詩・源氏の世界をふまえて懊悩する内面を窺わせる歌、と見る村尾美恵「壁の中のきりぎりす」『かほよどり』八号、二〇〇〇年の論がある）。また天皇への讃美、思想的な詠も含まれ、新風への試行の努力は見られるが、まだ生硬な表現も残り、模索期の段階を抜けきってはいない。
永仁半ば頃までの為兼の詠風は、ほぼこの辺に集約されるとみてよいであろう。

第三　第一次失脚

一　傍輩の讒言

高階宗成との贈答歌

永仁四年（一二九六）、春（三月）に次の贈答歌がある。

永仁四年石清水臨時祭のつかひつとめて次の日権中納言為兼卿のもとへ申しつかはしける

高階宗成朝臣

頼みつる花もほどなきかざしにてかくれもはてぬ老ぞかなしき

（『遺塵和歌集』春・一二五）

かへし、かくなん

（為兼）

後を猶雲井の花にちぎらなんこの春のみのかざしならねば

（同・一二六）

（『遺塵和歌集』は高階家一門の詠を集めた私撰集）

ここまでが為兼（四十三歳）の前半生において、ひとまず平穏な時であった。間もなく為兼は失脚する。

権中納言を辞す

「五月十五日権中納言を辞す」そして六年「三月十六日事に坐す」と『公卿補任』にある。『興福寺年代略記』に、

六波羅に召し取られる

正月七日（六年）為兼中納言并びに八幡宮執行聖親法印、六波羅に召し取られ畢んぬ、又白毫寺妙智房同前

とある。約四十年後の元弘二年（一三三二）三月廿四日、為兼の他界を記した『花園院記』の記事には次のようにある。

傍輩の讒

龍興（伏見天皇）の後、蔵人頭と為り、中納言に至る。和歌を以て之に候し、粗政道之口入に至る。仍て傍輩の讒有り、関東、退けらる可きの由を申す。仍て見任を解却し、籠居の後、重ねて讒口有り、頗る陰謀の事に渉る。仍て武家、佐渡国に配流す。

右によると、為兼の権中納言の辞任は、和歌によって仕える立場なのに、政道の口入を行うようになり、傍輩の讒言があって幕府が現任の官を解任するように執進し、籠居せしめ、のち重ねて讒言があったが、それは陰謀にわたることであったので、幕府は佐渡に配流した、すなわち為兼の辞任は政道への口入による傍輩の讒、そのあと籠居、重

ねて陰謀に関わる讒言によっての配流であった、というのである。

失脚の要因

この為兼の辞任―配流については明治以後、歴史・国文の側からさまざまな理由が考えられてきた。三浦周行の、讒言による「陰謀」以下、政道口入説、政道口入に両統対立をからめての失脚説、討幕陰謀説などの諸説（次田香澄・福田秀一・小原幹雄・濱口博章諸氏ほか）がある。最近の通史でも、筧雅博『蒙古襲来と徳政令』は「陰謀」説、近藤成一「モンゴルの襲来」も「陰謀発覚」説を採っている。

今谷氏説

以上と異なった説、永仁の南都騒乱との関係を提示したのが今谷明『京極為兼』である。

永仁の南都騒乱（擾乱・闘乱）とは、永仁元年十一月から始まった興福寺院家の大乗院と一乗院との抗争である。委細は省くが、激しい抗争は五年まで続いた。

南都騒乱との関係

今谷説によると、為兼はこの騒乱に「干与」したのが失脚の原因であったという。すなわち永仁三年十二月十二日南都の事について為兼が天皇に奏したと『実躬卿記』に見えるが、これは蔵人頭実躬と天皇との間を為兼が「伝奏」として取次いだことを示し、翌四年この事件に一半の責任があるとして、実質「南都伝奏」であった為兼を籠居せしめたのではないか、そして五年一条院門徒が綸旨を持って下向して来た蔵人平信忠の宿所を破却したことを、幕府への「武家敵対」と見、朝廷側も「南都伝奏」であった為兼を責任者とせざるをえず、六年正月南都紛争に関わったとして聖親（今谷氏は東大寺の僧とする）、妙智房と共に捕われた、と推測する。

以上の今谷説を通観して、『興福寺略年代記』に拘引の記事があること、『実躬卿記』に南都関係で一ヵ所記事のあることなど、為兼の関与は皆無ではなかったであろう、と思わせるものがなくはないが、『実躬卿記』の記事は、為兼が君側にいたから取り次いだ、と読める。辞官・籠居・配流という重い咎と見るには関与の記事が乏しくはないか。

今谷説への反論

今谷説に反論したのは小川剛生「京極為兼と公家政権」である。

小川氏は、林鵞峰編『続本朝通鑑』正和五年（一三一六）三月の条に、「東使入洛の議の事。上皇恐懼」という綱文に続けて、他の資料に見えない記述があり、それは「出自二条殿」の日記に基づいたものと指摘する。

次いで東京大学史料編纂所蔵、林家本「二条殿秘説　附卜部秘説」（小川氏の精細な考証は省く）が、そのソースであることを明らかにする。この「二条殿秘説」は七ヵ条の記

伏見法皇事書案

事から成るが、その第二条が「条々（正和五年三月四日付之奉行人〈刑部少輔・信濃前司〉）」で、小川氏はこれを「正和五年三月四日伏見法皇事書案」（略して「事書案」）と仮称し、錯簡を

政事介入と陰謀計画の疑いで失脚

正して全文を翻刻している。その内容は伏見法皇の意を体した某によって記された文章であったとする。すなわち為兼の配流（第二次）をはじめとする一連の事件を受けて、その責任を詰問してきた幕府に対し、朝廷側の対応を説明・陳弁したもので、筆者は法皇の側近、例えば平経親らが候補になる、という。

この「事書案」については後章で再び取り上げるので、ここでは第一次失脚と関係ある記述のみ触れておく。

正和五年十二月二十八日為兼第二次失脚ののち東使重綱法師が入洛。翌日西園寺実兼を通じて、

（前略）入道大納言（為兼）、永仁罪科に依り流刑に処せられ了んぬ。今猶先非を悔いず、政道の巨害を成すの由、方々其の聞え有るの間、土佐の国に配流すべしと云々。

と申し入れた。後文には「彼の度、隠謀の企て有る由、一旦其の沙汰に及ぶ」とあり、永仁の失脚は「政道の巨害」と「隠謀の企て」があったとされ、上記『花園院記』の記事と一致する。なお「隠謀の企て」とは、小川氏が本郷和人『中世朝廷訴訟の研究』を引いて推定するように、武家への反逆計画が疑われたのである。すなわち為兼の失脚は、和歌をもって候する身で政事に介入し、陰謀の計画を疑われたのが原因であった。

なお小川氏は、既掲の聖親は、今谷氏が東大寺の僧とするのは非で、石清水八幡宮寺の執行で、後深草・伏見両院と接触する機会が多く、政治介入もあったかもしれないが、間もなく赦免されているとしている。そのほか的確な考証を行って、南都事件と為兼の辞官・配流を結びつける根拠の薄弱性を衝いている。

以上、小川氏の論に沿って私なりに記述してきたが、要は、治天の君の定めた伝奏や評定衆などでなく、徳政沙汰・雑訴沙汰のメンバーによって、制度的に、道理をもって運営すべき政治に、その立場にはなかった為兼が深く介入したことである（例えば、前章に触れたように、人事に介入して、『実躬卿記』永仁二年三月二十七日の条に「徳政之最中、此の如き非拠、寔に神慮に叶うべけんや」と非難されているようなことである）。天皇の君寵が唯一の支えで、側近において申次をする。諮問による言上もあったであろう。こういうところから発する為兼の勢威に対する廷臣間の反感は大きかったことであろう。

為子は沙汰に及ばず

なお「事書案」のやや前の方に「納言二品（為子）、彼の二品の事、永仁沙汰に及ぶ可からざるの由、関東之を申さる。仍て今度も其の沙汰に及ばず」とあり、為子も一応責任を問われたが、関東の意向で逃れたらしい。為子が中宮への取次役を勤めていたことは前述したが、それが「口入」（政事への介入）と見られることもあったであろう。

讒言をした傍輩

『花園院記』に見える、讒言をした「傍輩」とは誰であろうか。関東に告げているのだから、西園寺実兼であろうか。実兼にしても為兼の「権勢」は目に余るようになっていたのではあろうが、ただ「相敵視し、互に切歯」、讒をしたことの明らかなのは第二度の折である（『花園院記』）。佐渡から帰洛後、為兼と実兼との間は資料的に見て平穏であり、第一次（佐渡配流）の場合は、字義の如く「傍輩」、同程度の身分の廷臣で、為兼によって官途を塞がれた如き人（複数の可能性があろう）ではなかろうか。ただし、為兼の政治行動に不満であった実兼が、その失脚に暗黙の諒解を与えていた（岩佐氏）ことはありえよう。おそらく政界の大立者としては、表面では中立的な立場に敢て終始したのではなかろうか。

徳政下、この傍輩による告発は正当視され、関東の介入があっては天皇といえども、どうすることも出来なかったのである（「傍輩」は、天皇に対抗するために幕府を介入せしめた面もあろう）。

天皇、内侍所に願文を捧げる

なお永仁三年九月、持明院統政権の非を幕府に訴える人々がおり、天皇は強い危機感を抱いて内侍所に願文を捧げている（「伏見宮記録」のうち「伏見院御文類」によって岩佐『京極派和歌の研究』八二一～八五頁に翻刻がある）。天皇の政権は永仁三、四年には危機的状況にあったのである。

二　籠居の日々

永仁四年五月十五日、権中納言を辞して籠居してより、六年正月七日六波羅に拘引されるまでの間、天皇周辺でどのような和歌の催しがあったのか。

永仁五年八月十五日夜歌合

この間に行われた歌合に、永仁五年八月十五夜歌合がある。群書類従本・国立公文書館内閣文庫本（『新編国歌大観』第十巻所収）ほかがあるが、いずれも同一系統である。月に関する三題二十四番歌合で、作者は左右各八名。左方の頼成・中将はそれぞれ伏見天皇・中宮の隠名。廷臣は兼行・家親・俊光・定成、いずれも天皇の側近。女房に藤大納言典侍為子・中宮内侍（後の永福門院内侍）・新宰相（兼行姉妹）ほか。廿三番判詞に「公宴」とは称しているが、全く天皇側近による歌合で、内々のものといってよい。永仁五年八月十五日の催行とみてよいが、俊光が権中納言（任官は五年十月十六日）と表記されており、清記完了は十月以後なのであろう。

「月に寄せた寂しい感情を歌った作品が多い」（佐佐木治綱『永福門院』生活社、一九四三年）という評の通りであるが、完成度の高い作品は少なく、岩佐氏『あめつちの心』『永福門院』（共に笠間書院）で評するように全体的にはまだこれぞという自派の歌風をとらえていないようだ。ただ僅かながら、

虫の恨み千草の色も情あれど月にまさらぬ秋の庭かな　（八番右、定成）

のような、対句表現を用い、字余り句の多い、後の京極派和歌の特色を持った歌も見えて注意される。

判者

この歌合の判者は誰であろうか。類従本は「衆議（しゅうぎ）」とするが、判詞をみると衆議形式ではなく判者によるものである。心を重んじ、優なる歌を勝れているとしている。この歌合の作者の中には、到底判者たる力量ある人がいるとも思われず（天皇の歌は三首勝）、やはり籠居中の為兼に歌合が送られ、名を秘して判を行ったのではなかろうか。

この歌合の歌風は模索中という感じだが、天皇・中宮・春宮側近の廷臣・女房によるグループの結集が認められる点、注目されよう。

「伝後伏見院等歌集断簡」

またこの歌合の作者と全く重複する歌集が編まれている。東京大学史料編纂所蔵の久保木秀夫発見・紹介にかかる「伝後伏見（ごふしみ）院等歌集断簡（だんかん）」（東大史料編纂所蔵写真帳のうち。『国文学研究資料館紀要』二七号、二〇〇一年）がそれである。贈答歌撰集の零本で、頼成（天皇）、中将

（鏱子）、藤大納言典侍、為兼、中宮大納言（実顕女、実兼養女）五名の歌を、二首一組の贈答歌として編んだもので、正応二年（一二八九）正月以後、為兼籠居前の永仁四年五月以前の成立ではないか、と推測されている。

久保木氏は、もと列帖装の零葉と見られるものを丁寧に復元し、各歌を調査したところ、その詞書が、『後撰集』『和泉式部集』『和泉式部続集』の中に見出せるとする。すなわち伏見天皇周辺の歌人が、彼らの好尚に適った古典作品の詞書をもとに、自由に歌を詠み合う催しであった、という。

恋歌が多いと見られるが、次の歌はどうであろうか（番号は久保木氏の付したもの）。

世の中にへじなどおもふころ　　為兼卿

15物にふれてあはれぞふかきうき世をばいく程かはとおもひたつころ

かへし　　頼成朝臣

16おもひすてむ世はおほかたのあはれよりも我身のうへぞわれはかなしき

なおこの詞書と歌は、『和泉式部続集』の、

世の中に経じなど思ふころ、幼き子どものあるをみて

憂き世をばいとひながらもいかでかはこのよのことを思ひ捨つべき

に依っているという。

右の為兼と頼成の贈答歌から感じとられるのは為兼の鬱屈ではあるまいか。または諦念（ていねん）というべきものか。辞任に近い頃、身に迫った危機を感じての詠であろうか。あるいは籠居はじめの頃の憂愁の念であろうか。まずは永仁四年前後の詠とみてよいであろう。なお「頼成」「中将」の隠名が現存資料だと上記十五夜歌合が初めなので、その頃（為兼が籠居に入った頃）の可能性を一応視野に入れてよいかもしれない。

為兼への同情

高階家一門の私撰集『遺塵集』に次の歌がある。

永仁五年の五節（ごせち）のまゐりの夜、初雪ふり侍りしに、権中納言為兼卿のこもりゐたりけるに、申しつかはしける　高階宗成朝臣

ふりつもる雪につけてもここのへのこよひはいかに恋しかるらむ　（一一九）

返し、かくなん

めづらしき雪につけてもここのへのふりにしことぞさらに忘れぬ　（一二〇）

『続史愚抄（ぞくしぐしょう）』によると、十一月十三日「五節参入」。右の宗成の歌には為兼への同情の趣が見える。

以上、為兼は表立った行動はひかえていても、天皇側近や知人との間には交流があり、それは何となく世に洩れるところでもあったであろう。特に密やかな天皇周辺との交流は、政敵に「陰謀」という口実を与えかねないものであったかもしれない。

三　佐渡配流

六波羅に拘引

永仁六年正月七日、為兼は聖親・妙智房と共に六波羅に捕えられたという『興福寺年代略記』の記事は既掲した。『続史愚抄』は「六波羅に幽す」とあり、『続本朝通鑑』は「洛中流言、前権中納言藤為兼、陰謀を企て、北条宗方・宗宣、兵士を遣し、其の第を囲みて之を捕え、六波羅に到す。（中略）為兼を鎌倉に護送し、北条貞時之を按撿、佐渡国に流す」とある。（中略）の部分で正和四・五年の件を介入させ、記述に混乱しているところがあるが、永仁六年時点での両六波羅は確かに宗方・宗宣なので、武士にその邸を囲ませて拘引したことは事実であろう。『武家年代記』に「権中納言為兼卿六原に召置かる。三月佐渡国に遷さる」とあり、鎌倉まで下向せしめたのではなく、六波羅に召し込めておいたようである。

『公卿補任』永仁六年の条に「三月十六日事に坐す」、『興福寺年代記』に「三月十六日為兼遠流」とあり、この日佐渡に配流されたとするのが通説である。『拾遺風体集』（離別・二二四）に、

遠国にうつりけるに別ををしみて　　為兼卿

いく月日幾山川をへだつともわすられぬべき雲の上かは

（続群書類従本に依る）

とある。『佐渡志』（田中葵園編、文化年間成る）に「越後国名立の里にて読みたまひたる歌に　みやこをばさすらひいでてこよひしもうきになだちのつきをみるかな」とある（「名立」は現新潟県上越市名立区）。これは伝承歌である。もし事実としたら、越前を経由して北国街道を経るコースを辿ったのであろう。そして寺泊に至る。中世、大いに賑わっていた港である。

遊女初若よりの歌

為兼佐渡国へまかり侍りし時、越後国寺泊と申す所にて申しおくり侍りし　　遊女初若

物おもひこしぢのうらの白浪もたちかへるならひありとこそきけ

（『玉葉集』旅・一二四〇）

この歌の作者は流布本等に「初君」とするので、その名が一般で通用するようになったが、書陵部の兼右本、永正本、四〇〇・一二本ほか有力な写本は「初若」であり、また惟宗光吉（鎌倉末・南北朝期の歌人）の家集に、「越後国寺泊の遊女初若（玉葉作者）身まかりて侍りける（下略）」（二四六）とあり、「初若」が正しい。おそらく寺泊で高名な遊女であったのだろうが、『玉葉集』の作者ということでさらに著名になったらしい。為兼としては「かへるならひのありとこそきけ」という希望を誘う言葉が嬉しく、後に『玉葉集』に入れたのであろう。ここから佐渡の赤泊に向かって出発したと思われる。

赤泊の配所

さて、赤泊に上陸したであろう為兼は、『佐渡風土記』によると、赤泊の禅長寺を配所としたというが、これは往復の折に立寄った所で、世阿弥の『金島書』では八幡宮のある八幡（現佐渡市佐和田町）が配所であったという。近代においても『新潟県史』ほか、これが定説となっている。なお『金島書』を引いておく。

> さて西の方を見れば、入海の浪白砂雪を覆ひて皆白妙に見えたる中に、松林一むら見えて、まことに春六月の景色なるべし。この内に小堂まします。八幡宮勧請の霊祠なり。されば所をも八幡と申す。ここに不思議なることあり。都にては待ち聞

きし時鳥、この国にては山路は申すに及ばず、かりそめの宿の梢幹の松が枝までも耳喧しきほどなるが、この社にてはさらに鳴くことなし。これはいかにと尋ねしに、宮人申すやう、これはいにしへ為兼の卿の御配所なり。あるとき時鳥の鳴くを聞き給ひて、「鳴けば聞く聞けば都の恋しきにこの里過ぎよ山時鳥」、と詠ませ給ひしより音を停めてさらに鳴くことなしと申す。

百三十余年後の記述だが、史料的にはこれが古く、現在この場所が配所としての定説となっている。「鳴けば聞く」の歌については、『佐渡志』はこの地で他界した順徳院の歌という伝えを記す。史料的には『金島書』の伝えの方が尊重されるが、まずは伝承歌として扱うのが適当であろう。

『鹿百首』

この永仁六年秋、為兼は『鹿百首』を詠じた。活字本としては、『中世百首歌　六』(古典文庫)、『新編国歌大観』第十巻(共に書陵部松岡本を底本。田村柳壹担当)、岩佐『京極派和歌の研究』(高松宮本を底本)、および群書類従に所収される。

『為兼卿記』乾元二年(一三〇三)十月六日の条に次のようにある。

仰せに依り、永仁六年遠島に於いて堀川院題を以て悉くの歌に鹿之を詠む。而して春日社に奉納せしめ了んぬ夢告に依りてなり。此の事、典侍難題中の至極たるべきかの由、夜前申し出ださるるに依って叡覧を為す。凡そ難題の至極、最も第一の事たるべし。神慮に非ずは出で来難し。不可説の由、再三叡慮に預かり畢んぬ。

春日神の夢告

『為兼卿記』については次章に述べるが、右について大まかに意をとると、この百首は春日の神の夢告によって、佐渡において堀川院題をもって全歌に鹿を詠み込んだもので、それを春日社に奉納した。典侍為子がこの百首は難題至極のものであることを院に申したので、院の命によって叡覧に供し、叡感にあずかった、すべて神慮によって出来たものだ、というのである。なおこの百首については、田村柳壹「中世百首歌三種についての覚書――一句百首・鹿百首・伏見院御百首――」(『語文』六一号、一九八五年)および上掲翻刻書の解題、浅田徹『百首歌』に詳しい。

成立時期

さて、その成立時期である。

三とせふる秋のうれへは春日野に音に鳴く鹿も思ひしるらん　(「鹿」)

鹿よりも音ぞなかれける三とせまで雲ゐへだつる秋霧の空　(「霧」)

によって、永仁四年五月権中納言を辞して籠居、三とせの秋の憂愁が込められ、六年秋の詠であることが知られる。

配流を嘆く

春日野の露も色そへわがうれへ鹿もあはれと思ひしるまで　(「露」)

春日野の鹿もあはれめ和歌の浦に道まどふ鶴の独り鳴く音を　（「鶴」）

あやまらぬ身をやはすてんことわりをあはれさだめし（「よ」か）春日野の鹿　（「述懐」）

のように、配流の身を嘆くと共に、「あやまらぬ」わが身を訴える歌や和歌の道に復帰することを祈った歌が見えている。ただし浅田著書によると、こういう歌は二十四首ほどで、残りは表面的には帰京の願望や現実への嘆きが見られない、と指摘する。

宗教的行動としての「鹿」の詠作

「鹿」題は本来秋の題である。それを春・夏・秋・冬・恋・雑題にわたって詠むのは相当に無理をせねばならない。浅田所掲の例を一首挙げる。

春雨に花散る山のさをしかは木の葉時雨し秋や忘れぬ　（春雨）

春雨に花が散っている景を鹿が見ると、（鹿は時雨と一緒に詠むことがあるので）時雨で木の葉の散る景を思い出すのか、とかなり無理をして詠んでいる。すなわちこの百首では伝統の枠内に寄せて詠むことが詠作の大原則であったのである。しかし中には「猿沢の池辺に立てるさを鹿の影に驚く鴨の群鳥」（水鳥）のように、あるリアルさを獲得した歌も見られるが、基本的には鹿を全歌に詠み込むことが神の夢告なのであった。神鹿とされた鹿を堀河百首題という和歌の器に盛り込むことによって神の納受を期待する。そこに聖化の意義があったと浅田氏は指摘する。この百首は、文学的営為であるより宗教的行動としての意義をより多く持つ、という岩佐指摘に通ずるもので、共に肯定される見解である。

難題を見事にこなして、自己の強烈な意志を秘めて詠出したところ、為兼の強靱な精神を見出しうるであろう。

世尊寺定成他界

六年十二月十二日世尊寺定成が没した。重病の床で、「思ひいれて思ひいづべき人もあらじ君ばかりこそ哀れのこさめ」と詠んで送ってきた歌に、為兼は「思ひ入れて思ひ置きける此の道のなさけはいつも忘れしもせじ」と詠み、これを見て醍醐寺の憲淳と行った贈答が『続門葉集』（八五八）に見える。

弘安末以降、為兼の協力者であった定成の死は為兼にとってきわめて残念であったであろう。世尊寺家の能筆として、永仁勅撰ののち為兼の着手した撰集を清書したとも推測されている（岩佐『玉葉和歌集全評釈』別巻）。

佐渡における詠歌群

『鹿百首』のほか為兼が佐渡において詠じたという歌群が、「為兼卿三十三首」ほかさまざまな表題で複数存している。それらが最も多く収められているのは、続群書類従の『入道大納言為兼卿集』の奥書に続く、末尾の部分である。その順序通りに掲げると次の如くである。

三十一首歌

① 次（②）に続く三十一首（三十三首）の序の如き文章。

伝本によって、次のように分けられる。（イ）「為兼卿佐渡島にして卅三首の詠作の内、二首は三十一首の沓冠にあり。又上下の五七五七は短歌（長歌の意）となり、下の七文字は文字くさりとなれり。幷名号歌、此歌によりて嘉元二年に都へめしかへされ給ひ侍りぬ。自筆をば後に宇治の宝蔵にこめられしとなん」とあるもの（続類従本）。（ロ）文に若干小異はあるが、（イ）の前半に当たるもの「毘沙門堂大納言為兼卿さどのくににおいてよめる歌、此卅首。二首は三十一字の上下にあり。五七五（ママ）はなが歌、七文字はもじぐさりなり」（徳川本による）。（ハ）「この歌により都へめしかへされ侍るとなり。かの卿の自筆は宇治の宝蔵にこめられけるとぞ」（徳川本による。ただし④の次にある）。

② 「あらたまの……」（和歌の全形は後掲。以下同じ）で始まる三十一首（三十三首）。

木綿襷形式の二十首歌

③ 「なもはくさむ……」という二十五文字を込めて詠んだ（「なからへて」以下）二十首で、木綿襷（正方形の縦線・横線状に、またそれに加えるに斜線状に和歌を書き込み、各行の交叉する所に共通の文字を置く、といった手の込んだ形式。おそらく木綿襷を掛けた様子から称したものか）

形式をとるものが多い。

十二首歌

④「あみたふつ」を各句の頭に置いた（「あさひかけ」以下）の十二首で、木綿襷の形式をとる。

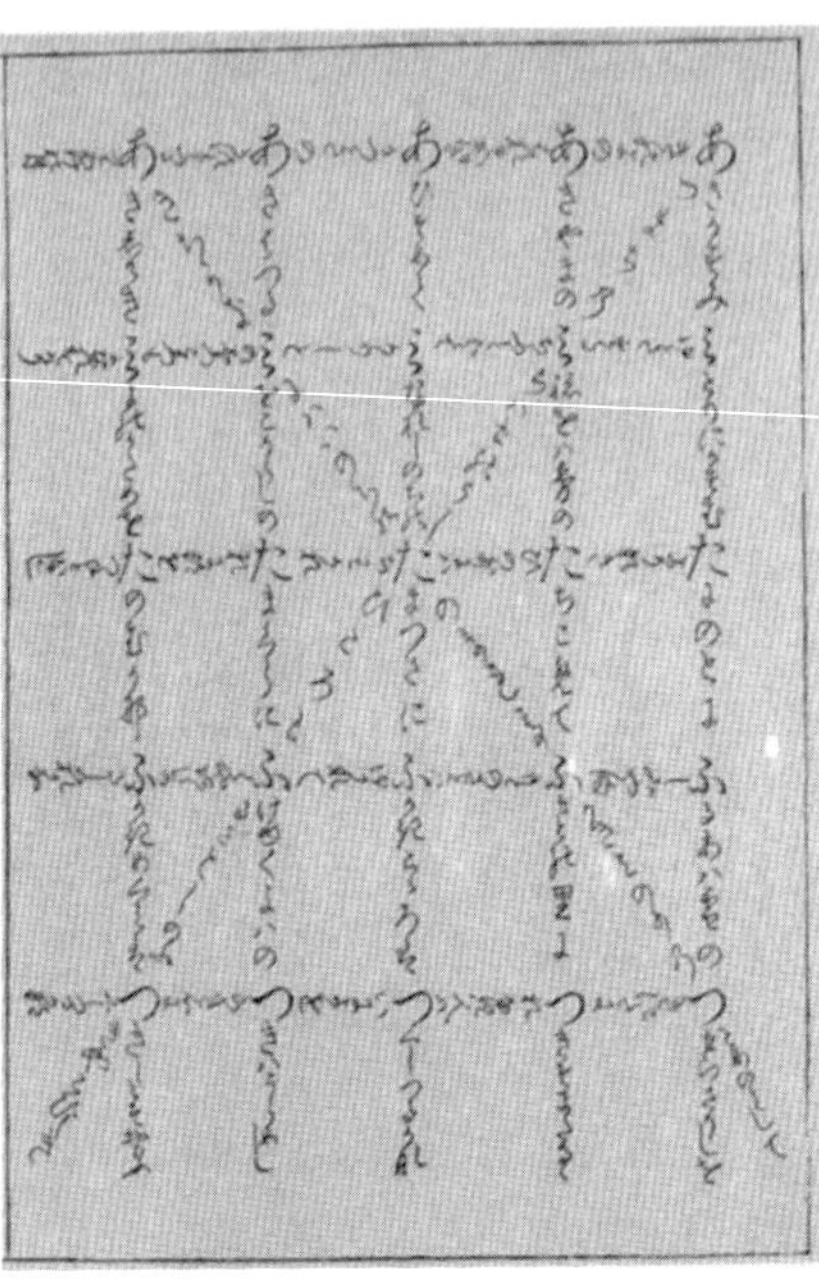

木綿襷の歌（続群書類従板本）

六首歌

⑤「なむあみた」の字を置いた六首（「なきあとを」以下）。

識語

⑥難波津魚翁（なにわずぎょおう）の識語（しきご）。

右の①〜⑥のうちの幾つかを持つ本が多く、ほぼ五類に分けられる。

伝本の分類

以下その分類基準と主な伝本を掲げる。

一類本（②の本文のみ）佐佐木忠慧本（伝伏見院筆、鎌倉末期写。『宮城学院女子大学研究論文集』五七に翻刻・影印（えいいん））ほか。

二類本（①②のみ）書陵部（五〇一・八五三、桂・一一三六本）・彰考館（しょうこうかん）本・国立公文書館内

閣文庫本（二本）

三類本（②④、①の一部を持つ本もある）　徳川美術館本（細川幽斎筆。題簽に「ゆふたすき」。徳川黎明会叢書のうち『私家集・歌合』に影印）・歴博高松宮旧蔵本・書陵部（五〇一・三七三）本・板本『為兼卿集』付載（文政元年〈一八一八〉刊）

四類本（①の（イ）、②〜④）　静嘉堂松井文庫本

五類本（①の（イ）、②〜⑥）　続群書類従本・刈谷図書館本

以上は伝本ごとに表題がまちまちである。また五類をそれぞれ細分類することも可能だが、詳細は上掲『私家集・歌合』解説、井上「伝為兼資料二つ」を参照されたい。なお岩佐『京極派和歌の研究』には②③の影印、②〜⑤の翻刻があり、解説も存する。

右の拙稿発表の後に知りえた伝本を略説する。

（a）（②①の（イ）、③〜⑤）　島原松平（一一九・五）本。江戸期写（四類本系）

（b）（①の（ロ）、②③、以上とは別の折句歌〈後述〉）　濱口博章本。延享三年（一七四六）奥書。濱口『中世和歌の研究』に翻刻。

（c）（②、①の（イ）、③〜⑤）　小原幹雄本。小原「翻刻『為兼佐渡詠歌』（架蔵本）」（『島大国文』二一号、一九九三年）参照（四類本系）。後述。なお小原氏はこの一連の歌群を「為兼

佐渡詠歌」と称している。

各作品群について略述する。

①について。②の序文として（イ）の形が無難だが、これが変形して付加されてさまざまな形をとっており、原型の推測は困難である。いつ頃、誰の文章かは不明だが、為兼帰洛後、相当経った頃に記されたものであろう。

②については、巻頭五首のみを岩佐翻刻によって掲げておく。

あらたまる（の）春もたちぬか逢坂の関さへかけて　霞む木のした

ふる雪に昔の跡をたづねてや若菜つむらむ　高円の小野

この程は河音たててうちとくる氷のあとに　残る白波

時をえて（ぞとて）ひらくる梅の花かづら心をかけて　みるや我妹子

をりてげに花をも見ずはうぐひすのなくより外に　声やきかまし

冠・沓歌

三十一首目まで、冠字を辿ると、

あふことをまたいつかはとゆふだすきかけしちかひをかみにまかせて

となり、沓の字を辿ると

たのみこしかものかはみづさてもかくたえなばかみをなほやかこたん

文字鎖

となる。おそらくこの二首を冠と沓とに詠み込んだ歌とみるべきであろうが、すなわち三十一首と合わせて三十三首となるのである。そして各歌の初～四句を連ねて行くと、五七五七……の長歌となり、第三十一首は「手ををりてかぞへつくさぬ万世を君より外に　たれかしるらん」と続いて長歌の結びとなる。また各歌第五句は、「かすむ木のした」「たかまどのをの」「のこるしらなみ」……と、文字鎖形式で続く。たいへん手の込んだ歌群である。したがって相当無理な表現も多いが、岩佐氏によれば、上掲「この程は」のような叙景歌、巻軸（かんじく）の「手ををりて」のような、おそらく伏見院への頌歌（しょうか）、また、

まつことも（の）なきとし月のあけくれてつもれば老とやがてなりぬか

のような配流生活の心細さを詠んだ歌があり、為兼の力量の非凡さが見えており、鹿百首より後、配流生活に馴れた頃の歌ではないか、と推測する。

折句歌

③の二十首は、「なもはくさむめうりこむけむおもふことかなへたまへよ」の二十五文字を、五段・五行に排列し、縦（上下）および横（左右）に一首となるように仕立てた折句形式の二十首である。最も右の列の一首を掲げておこう。

南(な)からへて裳(も)の思ふみを葉(は)ごくみて具(く)るしき海に佐(さ)てもしづむな

岩佐氏も指摘するように、すべて述懐・祈念の歌であり、為兼の詠とみてよいであろう。

「あみたふつ」の折句

④は「あみたふつ」の五字を五行五段に置いて、それぞれの字を句頭に詠み入れた折句の歌を、縦・横・斜めに書き入れた形式の十二首。二首を掲げておく。

あさ日影〈かすみイ〉みどりにかすむたにの戸はふる淡雪もつもらざり〈しをイ〉けり

あきらけきみよのはじめをたのむかなふかきめぐみはつきじとぞおもふ

この歌群には叙景歌・旅の歌・恋の歌・御代の頌歌・釈教歌（しゃっきょうか）などが混り、窮屈さがなく、かなりのびのびと詠じている。

書陵部五〇一・三七三本は江戸初期写の善写本であるが、②が終わったあと、七行分の空白があり、「土佐のはたにて為兼卿十二首詠哥」とあって④がある。これに依ると正和五年正月為兼の二度目の配流先土佐の詠の如くだが、「はた」の地名は、岩佐氏も指摘するように佐渡にもあって混同しやすく、佐渡の一連の歌群とみてよいであろう。なお岩佐氏は「みよのはじめ」とある点から、永仁六年七月後伏見践祚（ごふしみせんそ）、十月即位（そくい）の報をえて、冬頃の詠であろうか、と推測している。

⑤は「なむあみたふ」を冠字とする六首であるが、各歌・冠字と同じ字を各句頭に据

える。一首目を挙げておく。

　なきあとをなげくばかりのなみだがはながれのすゑはながきたきつせ

岩佐氏は、弥陀の誓願を頼み、亡妻を悼むとしか見えず、存疑ながらも六首を為兼の歌として認め、あるいは配流前に妻と死別した体験があったと想定すべきであろうか、としている。

識語

⑥は以上の識語ともいうべきものである。

要旨は、私は長い間、仏法に帰依し、悟りの道をえようと志したがその機をえなかったが、このごろ宝菩提院法印を知り、密教の奥旨を知った。その恩に報いるため法印が求めるまま『詠歌大概』を講じたといい、末に「和歌は日域の陀羅尼」と記し、最後に「難波津魚翁（在判）」の署名を加えている。

なおこの筆者は俗人で、御子左家の流れを汲む歌人らしく、東寺の子院宝菩提院の止宿者か、と思われるが、上記の諸詠に付属する必然性はないと考えられている（岩佐著書）。

続類従本奥書

さて、⑥のあとに続類従本には次の奥書がある。

　此壱帖明日香井中納言雅盛（威）卿の本をかりて新写し了ぬ。

こは寛政九年六月下の二日の夕

従二（三）位貞直花押

そして（1）の直前にある『為兼集』（後集。後述）には次の奥書がある。

『為兼集』奥書

此大納言為兼卿集、亡父妙寿院所持之処、令二懇望一、二日之内為二灯下写留一畢。正本者中院大納言通勝卿手跡也。不レ可レ出二窓外一者歟。穴賢々々。

慶長三己寅八月二日

下冷泉図書為景判

右壱帖明日香井雅威の中納言にかりて、暇之灯下うつし侍りぬ。

寛政九年六月下の六日

従三位貞直花押

書写の経過

前の奥書は板本にも存する。ただし慶長三年というのは為景の生れる前であり、干支も不審で、おそらく慶安二（己丑）か三（庚寅）の誤りであろう。慶安ならば、妙寿院（為景の父藤原惺窩）の没後である。為景は人から懇望されて（あるいは人の所持になっていたのを懇望して）父の本を写したのではないか（その父の本か、あるいはその親本が通勝筆本だったのであろう）。すなわち『為兼集』は通勝（慶長十五年〈一六一〇〉没）の生前から存在したが、通勝筆系の本が下冷泉家にあり、それから飛鳥井家に、という経路を通って、雅威から借りて富

神宮文庫本

刈谷図書館村上文庫『歌合集』本

濱口本

小路貞直が寛政九年（一七九七）六月二十六日に写したのだが、その四日前の二十二日に①〜⑥を、やはり飛鳥井家から借りて写したのである。

（c）小原本によって①〜⑤までは寛永頃にはまとめられていた。その後いつの頃か⑥が付せられて貞直が写したということになる。

そして①〜⑥のある神宮文庫本（『後鳥羽院百首』等に合綴）は、奥書はないが、末に天明四年（一七八四）八月に林崎文庫に奉納した村井古巌の印があり、写しも天明頃の本である。同じ①〜⑥を収める刈谷図書館村上文庫『歌合集』所収本は、小沢蘆庵本で、書写奥書がないが、『歌合集』所収の多くの本は安永八年（一七七九）〜寛政二年の書写・校合奥書があり、為兼のもその頃の写しであり、結局、寛永以後、安永・天明頃までに⑥が加えられたことになる。

ここで（b）濱口本について触れておく。濱口本は上記五類の本とは異なる内容だが、③の次、すなわち最後に「かけねかふ　すみよしのかみ　しきしまのみち　さつけたまゑ」の文字を句の頭に据えた折句二十四首がある。

かすみこしけさのどかなるねのひかなかみときみとのふかきめぐみに

以下、すべて神をことほぐ歌である。奥に、

延享三年丙寅年十月下旬書写之

とあるのは、濱口本全体の奥書であろう。ただし右の折句歌は為兼の歌とは気息が異なるというか、違う詠風のようで、上掲の③を受けて同じ折句形式の別人の歌を掲げたのではなかろうか。ここでは考察の対象からは外した。

伝本の構成

以上の伝本のうち、一類本が原型で、これに順次①～⑤が誰人かによって加えられ、最後に⑥が付加された。①⑥は為兼の記したものではなく、②～⑤も為兼作という明徴(めいちょう)はないが、既に述べたように、若干濃度の差があるにしても、為兼作の可能性は高いとみてよい。

②～⑤の和歌は、『鹿百首』と同じく文芸的な完成度を目ざしたものではなく、召還を神に祈念し、その実現を期するものと思われるので、信仰と深く関わった作として注意すべきものと思う。

『入道大納言為兼卿集』

ここで『入道大納言為兼卿集』(続群書類従本)について略述する。この集は七八九首を収める前集と、二七七首を収める後集とに分かれる。この集が純粋の為兼の集でないことは、一九三七年に次の三氏によって明らかにされた。すなわち岩佐正(ただし)「入道大納言言

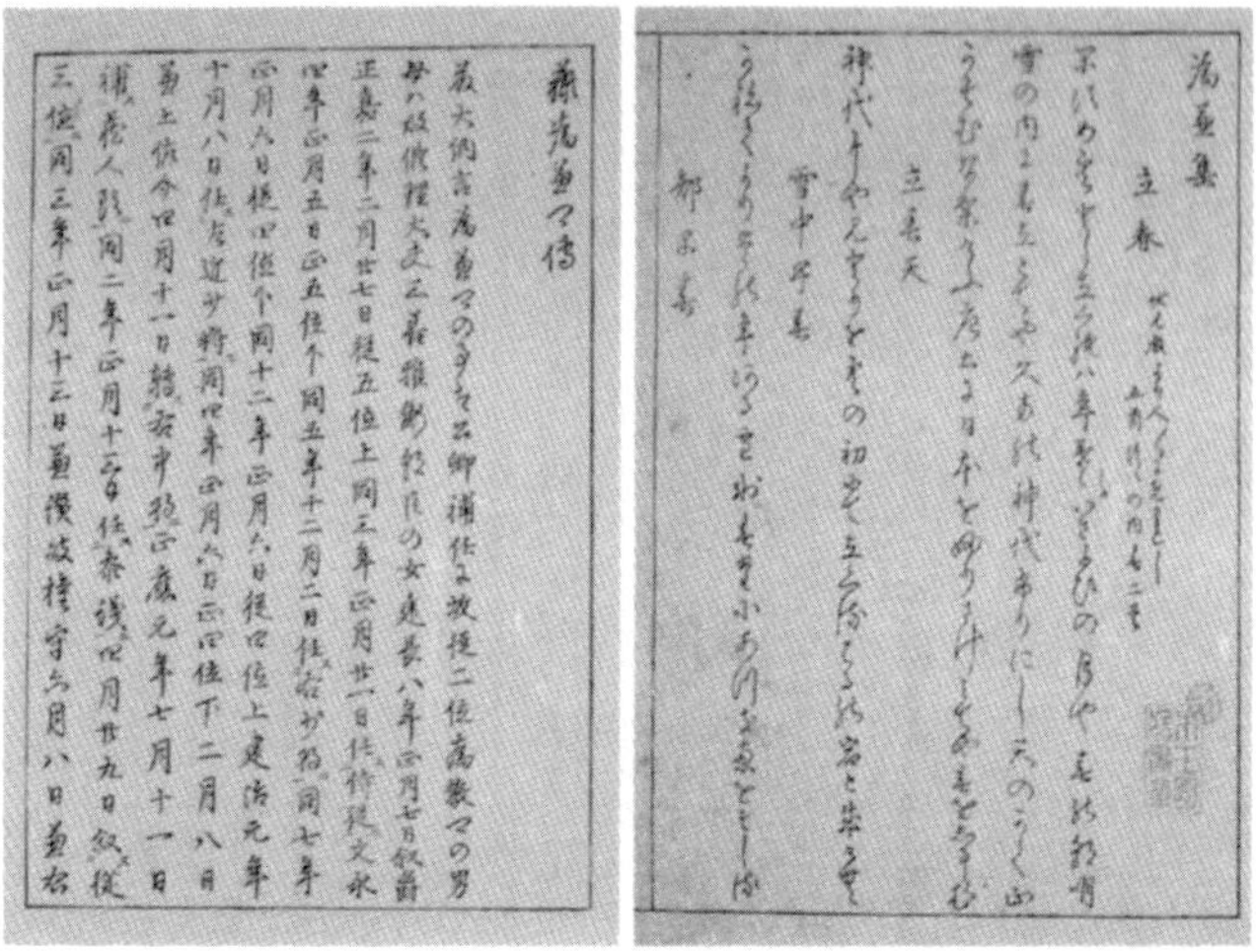

『為兼卿集』(板本，巻頭〈右〉および為兼卿伝〈左〉)

為兼卿集は果して誰の集か」(『文学』三月号)、谷亮平(りょうへい)「為兼集考証」(『国学院雑誌』四月号)、同「為兼集追考」(同、一〇月号)、次田香澄「為兼集の成立」(『文学』一二月号)である。戦後、より詳しい考察が次田「為兼集の性格と意義」(『国語国文』一九六三年八月号)、小原幹雄「『為兼集』乙集の考察」(『島根大学文理学部紀要』四号、一九七一年)ほかによってなされたが、画期的な研究は、個人名を冠した室町期成立の私撰集(相当数ある)の一環として『為兼集』を把握し、研究した三村晃功(てるのり)氏の「為兼卿集」(『和歌大辞典』の項目、明治書院、一九八六年)、同『中世私撰集の研究』においてである。前集については、『耕雲千首』と『題林愚抄』との歌を主要な典拠とする撰集であり、後集は、次田氏も指摘するように、正徹の『草根集』と『耕雲千首』と、ほかに為兼らの歌を集めた撰集であることが明らかにされた（なお『草根集』は類題本に依っている）。前集は室町中期、後集は室町末期かやや下る頃の成立と考えられている。

為兼作と推測される九首

　こういう性格の集ではあるが、後集の中程にある左の九首は、為兼の歌と推測されている。

　　さることありて佐渡といふ国へまかり侍る時よめる

とどめえぬみをうき草のとばかりもおもほえず行く水の白波

いにしへの雁につたへし玉札のたまさかにだに音信もなし

　　同国に侍りしとき

みの程に海士の業さへしられけりからき塩やきよを渡るとは

あら海のいかなる魚のえぞとみをなさばや思ふ比もしのびし

　　八月十五夜国守元義もよほし侍る会月二首

くもらじと空にあふぎてみる月も秋も最中のなには澄みけり

名もしるくこよひ千里の外までもてらす心のくまはなかりき

九月十三夜畑といふ所へ人々忍びてまかり侍るによめる

名残ある月の影かな雁鳴きて菊咲き匂ふけふのこよひは

秋もはや十といひつつ三よの月曇りはてずもすめる月かな

人々寄レ月述懐といふ事をよめる

更けて行く月にかこちて我が涙老いのならひにこぼれけるかな

配流の感慨を込めた歌も中にみえる。岩佐氏は、「あら海の」の歌について、「鯨・烏賊・狗母魚・鯖」を詠み込んだ物名歌かと思われ、流謫の中で難題に寄せた歌群の一片鱗をとどめるものとして、「鹿百首」以下の諸詠と共通している点を指摘する。

上掲「八月十五夜」の詞書によると、「国守元義」の歌会に出ている。この人物は未詳だが、守護代または地頭であろうか。在地の武家に和歌好尚の念があったとすれば、為兼を招いて会を催すことは自然であろう。また「畑といふ所へ人々しのびて」赴き、詠歌したこともあるが、「畑」（いま畑野町）に「しのびて」行ったのはやはり流人としてのたてまえであろうか。『新潟県史』（通史編二）によれば、配所は佐渡の辺鄙な地域には置かず、守護所（いま畑野町）の地からあまり遠くない所にあって、守護所の手を経て地頭に預けられ、配流地における行動も、それほど厳しくないのが一般であったという。為

佐渡での歌会出席

兼の配所の八幡から、そう遠くない守護所などに赴くことは可能であったのだろう。ちなみに、次のような伝承もある。

大永三年（一五二三）八月連歌師宗札が佐渡に来て、「むかし為兼卿も此松山より順徳院の御廟へいかばかりの道ぞとお尋ねありしに」、里人が「朝霧の道」と申したので、宗札は為兼に代わって「里人に行手をとへば霞をも朝霧道といふぞあやしき」と詠んだ、という。『佐渡風土記』に見える話で、二百二十年ほど後の、為兼に関わる伝承である。

帰洛

流人には若干の米塩が給付され、一年を過ぎると田と種子を与えられて自活するというが（『新潟県史』）、為兼の場合はもちろん京からの経済的な支えがあったのであろう。伏見院を中心とする政治的折衝もあったのであろうが、乾元二年（八月嘉元と改元）閏四月帰洛。「閏四月日関東より免除を蒙り、佐渡国より召し返さる」と『公卿補任』にある。満五年の佐渡流謫であった。

佐渡において為兼の心情を直接的に表現したものは乏しいが、大自然と相対しつつ孤独・憂愁・焦燥、といった厳しくも烈しい念を心に深く沈潜せしめたことであろう。それは帰洛後の活躍に有形無形に糧となったであろうことは推測しうる。

四　為兼不在時の歌壇

伏見院政開始

永仁六年三月為兼が配流されて四ヵ月たった七月二十二日伏見天皇は皇太子胤仁親王に譲位した。新帝後伏見は十一歳。伏見院政が開始された。八月十日には後宇多皇子邦治親王の立坊があった。親王は十四歳。同二十一日中宮に女院号（永福門院）。一連の動向は為兼の失脚の影響があるというのが通説である。翌年四月二十五日正安と改元。

伏見院像
（宮内庁三の丸尚蔵館所蔵『天子摂関御影』より）

この為兼不在の間も上皇・女院を中心に歌合はしばしば行われていた。この時期と思われる三歌合（いずれも『新編国歌大観』第十巻所収）について略述しておく。

五種歌合

『五種歌合正安元年』（外題または内題を

「五首歌合」「歌合　伏見院」とする本もある）。「春曙」「春夕」「春夜」「恋形見」「恋命」の五題。作者は女房（伏見院）等十四名（後掲）。三十五番。判はあるが判詞はない。島原松平本等に「判者　衆議隠名」とある。成立は、作者の官位表記および題によって正安元年三月末頃と見てよいが、左権中将俊兼が六月六日右少将からの昇進であり、清書完了はそれ以後かと思われる。作者のうち、注意されるのは為氏女の延政門院新大納言が初めて加わっていることであり、この歌合以後、京極派の女性歌人として活躍する。

為兼は血縁を重んじて同族の一部の人々と親しい関係を結んだが、この方針（？）を為子が引き継いで従姉妹の新大納言に働きかけたのではなかろうか。

なおこの歌合については佐々木孝浩「中世歌合諸本の研究（七）――『正安元年五種歌合』について・附校本――」（『斯道文庫論集』三九号、二〇〇五年）を参照されたい。

白み行く霞の上の横雲に有明細き山の端の空　（一番右、九条左大臣女）

微妙な時間の推移をとらえ、澄明な景をよく表した新しさのある歌風である。完成度の高くない歌もあるが、全体として後の京極歌風への方向性は顕著である。

次に『十八番歌合』であるが、「秋朝」「秋夕」「秋夜」の三題、前の歌合と季の題が対応する。正安元、二年の秋の催行であろう（作者後掲）。

風に白き霧の上葉に時雨過ぎて有明寒き夜半の長月　（十七番右、親子）

など、自然の動きを凝視した、鮮やかな叙景歌が多く、後の京極歌風への特色がよくみえて来ている。判はあるが判者不明。

三十番歌合

最後に類従本等に「正応二年卅番歌合」とある歌合であるが、作者の官位表記が、従二位兼行（正安元年三月叙）、左権中将俊兼（任中将は正安元年六月）、従一位教良女（教良叙従一位は正安二年正月）で、正安二年以降。題は「月前露」「暮天雁」「野暮秋」「寄涙待恋」「寄夢絶恋」。おそらく前の歌合の少し後、正安二、三年頃の秋であろう（「正安二年卅番歌合」が「正応」と誤字された可能性が高い）。

野辺遠き尾花に風は吹きみちて寒き夕日に秋ぞくれゆく　（十四番右〈持〉、親子）

が「させるふしもなし」と判詞に評されつつ『玉葉集』に入集。季の歌は全体として前二つの歌合の風に近い。なおこの歌合からは廿三番左歌（為子）が『玉葉集』に入集。

今宵さへ来ずなりぬよと思ひつづけ涙ににほふ灯の色　（十九番右〈勝〉、新宰相）

は判詞に「涙ににほふ」が「古詞を用ひて心を新らしくすること」と褒めているが、確かにユニークな表現である。「更けにけり又とはれでとむかふ夜の涙ににほふ灯のかげ」（『風雅集』一〇六四、花園院）に影響を与えている。

判者は為兼か

判・判詞があるが、判者不明。判詞は長文である。「詞なだらかに心ふかき」「すなほにして打聞きよし」などを勝とし、穏やかで、万葉を初めとする古歌、古詩・物語・故実を博引し、懇切丁寧である。「女房」（院）の歌を「御歌」と記しているので臣下の筆になるものである。判者については為兼のほかにその候補者が見当たらず、為兼説への否定的見解もあるが、岩佐氏は、仔細に検討すると、やはり為兼とみるのが適当、としている。

この長文の判詞は、在佐渡の為兼が、京より送られてきた歌合について、ゆっくり披見して記したものではあるまいか（あるいは帰京後の執筆かとも）。書陵部本・島原本には判詞がなく、これがもとの形で、類従本は加判詞本ということになろうか。

以上の三歌合の作者を表にして掲げておく。

女性歌人中心のグループ

右によって正安元～三年の為兼の留守に、院・女院を中心に強固なメンバー結集がなされたと見られるであろう。女性歌人が中心で、院・女院の側近により、他の人々を含めない閉鎖的なものであって、全歌壇に開放されたものではなかったが、それだけに切磋琢磨の傾向が顕著で、同時に各自の開発した風情や表現が直ちに仲間に影響しあって一つの歌風を創り上げる基盤がほぼ形成されていたと見られる。為兼不在の危機感をバネにして、上皇となった伏見院が、力を注いで結集を図った結果だったのではあるまいか。永福門院の強靱な支えが存したことはいうまでもない。

正安三年正月七日、亀山院の特使として関東に遣されていた高倉永孝が帰洛。十七日東使佐々木時清・二階堂行貞が入京、翌日西園寺実兼を訪れ、実兼はその意向を受けて、

表　三歌合の作者

	五種（三十五番）歌合	十八番歌合	三十番歌合
女房（伏見院）	○	○	○
兼行	○	○	○
家親	○		○
家雅	○		
俊兼	○	○	○
藤大納言典侍（為子）	○	○	○
中将（永福門院）	○	○	○
（同）内侍	○	○	○
（同）小兵衛督	○	○	
新宰相	○	○	○
親子	○	○	○
新大納言	○	○	○
九条左大臣女	○	○	○
教良女	○		○
二条（教良女か）		○	

後伏見の東宮への譲位、後宇多院政の開始を奏上した。二十一日の新帝後二条（十七歳）践祚。後伏見（十四歳）の治世は僅か三年であった。

余りにも急であったので、後深草・伏見院の冷泉富小路殿の人々は「上下惘然」（『継塵記』）、「上下男女殆ど魂を消す」という状態であり、一方、亀山・後宇多の万里小路殿では「上下喜悦、愁眉を開く者哉」（『実躬卿記』）という有様であった。

　正安三年春よみ侍りし歌の中に　春草

我のみぞ時うしなへる山かげやかきねの草も春にあへども（『伏見院御集』一九七五）

と慨嘆し、以下多くの憤懣を表明した歌があり、この怒りは後に長く尾を引いた（岩佐『京極派歌人の研究』参照）。

富仁親王立太子

八月十日に東使上洛。十五日伏見院第二皇子富仁が立親王、二十四日立太子。五歳であった。伏見院は富仁を後伏見の猶子とし、将来、後伏見に皇子の誕生した場合は富仁の猶子として皇統の一系を定めた。なお翌年四月伏見院は持明院殿に遷った（すなわちこの系統を世に持明院統と称するのである）。

　正月三日　正安四年

雲の上にはや光そへめづらしき春のみやこのけふの三日月（『伏見院御集』二一六五）

とりの声もうららになれるあさあけの空のけしきぞ春めきにける　（同・二二六六）

なべて世はただすさまじき心ちして春になるらん時もしられず　（同二二六七）

春宮が立てられたことを喜びつつも、かなり屈折した心情を詠い上げ、政変の衝撃が如何に大きかったかを示していよう。ただこののち正安から乾元にかけて両統の間には若干の融和が見られ、後深草・伏見・後伏見と亀山・後宇多の上皇がしばしば会合し、あるいは鞠の会、時に詩歌の会を行っている。後深草院の意向ではなかったか、という推測がある（三浦周行『鎌倉時代史』）。徒らなる抗争より、公家の一体化を望む状況もあったのではなかろうか。

二条家、大覚寺統に近侍

この間、歌壇は、飛鳥井雅有が正安三年正月十一日に、また二条家の為世の嫡子為道が元年五月五日に没した。しかし二条家は為世男為藤、為世女為子が後二条天皇に侍し、歌会が行われ、四年（乾元元）六月歌合、翌乾元二年七月にも歌合が催された。内々のものではあるが、二条家は大覚寺統側にぴったり寄り添っている。

為世、勅撰集撰進を命じられる

正安三年十一月為世は後宇多院から勅撰和歌集撰進の院宣を受け、一族門弟の為藤・定為・長舜・津守国冬らを和歌所の寄人として業を開始した。なお京極家とは対照的に二条家の門流にはかなり広いものがあった。

こういう情勢の中を為兼は乾元二年帰洛したのである。

第四　帰還以後――嘉元・徳治期――

一　『為兼卿記』に沿って

為兼卿家歌合

乾元二年（一三〇三。嘉元元年）、為兼は関東の免除によって閏四月に帰洛した。早速、同月『為兼卿家歌合』が行われたと推測されている。この活字本は群書類従および『新編国歌大観』第十巻所収。福田著書・岩佐両著書および佐々木孝浩「中世歌合諸本の研究（三）―乾元二年為兼卿家歌合について・附校本―」（『斯道文庫論集』三四号、二〇〇〇年）に詳しい考察がある。

現存本は二十八番右歌までだが、『夫木抄』（八〇四一・一〇四〇二）ほかによると、「恋夜」「雑朝」「雑夕」「雑夜」があって、計三十六番であったらしい。後述の『為兼卿記』は五月一日から残るが、そこにこの歌合と思われる記事がなく、また同記によると作者の一人為相は五月末に東下しており、その他の徴証もあって閏四月中の催行と思われる。作者は為兼・為相・藤大納言典侍（為子）・経親、すべて為兼に親しい人ばかりであり、内々の祝賀の歌合と見てよい。

二十五番右歌「こし方の恋しきうちに恋しきは豊のあかりを月に見し比」（冬朝。為兼）の判詞に「なべて恋しき中にもわきて忘れ難く侍る、豊の明のおも影、恋の心ひそかに通ひて、往事の涙袖にそそぎ、懐旧のおもひ胸にみちて、勝負を定むるにも及ばず」とあり、伏見院の判詞と推測される（岩佐著参照）。

花薫り月かすむ夜の手枕に短き夢ぞなほわかれゆく　（五番右）

これにみられるように、為相の歌は既に完成期の京極派歌風を体得している感じである。為兼歌も、

梅の花くれなゐにほふ夕暮に柳なびきて春雨ぞふる　（三番右）

など、京極派風の特色を見せた歌が多い。『玉葉集』に五首、『風雅集』に三首入集し、注意すべき歌合といえよう（なお京極派歌風については『玉葉集』の項で述べる）。

『為兼卿記』

為兼には、五月からの日記『為兼卿記』が残っている。ただし残欠本である。伝本には京都大学図書館本など五本が知られているが、すべて江戸期の写本である。土岐善麿『新修　京極為兼』に京大本の翻刻および解題・補注があり、濱口博章『陽明文庫蔵

為兼卿和歌抄　京都大学附属図書館蔵　為兼卿記』に影印・翻刻・解題があり、諸本との校異も付されている。左の奥書がある。

本に云ふ宝徳弐年十月一日故大納言公蔭御筆を以て書写を加え了んぬ。件の本は或方より借用する所也。伝家の本也。然れども散在、遺恨の余り、小々抜書を加うる者也。

従二位行権中納言兼左衛門督藤原朝臣　判

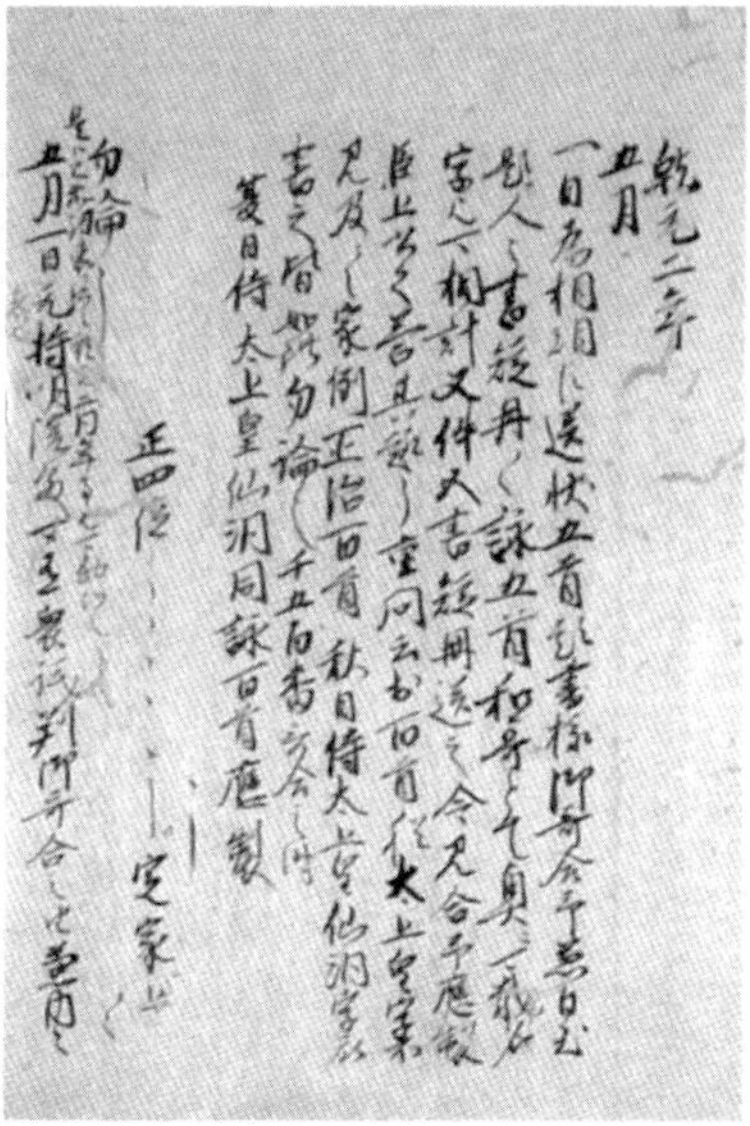

『為兼卿記』

すなわち公蔭（為兼猶子）の本を、五代目の子孫正親町持季（「藤原朝臣」）が、もと伝家の本であったが、いま或る方の許にあるのを借りて書写・抜書した、というのである。現存本は乾元二年五月一日から十二月廿八日までの、主として和歌関係の抄出本である。以下、『為兼卿記』（『卿記』と略すことがある）に従って、為兼と関わる和歌事蹟を述べる。

五月一日は、為相から歌合に出す歌につき書式などの問合わせと為兼の答えが記事として見え、為兼が持明院殿に参上して衆議判の歌合を行うこととなった。

仙洞五十番歌合

この歌合が、閏四月二十九日に行われた仙洞五十番歌合である。閏四月は小の月なので、前日から一日にかけて行われたものである。衆議判の判詞は為兼が書くことになっていた。

この『仙洞五十番歌合』の活字本は類従本・『新編国歌大観』第五巻所収。「春風」「夏雨」「秋露」「冬雲」「恋夕」の五題。作者は、伏見・後伏見両院、永福門院、入道実兼・兼行・家親・俊兼ら側近の廷臣、為子・永福門院内侍・新宰相・親子・延政門院新大納言・教良女らの女房、すべて二十名。なお京極派歌人の中に、提携者としての為相が加わっている。

われもかなし草木も心いたむらし秋風ふれてつゆくだる比

（「秋露」。伏見院。二十一番左〈持〉）

「心詞巧みにして凡俗之界を隔つ」と判詞にある。

薄霧の晴るる朝けの庭見れば草にあまれる秋の白露（「秋露」。永福門院。三十番左〈持〉）

京極派グループの風体確立

「みる心地してをかしく」と評されている。
深い自然観照に基づく心情表出、澄明な自然描写など、明らかにこのグループ独自の風体確立が見られる。為兼の歌は、

峰の雪をむらむら雲に吹きまぜてわたる嵐は方も定めず　（「冬雲」。三十一右〈負〉）

といった大景を詠じたユニークな歌もあるが、平凡な歌が多く、岩佐氏の評するように、むしろ為兼は人々の進んだ歌境に驚いたのではなかろうか。

実兼、自詠を為兼に選定させる

橋本不美男「為兼評語等を含む和歌資料――西園寺実兼をめぐって――」によると、二十九日に実兼はこの歌合五題の兼詠歌十一首を為兼に示して、出詠歌の選定、添削を求め、「春風」「夏雨」「恋夕」詠には為兼筆の評詞がある（伏見宮旧蔵、書陵部現蔵の実兼自筆詠草）。実兼との和は保たれているようだ（ちなみに、同じ伏見本に実兼の懐旧歌「五首懐紙〈京極為兼合点自筆評語〉一通」のあることを同論文は指摘している）。

この五十番歌合は『卿記』に「兼ねて内々催さるる所也」とあり、仙洞と側近を中心とした催しであった。通説のように、為兼の帰京を祝った、歓迎歌合であったのであろう。

四日、為兼は歌合の判詞を記して持明院殿において女房に付して進上、次いで行われ

る歌合に出す御製等を見て「愚存」を記し、歌合に出席し、翌日退出した。出題も衆議判の判詞執筆も、為兼に沙汰があったが、為兼は為相にそれを譲った（『卿記』）。

三十番歌合

活字本に類従本・『新編国歌大観』第十巻所収本がある。「夏夜」「絶恋」「庭松」の三題三十番歌合。作者は二十名。前歌合とほぼ同じ（実兼が加わらず、清雅が入る）。

ふけうつるけしき涼しき風立ちて袖かろくなるうたたねの床
（「夏夜」。為相。七番右〈勝〉）

年へてもかはらぬ色ぞなつかしき君住むやどののきの松が枝
（「庭松」。為兼。廿二番右〈持〉）

後者は帰洛後の心境であろう。

和歌師範の地位回復

以上、為兼は、和歌の新しい方向性や歌合に関するもろもろのことの指示、事前の御製拝見など、完全に和歌師範としての地位を回復している。

『卿記』によると、五月十五日為相が訪うて「和歌已下」の事を数刻にわたって雑談し、二十二日（おそらく為相から）百首の書式や体裁について相談を受け、二十八日為相から和歌が送られてくると、為兼は為子と相談して批評を加えている。為相が和歌に関して細々と為兼の教示を受けていたことを知りうる。

為相に教訓する

二十九日為相は百首詠進をせず関東に下ろうとした。為兼はそれは「理致」（道理）に背くから必ず詠進せよと教訓し、その形式や詠進手続きについて示している。この百首は、前年、新しい勅撰集の料とすべく、歌人に下命された嘉元百首であろう（為兼は佐渡にいたため人数に入っていない）。為相は詠進したのち東下した（百首現存）。

後伏見院より下問を受ける

六月十九日には後伏見院から和歌の事の下問を受け、三十日富小路殿で三十首題を献じたが、伏見・後伏見の両院の御製は「珍重」であったと記す。（七月）二十八日前々日に下された伏見院の三十首を合点返上。上記六月三十日の三十首は、後に述べる伏見院三十首か否か不明だが、七月二十八日のは伏見院三十首かと考えられる。八月四、五日には、洞院実泰、飛鳥井雅孝から請われて百首に合点、批評を付して答え、後伏見院・家親の三十首を見ている。六日は「鶴契レ齢」題で行われる右大臣鷹司冬平の会への催しの奉書（十三日付）が届いたが、これは直状でなければならぬ、と先例（故実）を引いて強硬に申し入れ、あらためて冬平の書状をえて、十七日歌を送っている。これについて「いかにも為兼らしい一徹なところがみえる」（土岐）という評がある。この場合、故実によって筋を通そうとする強い性格が確かにみて取れよう。

人々の詠草に批評を加える

十五日は伏見の御所と思われる場で、法皇・伏見上皇・為方らと明月を賞しつつ月

伏見・後伏見院に『古今序』を授く

百首続歌の会が開かれた。十六日宇治遊覧では、「月前言志」五首を、伏見・後伏見両院、遊義門院・実任らと詠む。

二十八日伏見・後伏見両院に『古今序』を授けたが、永福門院も簾中で聴聞した。為兼は三本の証本、すなわち定家筆本と後高倉院本、為相母筆で為家の奥書ある為子所持本を持参し、両院の前に一本ずつ、自らの前に一本を置き、「伝家口伝故実等」を言上し、不審の事について下問があった。為子も祗候した。

九月十八日の後深草・伏見両院の御幸では、伏見院・為兼の歌が見え、二十三日には忻子立后の後朝歌について記し、二十四日に五首題歌を伏見・後伏見両院・女院・実兼ほかの人々と詠じた。

十月四日歌合。左方、両院と為兼、右方、女院・親子・為子。題は「朝庭」「夕野」「夜山」隠名衆議判。『卿記』には、

> 合手を定めず、面々一首一巡、之に合せらる。御製一首御勝、二首御持、新院御製御勝一首、御持一首、御負一首、予勝二首、負一首、簾中御負也、凡そ秀逸に非るなし。珍重々々。

などとあって、為兼の三首が記されている。そのうち、次の二首は『金玉歌合』（後

述）に収められている。

朝庭〈勝〉　暁の時雨の余波ちかからし庭の落葉もまだぬれてみゆ

夜山　吹きしをるあらしをこめて埋むらし深け行く山ぞ雪にしづまる

ところで、久保木秀夫氏が『大辻草生・雷庵両家所蔵品入札目録』（昭和九年三月三日京都美術倶楽部）の売立目録に、右の歌合一軸のあることを紹介している（「伝伏見院筆「嘉元元年十月四日歌合」一巻（部分）」。『語文』一〇八号、二〇〇〇年）。これによると、「四番〈夕野〉」の「右　女房」までの残欠本であるが、「一番左〈勝〉」歌は上掲為兼の「あかつきの」の歌であり、「三番左〈勝〉」の「山かげや人ははらはぬにはのおもの木の葉をよするあさあらしかな」（女房）が『伏見院御集』（一九六〇）にみえ、これが『卿記』にみえる歌合の残欠本であることは確かである。なお四番左が親子、右が女房という左右逆であることなど不審の点はあるにしろ、おそらくもと九番十八首の歌合であったことなどが推測されている。

鹿百首叡覧

六日には鹿百首叡覧の記事（前述）があり、裏書に鷹司前殿（基忠）の院三十首の書式について記している。

『新後撰集』批判

十二月十八日には後宇多院の万里小路殿に参上すると、明日新しい勅撰集（為世撰『新後撰集』）が奏覧されるとのことにつき、院に意志を伝えるべく坊城前中納言に所存を開陳している。すなわち撰者父子の歌が過分である。為兼は前御代に同列の撰者であり、公宴に接しての歌が数万首、伏見・後伏見院の御製を拝見し、前関白・相国禅門以下の方々から和歌の事を聞かれ、勅撰口伝故実を一身に伝えている者の歌数が撰者より少ないのは先規に適わぬ、という趣旨であった。十九日にも万里小路殿に参り、昨日の申し入れの趣旨を禅林寺中納言（有房。このころ為兼門。小川剛生「六条有房について」参照）を通じて亀山法皇にも披露するよう頼んだ。二十日には北山に実兼を訪れた。為世は為兼の来訪を聞いて早々に退去したという。『新後撰集』は天仁以後の歌を選んだというが、正暦から文治までの歌は古今・後撰に入っていないから、天仁以後というのはよくないとし、そのほかの欠点とされる点についても指摘した。

為兼は既に入集数などを知っていたようである。この強硬執拗な批判は、和歌師範としての矜持による自己主張、そして自らも撰者の資格があるという宣言にほかならない。勅撰集撰者となった対抗者への敵意は強烈なものであった。

二十八日為信・為景の三十首が送られてきた。奉行ではないが進入せしめ、雅孝には三十首端作りの書き様を問われて注し遣している。

以上で『卿記』は終わるが、『卿記』を見ると、為兼は帰京以来超多忙であったことが知られる。和歌師範という職掌は決して優雅閑静なものではなく、対人関係を含めてきわめて複雑多忙な仕事を巧みにこなしていくことが求められたのである。『卿記』は為兼がその能力を備えた、精力的で、また事に当たって自己の所存を貫こうとする強い性格の人物であったことを充分すぎるほど表わしている。

和歌師範という職掌

二　京極派の高揚

『新後撰集』奏覧

正安三年（一三〇一）に為世が後宇多院から下命された勅撰集は、約二年を経て嘉元元年十二月十九日に奏覧された（『勅撰歌集一覧』等。『卿記』参照）。『新後撰集』である。歌人の入集数を見ると（算用数字で示す）、定家32、俊成29、為家・為氏28、実兼27首、御子左四代と権門とが上位を占める。亀山院25、伏見院・後宇多院20首、撰者為世11、源承8、定為・為道7、為藤・慶融6、為世女為子5首。京極・冷泉家では為兼・為教女為子9、為教・為相4、阿仏尼1首。

為兼は上に述べたように、撰者父子（為氏・為世）の数が過分で、自己の入集数の少ないことの非を幾条かの理由を挙げてアピールしている。客観的に見て、為世、為兼・為子らの歌数は妥当と思われるが、為兼としては強力に自己の立場を鮮明にしておくことが絶対に必要なことであったのである。

歌　風

この集は為世の撰集なので、伝統的で平明な歌風といえるが、為兼の入集歌もほぼそれに沿ってすっきりした穏やかなものといえよう。ごく初期の、

すみのぼる月のあたりは空晴れて山のはとほく残るうき雲　（三四五）

も入集している。

為子の一首を挙げておこう。

むら雨の露おきとめて月影の涼しくやどる庭の夏草　（二二九）

伏見院三十首

伏見院が人々から三十首を召したのは嘉元元年のことで、その中から早くも『新後撰集』に十三首が採られているから、この催しについては『新後撰集』の前に述べるべきかもしれないが、撰集末期頃、あるいは二年になってから詠進した人もいるようなので、完成は二年と考えてここに記しておく。

上にも述べたが『卿記』七月二十八日に為兼の合点した三十首というのは、この『伏見院三十首』であろうと思われる。為兼はこののち人々から書式を問われたり添削を請

詠進者

われたりしているが、十二月二十八日に為信・為景（のち為理）が提出、雅孝はなお書式を聞いているから、年あけの詠進であろう。

さて、この三十首については研究も多いが、ごく主なものに、三村晃功（てるのり）「伏見院三十首歌をめぐって」（『中世文学研究』二号、一九七六年）、岩佐美代子（いわさみよこ）両著がある。三十首歌は伏見院のみすべてが残るが（『伏見天皇御製集』所収）、他の人々のは諸歌集や古筆切（こひつぎれ）からの集成で、別府節子「「伏見院三十首歌切」について」および「鎌倉時代後期の古筆切資料――初期京極派を中心に――」に詳しい考察があり、後者によると三百三十六首が集められており、主な歌人には、伏見・後伏見・後深草院、永福門院、同内侍、為子・親子、実兼・為兼・兼行・俊兼（としかね）・経親（つねちか）・俊光（としみつ）・新宰相・延政門院新大納言・九条（くじょう）左大臣女・教良（のりよし）女らの京極派歌人、皇族・権門の覚助法親王（かくじょほっしんのう）・鷹司基忠（もとただ）ら、二条（にじょう）為世、飛鳥井雅孝・九条隆教（たかのり）・法性寺為信（ほっしょうじためのぶ）・同為景ら、三十五名および名不明（古筆切に歌のみ）の数名が見出せる（別府論文による）。

中心は京極派歌人（持明院統系の人々）だが、二条・飛鳥井・九条・法性寺家の中心人物や権門の人々も加えられているところから、準公的な、晴の性格の催しとしてアピールされたものと思われる。

なかに伏見院の「我世にはあつめぬ和歌の浦千鳥むなしき名をやあとに残さん」が三十首の中にあるのは興味深い。在位中に撰集を果たしえなかった痛恨の歌だが、ちなみに、これを為世が『新後撰集』に入れているのも注目される。如何なる気持であったのか。自己の優位の表明であろうか。

春雨はかすめる空にふりくれて音静かなるのきの玉水　（「庭春雨」。『柳風抄』為兼）
あはれ今は身をいたづらのながめして我世ふり行く花の下陰　（「見花」伏見院）
九重に春はなれにし桜花かはらぬ色を見てしのぶかな　（「見花」後伏見院）
露重る小萩が末はなびき伏して吹きかへす風に花ぞ色そふ
（「草花露」。『玉葉集』五〇一・為兼）

京極派歌人はその歌風をよく表した歌が多い。なお右の「あはれ今は」「九重に」は先（正安三年）に政権から放たれた折の歌だが、『新後撰集』に入っており、前掲「我世には」と同様の措置と思われて興味深い。

『拾遺風体集』

為相は乾元二年五月末東国に下り、十月式部卿久明親王（将軍）のもとで千首続歌を詠じたが、その前後に『拾遺風体集』を撰んでいる。

中川博夫氏は、集中作者の官位表記から、嘉元二年七月以前の成立と思われるが、

『続拾遺集』以前の勅撰集入集歌を採らず、『新後撰集』とは十四首重複しているから、この集披見以前に成ったか、と推定する（「拾遺風体和歌集の成立追考」『中世文学研究』二一号、一九九五年）。為相が関東で『新後撰集』を見たのは嘉元二年初頭とみるのが穏当であろうから、成立下限もその頃であろうか。そして佐々木孝浩論文によると、前年閏四月の『為兼卿家歌合』の為相歌（十八番右）が入集しているので、上限はそこに置くことができよう。

この集の歌人の入集数は、為家17、宗尊親王16、定家15首など。為相は10、為兼・阿仏尼は4首、伏見院は3首。比較的関東関係が多く、京極派をとりたてて優遇しているわけではなく、為相独自の立場に立って好む風体の歌を選んだようで、比較的平明優艶な歌風である。もとより京の勅撰集に対抗する気持ちはあったであろう。為兼の一首を掲げておく。

とまるべき宿をば月にあくがれてあすの道行く夜半の旅人　（二六〇）

『三十番歌合』

嘉元二年には『三十番歌合』が編まれている。伝本はいくつかあり、群書類従本には「詞合永仁五年当座」とある。しかし永仁五年でないことは後述する。天理図書館本は、本文伏見院筆、判歌などは為兼筆と伝える原本と思われる（重要文化財）。『天理図書館善

構成

本叢書　平安鎌倉歌書集』所収。『新編国歌大観』第五巻の底本。構成から記す。

一番左「春日」、右「秋日」、二番左「春月」、右「秋月」……三十番左「恋車」、右「雑車（ざふのくるま）」の如く、天象・地儀（ちぎ）・器物の類三十に、四季恋雑を冠して題とし、左春・右秋、左夏・右冬、左恋・右雑と合せた異題歌合である。作者とその歌数は、女房（伏見院）8、中将（永福門院）8、新宰相7、前大納言教良女7、藤大納言典侍（為子）9、永福門院内侍8、散位為相6、永福門院小兵衛督（こひょうえのかみ）7首である。

判者為兼

判者隠名

前権中納言藤原朝臣為兼当座判之

とあり、また二十二番右の為相歌「もくづにも光やそはむ和歌の浦やかひあるけふの玉にまじりて」（「雑玉」、勝・合点）が『玉葉集』（二五三三）に「持明院殿にて題をさぐりて人と歌よみ侍りけるに玉といふことを」として入集し、持明院殿歌合とみてよいであろう。

持明院殿における歌合

なお六番左「たちかくすをちのかすみのひとむらにけぶりあまらぬ里の朝あけ」（為相）が『夫木抄』（五一二）に「嘉元二年仙洞歌合」とある。

『卿記』（嘉元元年）にこの歌合らしい記事はないから、二年とみてよさそうである（二年に為相上洛の記事はないが、右によって上洛したとみてよいであろう）。

なお天理本には三十首の右肩に長点が、また十六首の歌の上方に黒丸がある。前者は判者為兼による合点（すなわち絶対評価）と思われるが、後者は何のためのものか不明。

以上、この歌合は嘉元二年持明院殿探題歌合で、為兼の当座判（次いで判詞を書くか）とみてよいであろう。判歌なので歌論は窺知しにくいが、京極派歌風としての確立は明らかに看取されるであろう。

夕かぜにかれたつすすきうちなびき霰ふりすさぶ庭のさびしさ

（「冬庭」。二十番右〈勝〉。為子）

金玉歌合

『金玉歌合』は、左方に伏見院の、右方に為兼の歌を配した六十番歌合である。各々春10、夏5、秋10、冬5、恋20、雑10首。判・判詞はなく、後に述べるように為兼と院の秀歌を選んで結番した内容的には秀歌撰である（「金玉」の名は後人の付したものか）。『乾元二年閏四月歌合』『嘉元元年伏見院三十首』の歌が収録されており、また嘉元元年十月四日の『卿記』にみえる歌合の歌（「暁の」「吹きしをる」前掲）が見えるので、これ以後の成立である。

両歌合の代表的な歌が多く入っている。例えば、伏見院の、

我もかなし草木も心いたむらし秋風ふれて露くだるころ

（十六番左。『玉葉集』）

ふけぬるか過ぎ行く里もしづまりて月の夜道にあふ人もなし　（五十一番左。同）

また為兼の、

沈み果つるいる日のきはにあらはれぬ霞める山のなほ奥のみね　（二番右。『風雅集』）

思ひそめき四つの時には花の春春のうちにはあけぼのの空　（七番右。『玉葉集』）

閨の上は積れる雪に音もせで横ぎる霰窓たたくなり　（二十九番右。同）

人もつつみ我も重ねて問ひがたみたのめし夜半はただ更けぞ行く　（三十二番右。同）

など、挙げると際限がない。『拾遺風体集』のところで掲げた「とまるべき」（五十一番右。『玉葉集』）もある。成立の上限は嘉元元年十月、佐藤恒雄氏（『中世和歌集　鎌倉篇』解題）によると、下限は『玉葉集』撰集下命の応長元年（一三一一）五月以前で、為兼結番の可能性が高いとする。岩佐氏も為兼結番は「想像に難くない」とし、嘉元頃の成立か、と推測する。為兼帰洛、歌壇の高揚した嘉元年間（一、二年）の成立とみてよいのではあるまいか。

為兼の結番か

為兼の「思ひみる心のままに言の葉のゆたかにかなふ時ぞうれしき」（五十八番右）、「世にこゆる君が言の葉玉はあれど光のそこを見る人ぞなき」（五十九番右）、「種となる人の心のいつもあらば昔におよべ大和言の葉」（六十番右）などの歌には「心のままに言葉のにほひゆく」という理念、伏見院に対する深い信頼感、同志と共に築き上げてきた和歌に対する強い自信が感得される。岩佐氏はこの巻軸三首を連作とみている。この点からも為兼の結番としてよいのではなかろうか。

京極派の高揚期

以上の歌合によっても、為兼の帰京後、嘉元年間は、人々が自分達の詠風を自覚した高揚期といってよいであろう。なお為兼は不参だが、嘉元三年正月四日には、女院・親子・内侍・新宰相による内々の『永福門院歌合』（恋十首による二十番歌合）が行われた。また同年三月に行われた『十八番歌合』は院・範春（後伏見院）・永福門院・同内侍・教良女・生覚（綾小路経資）らが作者。判はあるが判者不明。院周辺の歌壇は活発である。

永福門院歌合

この前後の為兼の動向を述べておく。

後深草・亀山院の他界

嘉元二年七月十六日、後深草院他界。六十二歳。『後深草院崩御記』（『公衡公記』第四）によると、七月十八日仏事、二十二日初七日以下、「京極前中納言為兼」はしばしば参仕している。三年七月の一周忌にも同様である。

三年九月十五日には亀山院の他界があった。為兼は去秋の崩御に加えてという事に、

二年の秋のあはれはふか草やさが野の露も又きえぬなり　（『玉葉集』二四二六）

と詠じ、伏見院の返歌があり（同・二四二七）、為子の詠もあった（『風雅集』二〇三三）。

この頃、為兼は時折御幸の供奉などに名を見せる（例えば、『実躬卿記』嘉元三年八月二日、

閏十二月十三日など）が、政権に参画しておらず、現任でもないし、帰洛後まもない頃で、公的な面には出ることは少なかったのであろう。

三　皇位をめぐる政局

二十番歌合

嘉元が徳治（とくじ）と改元されたのは四年（一三〇六）十二月である。伏見院・為兼を中心とする歌壇もやや沈静の趣を見せるが、その中で一つだけ注意されるのは二十番歌合である。『二十番歌合』。書陵部本を底本として福田秀一（ひでいち）・井上編『中世歌合集と研究　上』（未刊国文資料）、『新編国歌大観』第十巻所収、また井上蔵本を底本にして井上が『立教大学日本文学』九号（一九六二年）に収めた。

「雪」「庭」「木」「鳥」「舟」の五題。作者は、左方御製（伏見院）・中将・親子・新宰相、右方為兼・藤大納言典侍・女房（後伏見院）・永福門院内侍。衆議判で、判詞は伏見院の執筆。

成立

成立は、「藤大納言典侍」（為子）が延慶（えんきょう）元年（一三〇八）十一月従三位となる以前。大まかにいえば、嘉元・徳治の冬季催行（冬歌が中心）であるが、後に述べる状況からみて徳治

為兼の観念的な歌

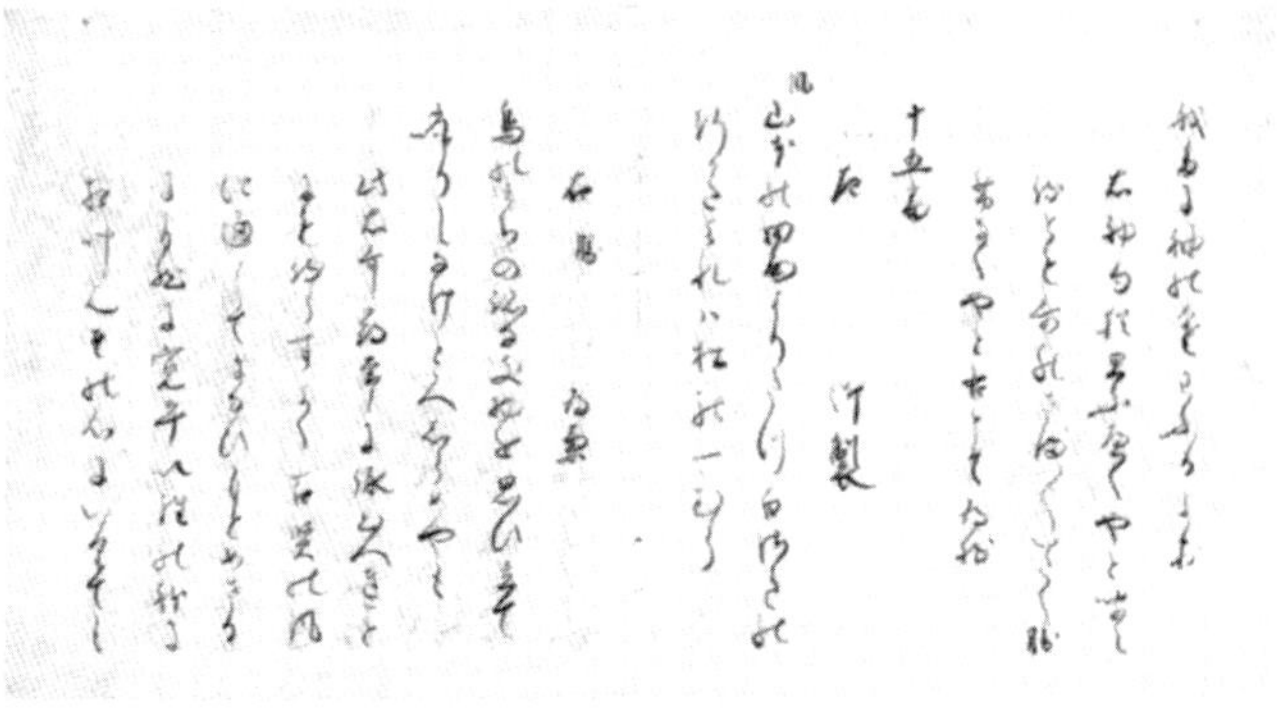

伏見院二十番歌合

年間（元、二年）ではないかと推測しておく。

山本の田の面より立つ白鷺の行く方見れば森の一むら　（「鳥」。伏見院。十五番左）

など叙景（じょけい）歌の佳歌が多い。

為兼の歌は、

さえまさるあられの玉のふりしきて庭めづらしき宿の夕暮　（「庭」、五番右、負）

など、従来の傾向に沿ったものだが、次の二首は特異な内容で、注意すべき作と思われるので、やや詳しく述べる。

鳥の道の跡なき物を思ひたちて独しなけど人知らめやも　（「鳥」、十五番右〈勝〉）

此右歌、尋常に詠み出すべき事にも侍らず。よく古賢の風に通じてまなび、もとめざるに自然に寛平（くわんぴやう）以往（いわう）の躰（てい）に相叶ふか。その心に至りても、あくまであはれに心苦しき所そひて、かたがた肝に銘じ心を動かす。各褒美の気有りと雖も、猶おそらくは作者の本意に達して見知り心えん人ありがたくやと覚え侍り。（以下略）

物としてはかりがたしやよわき水に重き舟しも浮ぶと思へば（「舟」、十九番右〈勝〉）

（前略）右、そのことわりにもたれて、おほきにいひ下せり。心詞のさま、思ひよれる勢ひも勝劣の沙汰に及ぶべからざるよし申し侍りて勝の字を付す。

この二首については諸解があるが、岩佐説に従いたい。すなわち「鳥のみちの」は「鳥のみ通う道にも似た前人未踏の大事業を、なぜか一筋に思い立ってしまって、その自ら選んだ道の苦しさにひとり嘆いているけれども、その苦衷をよく知る人が果たして何人あろうか」（『京極派和歌の研究』二五八頁）。伏見院の治世を復活させ、理想の勅撰集を選ぶ願いを込めた歌と見る。

「物として」の歌は『風雅集』（一七二七）に採られている。大意は、物というものは量り難いものであるよ。力のない水に重い舟が浮ぶことを思うと。『荀子』の「君者舟也、庶人者水也、水ハ則チ舟ヲ載セ、水ハ則チ舟ヲ覆ス」により、舟―水、君―臣、院―為兼という連想によって、弱い水（軽い臣）が、重い舟（君主）を支えてきた自負、歌壇でも政界でも、正しい道を求めてきたことへの思いを込めたものと考えられる。

為兼にはこのような観念的な歌がいくつか存する。それは伏見院に対する誠意を込めてその理念を詠ったもので、顕著な特色としてとらえられるべきものであろう。

永福門院の歌

なおこの歌合は為兼出詠の最後のものである。

十二番左「木」の永福門院の歌を挙げよう。

あれぬ日の夕の空は長閑にて柳のうへは春近く見ゆ

（前略）左、柳のうへ春近く見ゆる心、猶思ふ所あるにやとて勝と定められ侍りき

微(かす)かな自然の変化から、新しい季節の近づくのを感じとった佳歌だが、岩佐氏は、持明院統が雌伏期を脱して、東宮の将来を寿ぐ予祝(よしゅく)の心があるのではないか、とする。確かにその願望を秘めていると読み取れる作である。

恒明親王をめぐる諸方の思惑

亀山法皇は晩年西園寺実兼女瑛子(えいし)を後宮(こうきゅう)に入れ、正安三年三月女院号宣下(せんげ)（昭訓門院(しょうくんもんいん)）、乾元二年五月皇子出生（恒明(つねあきら)親王）。法皇はこの女院と皇子を溺愛、恒明親王の立坊を望んだ。しかし後二条(ごにじょう)皇子邦良(くによし)親王と後宇多皇子尊治(たかはる)親王という皇太子候補を持つ後宇多上皇(じょうこう)はもとよりそれに賛同しなかった。一方、現在の東宮は富仁(とみひと)親王であり、昭訓

門院側とすれば、富仁の践祚を早くして恒明の立坊を期待し、一方、伏見・後伏見側も富仁の早い践祚を望んで女院側と結ぶ方向へと傾いて行った。

この状況の中、嘉元四（徳治元）年四月十八日、後宇多院の使者として権中納言吉田定房は関東に下り、五月には帰洛、それに反応するかのように五月二十三日前権中納言葉室頼藤は昭訓門院の使者として関東に下向、直ちに帰洛したが、七月八日再び東下、その折は伏見院より賜わった吉服を着していたという（『公卿補任』）。当然恒明親王の立坊に関わることであったであろう。

恒明親王立坊事書案

徳治二年二月十日前中納言平経親が東下し、三月二十九日帰洛したが、この時、伏見院は「恒明親王立坊事書案徳治二年」（書陵部伏見本）を（あるいはその内容を）幕府に示したと考えられている。その要旨は次の如くである。

近頃、天変地妖が続き、世上も静穏でなく、両上皇が相次いで他界、既に今上在位も七年に及ぶので、その譲位と富仁践祚があるべきであり、そして亀山院の遺詔により（大覚寺統では）恒明親王の立坊と、その一流が相続すること、然らずんば皇統は正統長嫡（持明院統）に帰一すべきである。亀山院の遺詔を守らないのは不孝の君（後宇多院）であり、天下を治める資格はない。それに反して正安卒爾の推譲（後伏見院の退位）は今に御愁吟を慰められず、早速道理に任せるべき（富仁践祚を実現すべき）である、と。

この「事書案」を参看しての論は龍　粛『鎌倉時代史　下』、岩佐氏両著に詳しい。そして早く三浦周行は明治四十年（一九〇七）八月『鎌倉時代史』で次のように述べている。

> （二年九月十八日）当時女院御所なる室町殿に於て、御経供養を行はせられ、又仏供養を営ませられて、法皇（亀山）の御冥福を奉薦せられしに、伏見、後伏見両上皇の臨幸あらせられ、為兼等亦参仕せるを見るも、天皇の行幸、後宇多上皇の御幸なかりしは果して無意味なりとなすべきか、思ふに、女院は恒明親王の御事より後宇多上皇と隙を生じ給ひしを見て、為兼は奇貨措くべしとなし、巧みに女院の御歓心を得て、万里小路（後宇多院）一流を離間し中傷し、これに依て漁父の利を占めんと企図せしものならん。

「事書案」をめぐる戦略

さらに三浦は『日本史の研究　第二輯』において、この「事書案」は「為兼が、大覚寺統の内訌を利用してその攪乱を謀ると共に、持明院統の運命開拓を画策した結果として作製された」為兼自身の手に成るものか、その口吻をそのまま筆にうつしたものと看做して大差ない、と結ぶ。

確かにこの「事書案」をめぐる戦略は、為兼を中心に立てられたであろうことは容易に推察しうる。

二年十二月三日為兼は奈良に下った。『祐春記』に「今夜為兼権中納言家参籠」とあるのは、皇位への各流の思惑が錯綜する中で、為兼が持明院統の優位ならんことを祈念しての行為であったことを思わせるのである。

そして政局は思いもかけぬ凶事によって展開することになる。

第五　両卿訴陳と『玉葉集』

一　伏見院政開始

守邦王、将軍となる

徳治三年（一三〇八）八月四日久明親王が帰洛し、十日守邦王（八歳）が将軍宣下を受けた。久明辞任の事情は明らかでないが、足掛け二十年という長き在職の故であろう。皇子（守邦王）が職を襲った点から、落度はこれといってなかったと思われる。

後二条天皇崩御

時に後二条天皇不予、二十五日二十四歳で没した。百四十一首を収める家集『愚藻』がある。正安四年（一三〇二）六月歌合、乾元二年（一三〇三）歌合と、二種の内々歌合が現存しており、二条家の為藤・為世女為子らのリードした二条派系歌合である。

花園天皇践祚、伏見院政開始

二十六日皇太子富仁（十二歳）は持明院殿より土御門殿に行啓、次いで剣璽・内侍所の渡御があり、伏見・後伏見両院は路次に車を立てて見物したが、為兼は車寄に参仕している（『続史愚抄』）。皇太子践祚。花園天皇である。伏見院の院政が開始された。

尊治親王立太子

九月十九日後宇多の第二皇子尊治親王（二十一歳）立太子。将来、後二条の遺子邦良が皇位を踏むべきその中継者であることが暗黙の了解とされた。

為子、褰帳の典侍となる

十月九日延慶と改元、十一月十六日即位。『公衡公記』に為兼参仕の旨がみえ、公顕・為兼・俊光の「以上三人御乳父也」とある。なお『後伏見院記』十一月の条に「為兼卿御乳母たる之間、藤大納言典侍日比常に内侍（裡）に候せらる。今度小（以）藤大納言典侍褰帳すべきの由、定めらると云々」とあり（カッコの内は岩佐美代子『宮廷女流文学読解考　中世編』三六四頁による）また「老体行歩頗る難治の間、用意の為に今日参る。事の様見置く也」などともある。為子は弟の乳父為兼とも力を合わせて、宮廷内において大きな権威のあったことが窺われる。六十歳近くの「老体」であった。十六日には為子について「為兼卿之を扶持す」とあり、さらに十六日即位の儀には「内蔵頭俊言朝臣」が参じているが（『公衡公記』）、為兼の猶子俊言はこの儀の少し前、九月十七日に右中将を辞して内蔵頭となり、十月十二日に正四位下に昇叙していた。内蔵頭も一連の儀に関わりのあった任かと見られ、また為兼の配慮によっての昇叙でもあろう。

為子、従三位に叙せられる

為子は褰帳の典侍の功によって従三位に叙せられた。『玉葉集』（賀・一〇九〇）に、

今上御即位の時、　大納言三位とばりあげつとめて上階し侍りし時、申しつか

はし侍りける　　入道前太政大臣（実兼）

たかみくら雲のとばりをかかぐとてのぼるみはしのかひもあるかな

と見える。この歌は『夫木抄』（九三八四）にもあるが、『実兼集』の古筆切には為子の返歌（いろそふることの葉にこそくものうへやのぼるみはしのかひもしらるれ）も共に載る（石澤一志「『実兼集』の成立とその性格」）。実兼と為子とは同年と推定され、少時より昵懇であったと思われ、喜びの贈答歌である。

持明院統の治世が始まった。

和歌事蹟に眼を転ずる。花園院がまだ延慶二年十三歳という若さで、晴の歌会は行われていないようだが、このころ伏見院中心の内々歌合が二つ存している。

『伝後伏見院筆歌合』

一は『伝後伏見院筆　歌合』（徳川美術館蔵）で、後伏見院筆と見られる鎌倉末期の写本である。『徳川黎明会叢書　私家集・歌合』所収。翻刻は井上『中世歌壇史の研究　南北朝期』（改訂新版）および『新編国歌大観』第十巻所収。十番左までの残欠本で、題は「風後草花」「月夜秋」。おそらくもとは三題十八番であったのであろう。

判はあるが判詞はない。右兵衛督俊兼、従三位為子の位署から、また秋題により延慶二、三年秋の催行であろう。作者は伏見院・維成（後伏見院であろう）以下。一番右「しをりつる風はまがきにしづまりてこはぎが上に雨そそくなり」(中将すなわち永福門院)が『玉葉集』(五〇九)に入集(外に三番右の親子歌が『風雅集』四八七)。自然の動きを的確にとらえた歌が多く、典型的な京極派歌合である。

『十五番歌合』

次に『十五番歌合』(尊経閣文庫蔵)は、伝後伏見院筆の鎌倉末期の写本である。「冬夜」「恋夕」「雑暁」の三題十五番歌合で、判はあるが判詞はない。左(右カ)兵衛督俊兼、従三位為子などの位置や題により延慶二、三年冬の催行か。『新編国歌大観』第十巻、福田秀一・井上『中世歌合集と研究 上』(未刊国文資料)等に所収。「夕よりあれつる風のさえさえて夜ぶかきままに霰をぞ聞く」(新宰相。五番左持)が『風雅集』(八〇五)に入る(ほかに『玉葉集』一一四三・二一二七に入集)。作者は院・永福門院・維成以下、前記歌合と共通する人が多い。

京極派和歌を、『玉葉集』と『風雅集』とをそれぞれ中心にして、前・後の時期に分けられるとしたら、この両歌合は前期京極派の現存最後のものであるが、おそらくこの程度の規模の内々の歌合はしばしば催されたのではあるまいか。

上記両歌合とも為兼が作者に加わっていないのは、勅撰集多忙の故であろうか。ただし判者は為兼の可能性があろう。

二　両卿訴陳（一）――資料――

伏見院にとって、勅撰集の撰集は悲願であった。院政を開始して、ようやくその実現が可能な状況が到来したのである。為兼は伏見院と一体である。永仁(えいにん)勅撰の院の意志は生きているのであるが、四名の撰者中、為世は辞退、雅有(まさあり)・隆博(たかひろ)は他界するという状況の変化があった。そこで為兼は、院の意志を実現しうるのは自分一人と考えて、撰集の業に邁進していたのである。福田秀一氏は諸史料を総合して、延慶二年末頃にはそういう気配を為世や為相(ためすけ)らは感じとっていたらしい、と推測する。そして三年正月以降、それが表面化し、為世・為兼の激突に至るのである。世にいう延慶両卿の訴陳である。この動きをめぐって幾多の史料（書状・文書の類）が発見され、研究が行われてきたが、それらの史料を翻刻・解題した主な文献を次に掲げ、この史料・研究によりつつ論争の過程を略述したい。

悲願の勅撰集撰集

延慶両卿訴陳

翻刻を含む論文・著書は次の如くである（ゴチックは下記の文章における略称）。

村田＝村田正志「京極為兼と玉葉和歌集の成立」

次田＝次田香澄「玉葉集の形成」
福田＝福田秀一『中世和歌史の研究』
小川＝小川剛生「延慶両卿訴陳状」、同「附録」
『冷泉家古文書』

延慶両卿訴陳状

『為兼為相等書状並案』（書陵部伏見本）

なお「延慶両卿訴陳状」といわれるものは、『実隆公記』文明十八年（一四八六）七月一日の条などにより、それまでは全文残っていたことが知られるが、現存本は実隆の抄出本である。すなわち第三次為世の訴状抄出が主で、そこに為兼の第二次陳状が「同状云」として抄出されている。類従本・日本歌学大系本が流布していたが、小川剛生氏の東山御文庫本（中御門宣胤永正七年〈一五一〇〉写）を底本とした翻刻並びに詳細な校注と付載された関係文書は最も信頼すべく、かつ至便なものである（『歌論歌学集成』第十巻所収）。伝本の詳細は福田著書・小川解題を参照されたい。

論争に関する資料

以下、論争に関わる資料を、年次順に番号を付して列挙し、その掲載された論著を（主として上に記した略称によって）掲げる（一つの論著に複数の資料が載せられ、論者によって番号などが付されている場合はそれをも記した）。

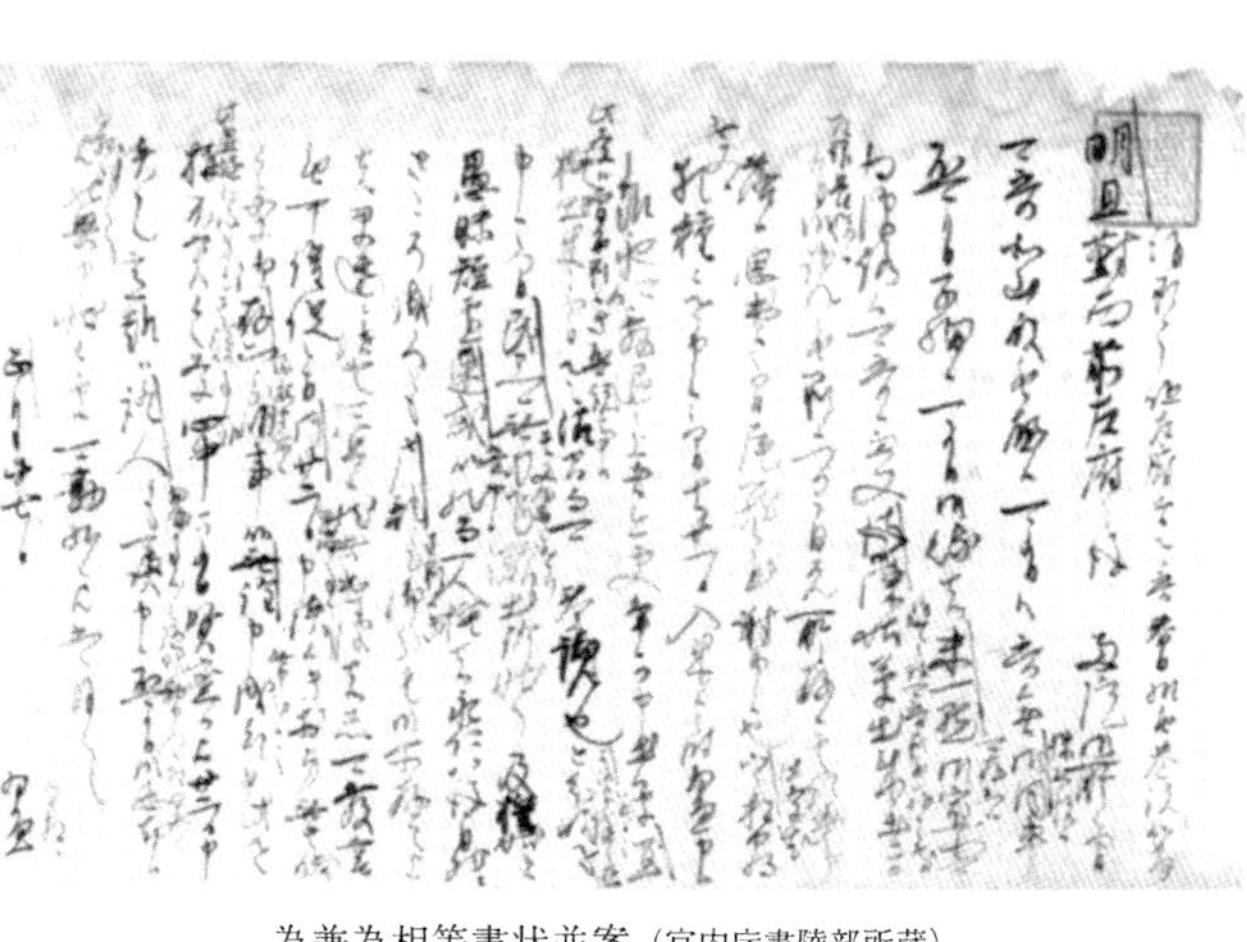

為兼為相等書状並案（宮内庁書陵部所蔵）

①延慶三年（一三一〇）正月二十七日為兼書状為相勘返案（書陵部『為兼為相等書状並案』）福田（1）

②同月二十八日為兼宛為相状案　福田（2）（同右）

③同月二十九日入江殿（為兼）宛為相状案（同右）福田（3）

④同年二月一日出羽前司（二階堂貞藤）宛為相自筆書状（土橋嘉兵衛氏旧蔵、矢部利雄氏蔵）村田（注23）、福田（4）

⑤同年二月三日為兼自筆第一度陳状（天理図書館蔵。同善本叢書『古文書集』に影印）村田（注25）、次田

⑥同年二月六日掃部頭入道（大江・長井宗秀）宛為相書状案（東山御文庫・冷泉家時雨亭文庫蔵）

村田（注26）、福田（5）、『冷泉家古文書』（一一八。自筆）

⑦同年二月八日大夫入道将監（長井貞広）宛為相書状案（冷泉家時雨亭文庫蔵）『冷泉家古文書』（一一三）

⑧同年二、三月頃為兼第二次陳状　為世第三次訴状に引用。

⑨同年三月二十六日伏見上皇院宣（為世宛経親奉。岩崎家蔵手鑑）村田（注11）、次田、福田（6）

⑩同年四月八日伏見上皇院宣（為世宛経親奉）（服部玄蔵氏蔵手鑑）村田（注12）、福田（7）

⑪同年四月十日為世自筆請文（同右）村田（注12）、福田（8）

⑫同年四月二十日覚円書状写（篠山市青山文庫蔵）小川

⑬同年四月二十日為兼自筆書状（大東急記念文庫蔵『手鑑　鴻池家旧蔵』所収。大東急記念文庫善本叢刊　中古・中世篇　別巻『手鑑』汲古書院、二〇〇四年。陽明文庫に浄書本蔵、『日本書蹟大鑑』第五巻）

⑭同年五月二十七日為世第三次訴状（抄出本現存）並びに提出時に附した為世の自筆請文（東山御文庫蔵）村田（注14）・福田（9）次田・福田（一）

⑮同年六月頃、為兼第三次陳状草稿、覚円勘返（書陵部「勅撰相論之状」。『為兼為相等書状並

案』共に自筆） 次田・福田（二）・小川

⑯同年六月十二日伏見上皇院宣（為世宛経親奉。東山御文庫蔵） 村田（注16）・福田（10）

⑰同年七月十三日為兼自筆書状（経親宛）（岩崎家蔵手鑑） 村田（注17）・次田・福田（11）

⑱延慶四年五月以前か、伏見上皇事書（ことがき）（「勅撰相論之状」、『為兼為相等書状並案』。書陵部伏見本） 村田（注18）・次田・福田（12）

⑲応長（おうちょう）元年五月二十六日西園寺実衡（さいおんじさねひら）宛為世自筆書状（栗山甚之助氏蔵） 村田（注18）・次田・福田（13）

三　両卿訴陳（二）――その経過――

訴陳の幕開け

正月二十一日夜、為世の使者として宰相中将為藤が為兼を訪れ、撰者のことを尋ねたので、為兼は「永仁辞退し候ひし上は今更争か（いかで）申し出づべく候はん。愚撰出来之間、清書せしめて奏覧すべき也」と答えて、ただ為世や為相に所存があるなら早急に関東に申し入れてはどうか、と語った。そして、その旨を二十七日に為兼は為相に書状で伝えた①。翌二十八日為相は自分も撰者に加えられるよう申状を提出した、と為兼に報じ②、二十九日に為相はまた為兼に書状を送り、二十三日為世は医師時世(ときよ)が東下するついでに、(為兼が一人で奏覧しようとしていると)「不実虚誕(きょたん)」を伝えたことを報じている③。

為世、第一次訴状提出

二月一日為相は幕府の要人出羽前司二階堂貞藤に書状を送り、去る二十四日に為世は(治天の君である)伏見院に款状(かんじょう)を捧げ、為兼が一身で奏覧するというのは、嫡家を措いて庶子(しょし)が行うことの然るべからざること、「其の上、其の器に非ざるや不審、又配所に赴く仁、君の為、朝の為不吉」と非難していることを記し、為相としてはその申状の不可であることを指弾(しだん)、「虚誕を構えて濫訴に及ぶ」と述べている(すなわち出羽前司が、為兼に対して理解協力してくれるように要請を行っているのである)④。

右にみえる二十四日為世提出の款状が初度(第一次)の訴状である。

為兼、第一次陳状を提出

二月三日、為兼は第一次陳状を提出した。その草案と見られるものが⑤である。

次田氏によると、訴状に対してこの陳状は三項目に分けられる。第一項は、永仁四人の撰者のうち、為世が辞退し、雅有・隆博は没しており、為兼が(続けていた)選歌の功を終えたのは自然で、撰者については異議がないということであるのに、また撰者に加わりたいというなら訴え申したらよい。第二項は、為兼が配所に赴いたことへの難であるが、無実となって帰京したのだから吹毛(すいもう)の難に過ぎない。第三項の庶嫡については、庶子で撰者となったり家督に備わったりするのは器量に依るのだ。為兼は若年より稽古を積み、為家から口伝故実を受け、勅撰集の奥義を知ること世に隠れもない。続拾遺の時、当家の説に背くことを（父為教が為氏に）申し入れ、亀山院から為氏に下問があったのに為氏は披陳せず、新後撰の折には、初め続千載と名づけられるはずであったが、題号、撰歌、時代の相違などにつき為兼が申すことのあったのを、後宇多院の耳に入って下問があったので所存を申した。のち新後撰と改められ、奏覧の時、右大将（洞院実泰）を通して重ねて子細を申し上げた。以上のような事情なので、この機会に撰集故実についての「奥書」や「証状」を召し出されて、為世と自分とどちらの主張が正しいか、是非を決せらるべきであろう、と結んでいる。

為世の非難は、当時の常識に沿ったところがあるが、為兼は具体例を挙げて、個人の力量・器量に重きを置き、自己の正当性を訴えたのである。

九条隆教の申状

二月三日故九条隆博男隆教（四十二歳、正三位）は前藤中納言（俊光か）宛に申状を提出した。「勅撰集の事、已に御沙汰に及び候か。撰者一人たるべからざるかの由」、隆教も撰者の人数に加えて欲しい旨を述べた（東京国立博物館所蔵文書。村田〈注24〉）。これはかつて『風雅集』の折のものかと考えられていたが（拙著『中世歌壇史の研究　南北朝期』もそれに従った)、『村田正志著作集』所収論文では延慶三年かとしている。それが妥当であろう。ただ為世・為兼・為相らの論争とは直接関わらないので、前掲史料からは外した。

為相も款状を提出

二月六日為相は掃部頭入道大江(長井)宗秀に長文の消息を送った。それまでの経過を記し、為兼は為世・為相に撰者の希望があるなら申すべきだという意向であったので、為相も四日に款状を捧げた旨を記し、

冷泉為相像(冷泉家時雨亭文庫所蔵)

その写しを同封したこと、為相の撰者の希望に対して院は審議の後返答すること、為世の款状を同封するが「無思慮躰」「物狂」のものである、と評している。(為相にとって)大事な時ではあったが「在京今は計略を失ひ了」として近日下向するつもりで、「路次も又容易ならず候」などと記し、為兼も飛脚を立てる由であるとし、「両三方」(為世・為兼・為相)の所存をよく聞いて欲しい、と強調している⑥。

為相、関東に下る

為相としては独力で撰者の列に入ることの難しさは充分に自覚しており、為世を非難

し、為兼を支持して、自らを加えて欲しいと幕府に対して述べているのである。為世も為兼も使者に委細を含めて幕府に運動しているのだが、関東祗候(しこう)の身である為相は、経済的な困窮もあって直接下向した上で訴えようとしているのである。当時、為相は越部下(こしべのしものしょう)庄が摂家一条家の管理下にあり、細川(ほそかわのしょう)庄は係争中、久明親王（為相女はその側室）も帰京し、困窮の有様が察せられる書状でもある。

二月八日為相は大夫将監入道（宗秀の弟貞広）に書状を送り、経過を簡潔に述べ、為兼の方人(かたうど)としての証言を依頼し（⑦。小川剛生「歌道家の人々と公家政権」参照）、次いで関東に下り、当面この論争から身をひいた形になる。

第二次訴陳

三月二十六日付の為世宛伏見院院宣⑨によると、「初度・第二度陳状（為兼）并先度仰せられ候ふ民部卿入道（為家）譲状正文等」を提出せよ、と命ぜられているから、既に第二次の訴陳が二月半ば頃から三月半ば頃までの間には行われたらしい⑧。

為兼の第二次陳状

為兼の第二次陳状は、現在「延慶両卿訴陳状」抄出本の「同じき状に云ふ」によって窺われるが、もとは数十枚に及ぶ大部なものであった（⑭参照）。要点は次の如くである。

撰者中、雅有・隆博の他界は不吉とし、また為兼が配流されたことへの非難について、前者については先例多く、後者については第一次陳状に述べた如くであり、また庶子が撰者になれるか、について、庶子浅位の定家が撰者になった先例などを挙げてその正統性を述べ、為兼が故実・文書を伝えぬ難については、為世こそそれらを伝えず、為兼は多くの証本を伝えていることなどを力説している。

なお⑨にみえる為家譲状の正本提出について、四月八日重ねて提出が命ぜられ⑩、為世は十日の第三次訴状の後に提出すると述べ⑪、六月十一日伏見院はさらにその提出を命じている⑯。為世が文書提出を拒んだのは（偽作と疑われるような）何か後ろ暗いところがあったか、と推測されている（村田・福田）。

この年の、とりわけ前半は、為世も為兼も寧日なき日々であったに違いない。以上のほかにも、四月二十日付覚円の書状⑫は、『新後撰集』題号についての、後宇多院の為兼への勅問を、為世が事実無根としたので、覚円は（事実であると）院の証言を得て為兼に報じたもので、それに対して謝した為兼書状が⑬で（この件、⑫⑮にも）、こういうやりとりなどが山積していたのである。

為世、第三次訴状

五月二十七日、為世は第三次訴状およびそれに付した経親宛の請文を奉った⑭。したがって為兼の陳状が下賜されたのは四月中か五月初めの頃であろうが、それを見て為世は反発した。請文にいう。――為兼の陳状はおよそ「文章の無礼、其の辞の覃ぶ所に非ず候ふ哉」、為世は正嫡の身で、和歌の道の宗匠であり、為兼は「門塵末族」の身、「奇怪の所存、過分の至極」、礼義を忘れ、人倫の法でない、「将又数十枚奏状、先規未だ此の如き例を聞かず、自由の所為、雅意の張行か」、条々すべて「奸乱」、「狂人の蹤を追うが如し」、簡略に書くとすれば承伏するようでもあるので、「仍て子細を勒し、一巻之事書を副え進む」などと記し、もし為兼が重ねていいかげんなことを言ったらさらに言上する、と「無礼」な為兼の陳状に激怒したのである。

おそらくこの折の「事書」が第三度の訴状で、現存本の中心をなすものであろう。

為兼への反論

為世の訴状はすなわち為兼への反論である。が、既に第一次・第二次で取り上げられた件について反復したもの（配所に赴いたこと、庶子に撰者の資格があるか、など）が多い。そして為兼の『古今集』証本への疑問、その解釈が当家の説に非ざるもののあること、あるいは為世は永年為家・為氏に学んだが、為兼が為家に学んだ期間は僅かで、そのあと阿仏尼に追従して習った、と非難し、さらに為世は父祖の庭訓を守って詠歌するが、為兼は歌病を避けず、禁忌を憚らず、詞を嫌わず、姿を飾らず、世俗の詞で眼前の風情を詠ずるだけで、これを人々に教えるのは歌道の荒廃である、と述べ（この為兼歌批判はすなわち後述の『玉葉集』歌風批判と重なる)、なお為兼が相伝の文書典籍、三代集の証本すべてを帯びるということは自称に過ぎない、等々、為世の主張が続く。

この訴状のうちで、見方によっては為兼の人柄にも関わるような一挿話があるので触れておきたい。

『新古今集』の名についての見解

為兼の第二次陳状の中で、勅撰集の名目に関わる事項があり、拾遺・後拾遺について述べた後に、

新古今、初めは続古と号さる。定家卿難じ申すにより、新古今に改めらる。この条々何様に了見せしむるや。口伝を受けず、故実を存ぜず、しかるに推量をもって猥りに勅撰を申し行うの条、不吉の至り何事かこれにしかんや。かつこの子細、入道民部卿(為家)皆もって存知の上は、いかでか先規に違ふ事諷諫せしむべけんやと云々。

すなわち為兼は、新古今の時、初めは続古今という名であったのを、定家の難によって改めた、と発言したのである。

為世の反論

これに対して為世は反駁する。その訴状を引く(中に『明月記』の文章があるが、原文に依った。送り仮名・返り点は稿者が付した)。

又「新古今の続字御沙汰の事、定家卿難じ申す」と云々。支証何事か、もしくは元久記に就いて僻案せらるるの了見か。続字に於いては親経卿難ずる所なり。故実を存ずる才臣は参差（しんし）を恥じざるか。定家卿元久（げんきゅう）元年七月廿二日記に云う、

可レ遣レ召二左大弁一之由有レ仰。参二尊勝寺一云々。遣レ召令レ侍御。良久参入、依レ召参上。殿下（良経（よしつね））伝レ仰云、勅撰序事可レ奉。又名字如二当時一者、続古今内々儀也、如何、可二定申一云々。続字ハ多其次撰時名也。今隔二六代集一更続字、若無レ理歟、新撰古今宜歟之由申レ之。上御評定、新撰古今集有レ之、新撰ハ古今ノ哥ヲ撰ル集也。今新撰古今といはば偏似二彼集一歟。又四字頗長歟。事未レ被二仰切一入御之後、殿下仰云、新撰、件集頗不吉物也。仍不レ可レ然歟。予又申二此由一。

まず引かれている『明月記』の要旨を記す。良経が左大弁親経（ちかつね）を召して、勅撰集の序を奉ることを命じ、また集の名は内々「続古今」と考えられているがどうか、と告げたのに対し、親経は「続」の字は多く直前の集に次いで撰ぶ時の名で、今、六代集を隔てて「続」の字は理に合わない、「新撰古今」が宜しいか、と申した。院は、「新撰古今集」（『新撰和歌』のこと）があって、それは『古今集』の歌を撰ったものであり、いま「新撰古今」といえばそれに似ることになり、また四字は長い名だ、と言って結論の出ぬう

ちに入御。良経が『新撰和歌』はすこぶる不吉の集だ（下命の醍醐天皇も勅を伝えた兼輔も完成以前に没した）、といわれたので、予（定家）も同意見を申した。

すなわち親経は「続古今」に反対し、「新撰古今」を提案、院・良経・定家が「新撰古今」に反対したのである（以上は田中喜美春「新古今集の命名」、『国語と国文学』四八—一、一九七一年に詳しい）。ちなみに、このあと『新古今集』命名に至る経過は不明である。

為世は、為兼が「続古今」の名を反対したのは定家だというが、その「支証何事か」として『明月記』を引き、故実を存ずるはずの賢才の臣（為兼）の誤り（親経・定家の取り違え）を恥じないのか、と厭味を浴びせたのである。確かに誤読しやすい記事ではあるが、このところは為世の解が正しい。

『明月記』の切り取り

問題は、この記事が『明月記』の現存本にないことである。

『明月記』を含めて貴重な自筆本は為相が所持していた。既に述べたように、それを隔心なく見られるのは為兼である。為兼は、為世の反論を避けるために、自筆本のその記事を切り取ったのではないか、とも推測されている。そして、この記事は到底為世の偽作とは思えないから、為世は自筆本が為相に譲られる前に見たか、あるいはその転写本を所持していたか、などと推測されている。

冷泉家時雨亭本が見られるようになって、つぶさに該個所を検討したのは藤本孝一氏である（『『明月記』巻子本の姿』至文堂、二〇〇四年）。

藤本氏は、記録（主としていわゆる公卿日記）が部類記作成などの編修のため切継、削除がしばしば行われるとして、『明月記』におけるそれを詳しく調査論述し、この元久元年七月廿二日の条について、切り取られた写しが『訴陳状』にあることによって、削除の証明例として掲げている。

冷泉家時雨亭本の削除跡

すなわち二十二日の条は、七紙目に三行、八紙目に一行現存し、その七紙目の末行「発」という字の左端に僅かに筆運の墨附点があり、七紙目と八紙目との間が切除されていることが知られる。（詳細は省略するが）一紙は平均四十五㎝ほどで、ただし現存七紙目は五・八㎝、八紙目は三十三㎝である。したがって両紙を合せると五十一㎝ほどが切除され、おそらく二十五行分、約四百二十五字が削除されたと思われ、前引の文は百六十六字だから、他のかなり長い文が削られたと思われる。『明月記』において定家とその一家にとって好ましくない部分の切継個所は他にかなり多く、また『拾遺愚草』にも承久二年（一二二〇）の二十四首が切除され、『明月記』にも承久年間の記事がほとんど存しないのは、定家自身の手で行われた削除と推定される。

定家による記事の削除

以上から考えると、七月二十二日の記事の削除は、為兼ではなくて、定家自身の手によるものと思われる。新古今命名の記事が何故に削られたのか、他に二百数十字も削られていることも関わるか、委細は不明であるが、為兼の所為でないことは確かのようだ。為兼は七月二十二日の記事を知らぬため、伝えなどによって発言したのか。そして為世は削除以前に抜書されていた記録（定家自身にも多くの抜書がある）を引用した、と藤本氏は推測する。この推測に賛意を表したい。

為兼と覚円との勘返状

為世の訴状提出後、為兼と覚円との勘返状がある⑮。⑫で得られた覚円の証言をもとに為世への反論（第二次訴状）の草稿を覚円に示したもので、次に述べるように、これは第三次陳状（七月十三日）の前、六月頃であろう（福田）。

為兼の第三次陳状

七月十三日、為兼の経親に付した自筆書状が存し⑰、そこに事書一巻を副えて進上する旨が記されており、これが第三次陳状の提出である。なお第三次陳状の草案がもう一つ発見されている。

『思文閣墨蹟資料目録』（二二三号、一九九一年）にみえる「御子左為兼消息草案」がそれである。この「消息草案」は渡辺融・桑山浩然『蹴鞠の研究』（東京大学出版会、一九九四年）に、弘安七年（一二八四）二月の上鞠の作法をめぐって為氏と難波宗継との間の相論の史料として取り上げられているものである。すなわち御子左・難波両家が「蹴鞠之骨法」について対決するかどうか、春宮大夫（当時）西園寺実兼より問い合わせがあった時、為氏も為世も為す術を失ったが、為兼一人、為家の口伝の次第を宗継に申し披く所存だ、と言ったところ、「為氏卿以下感悦之次第」であった、というのである。

右の文章の前の部分に「蹴鞠の事申し出づ。存外の由、為世卿申さしめ候か」云々とあり、先の陳状で為兼が蹴鞠のことを言い出したのに対して、為世は鞠を申し出すのは「存外」（もっての外）だ、と批判したことへの反駁である。この文書は小川剛生氏によって、第三次陳状の一部の草案であると推定された⑰。この弘安七年の鞠のことは為世には不利な事実であるためか、為世は逃げたのである。ここで為兼が主張しようとしたのは、（歌のみならず）鞠についても為家からきちんと口伝を受けたのだ、ということを明示しようとしたのである。

訴陳は「延慶法」によって三問三答と定められており（森茂暁『鎌倉幕府の朝幕関係』三八三頁）、第三次陳状で打切られたのであろう。

四　両卿訴陳（三）——まとめ——

訴陳の経緯

以上を年時的にまとめておこう。

第一次訴状（為世）　正月二十四日（延慶三年。以下同）　散逸
第一次陳状（為兼）　二月三日　草稿
第二次訴状（為世）　二〜三月　散逸
第二次陳状（為兼）　三月二十六日以前　散逸（ただし第三次訴状に引用）
第三次訴状（為世）　五月二十七日　抄出現存
第三次陳状（為兼）　七月十三日　一部草稿

争点

訴陳の争点は多岐に及んだが、重要なのは、

・永仁勅撰の折の撰者任命はその後も有効なのか。
・撰者に配流の前科がある者、また庶子にその資格があるか。
・撰者としての業を遂行する上に、庭訓・口伝を受け、質の高い証本などを備えているか（すなわち和歌の家の正統性を伝えているか）。

などで、これらをめぐって、お互いに攻撃し、反駁するという経過であって、特に後半などには感情的なやりとりも多く、近代的な考え方からは、文学論的にも意義の乏しいもの、とされている。

しかし当時としては、これらが正統な和歌の家の継受者であることを主張する重要な資格であり条件であったので、当事者達は、多くの証拠類を挙げて自己を防衛し、相手を攻撃したのである。両派ともこの訴陳に全力投球したことは、多くの文書の残存具合からみて察せられるが、なお一例を挙げておく。

二条派をあげての訴陳

二条派系の歌僧行乗（ぎょうじょう）の『六巻抄（ろっかんしょう）』にある「古今序」の注の裏書で、「ならの帝」について述べた件（くだり）に、この帝には諸説があるが、として、

延慶訴状ニ文武（もんむ）ト書ケリ。是ハ故定為法印（ほふゐん）草也。既ニ是（こ）ノ宗匠為世モ同テ公方ニ被出之上（いだざるる）ハ非ニアラザル条勿論也。

とある。定為は為世の弟で、二条家に忠実な歌僧であった。学力・文章力ある歌人で、為世はそれを尊重して訴状の草稿を書かせたらしい。「ならの帝」について、訴陳状の現存本にはみえないが、これも論争の一つであったらしい。二条家としては一家を挙げて訴陳に立ち向っている様が窺える。

貴重な史料としての訴陳

現在派生的にみえる論争の諸条項ではあるが、例えば、勅撰集の題号に関するやりとりを見ても、幾多の和歌史的知識が浮上するし、また歌書類、口伝などについての情報、あるいは歌人の行動などについても興味深い事柄が知られる。総合的にみて、当代の文化・思想の状況、和歌・歌壇のあり方をめぐる具体相が知られる貴重な史料といえるであろう。

他阿上人と為兼の交流

伏見院の思慮は続くが、おそらく院は為兼を勝訴せしめて撰者に指名する内意を固めたのであろう。為兼はこの年関東に下っている。『他阿上人集』（六七以下）に次のようにある。

> 去る延慶三年為兼卿関東下向の時、見参有りて、念仏往生のいはれ尋ね申されて信心落居の後、三条新中納言（公雅）、其比宰相中将にておはせしが、上人の御歌を所望ありて、為兼卿のもとへつかはされける時、合点の分卅三首右点、又後日に暁月房（為守）見給ひて合点ありき（下略）
>
> 春の立つしるしの杉もみどりにて霞み初めたるみわの山もと

他阿との交流、その宗旨への関心も窺われて興味深いが、この下向は、おそらく訴陳後しばらくしてからの、三年後半と思われ、訴陳の経過を述べその後の展望などについて院の意を体して武家の了解を得るためのものであったろう。

十二月二十八日為兼は権大納言に昇任した。正月天皇元服後宴の上寿を勤めるためというのが理由だが、院としては昇任のタイミングを図っていたのであろう。

権大納言に昇進

年が明けた四年の、比較的早い頃であろうが、「伏見上皇事書」が残っている⑱。まず「民部卿と京極大納言との相論訴陳状等、之を遣さる」とあり、為兼の任権大納言以後のことと知られる。「凡そ叡慮に叶うの風躰を以て其の集を撰ぶの条、年来の御本意とす」、すなわち伏見院としては、勅撰集は叡慮に叶う風体によるものである。永仁勅撰で、雅有・隆博が逝去し、為世が辞退したのであるから、為兼一人が撰者として残り、為兼が叡慮の風体によって早く撰集の功を終えて然るべきだが、為世も為相も撰者を競望している。そこで、

伏見上皇事書

面々撰者を仰せられ、各々之を奏覧、作者と云い、撰哥と云い、殊に参差の事有らば改めらるれば大概撰者の所存を宥め用いられ、彼是各別の撰集として披露有るの条、各所存を達し、人望に叶う可きか。同時に数ヵの撰集出来の条、新儀に似ると雖も強ち巨難に及ぶ可からざるか。且は面々の所存露顕の条、中々其の興有る可きか。

すなわち、為兼のほか、為世・為相も撰者を望んでいるのだから、三人各様の集を撰ばせ、作者や選歌に大きく隔たりがあったら改修し、別の撰集として公表したら、撰者も人々もその望みが叶うだろう。同時に複数の撰集が出来るのも新しい試みのようではないか、それぞれの所存が明らかになって興があろう、という案を示したのである。

為相『柳風抄』撰集

ちなみにいうと、為相は関東に退いて撰者をいったん諦めたようだが、右によるとやはり「競望」は続けていた。延慶三年中に『柳風抄』を撰び、同じ頃、厖大な和歌資料の類題集『夫木抄』を弟子の勝間田長清に編ませたのも、撰集の準備（福田氏）かと思われ、全く撰者を諦めていたのではなく、あるいは三年の為兼下向の折に希望を申し入れていたのかもしれない。

伏見院、訴陳について近臣に諮問

さて、⑱の「事書」は誰かに与えたものと思われるが、実兼に諮ったという説もあり、次田氏は「近臣に意見を徴したもの」と推測している。三問三答の（おそらく正式な）訴陳が行われたのだから、これは何らかの形で決裁する必要があったのであろう。臆測されるのは、勅撰集は叡慮に叶う風体によって撰べばよい、とはいい条、やはり訴陳を行った以上、「何様の沙汰あるべき」ことにより決着をつけるべきなので、実兼をはじめ、伝奏などの地位にある近臣、例えば経親や俊光らに諮る形式をとる要があって、草したものではなかろうか。

多忙な日々

延慶四年、年があけて為兼は多忙であった、主な事跡を挙げても、正月三日天皇の元服に参仕し、五日元服後宴に上寿を、十六日踏歌節会に内弁を勤めた（『花園院記』ほか）。十六日の節会の夜、北方探題金沢氏の家人の武士が乱入して滝口らを殺傷する、前代未聞の事件が起きたが、節会は常の如く行われた。為兼の指揮ぶりは記されていないが、責任者として奔走したことであろう。なお俊言もこの頃忙しく参仕、この夜も宮中の事件を常盤井殿の院に伝えている。二月二十三日後伏見院の皇女誕生（母は広義門院）、この日も、またこの後の儀（三月二十五日の姫宮御幸始、四月十四日五十日の儀など）にも参仕し、そのほか三月二十二日の石清水臨時祭や、二十七日の除目にも参じている（『花園院記』『公衡公記』ほか）。

三月二十二日には石清水臨時祭の儀のあと、内裏で内々続歌の会が行われ、関白（鷹司冬平）・為兼および女房（三品為子以下の人々）が作者となった（『花園院記』）。為兼は公務多忙であるが、既に撰集の方はあらかた成っていたのであろう。

五　為兼に撰者下命――付　訴陳の余塵――

四月二十八日応長と改元された。

為兼に勅撰者の下命

五月三日為兼に勅撰集撰者の命が下った。受命の日には、七月二日（『尊卑分脈』『代々勅撰部立』『歴代和歌勅撰考』等）、十月三日（『勅撰歌集一覧』『東野州聞書』等）の説があるが、近時は次の史料によって五月三日としている。

為世、独撰に反対

五月二十六日為世が西園寺実衡宛に、為兼独撰を幕府の力によって覆すよう訴えた書状⑲の冒頭に次の文がある。

勅撰の間の事、基仲朝臣帰洛の後、為兼卿一人を以て撰び用いらるべきの由、関東勅答申さるるの旨、世上鼓噪せしむると雖も、頗る信受に足らざるの処、去る三日已に彼の卿に仰せられ畢んぬ。（後略）

伏見院、源基仲を発遣

勅撰集の件について伏見院は基仲朝臣を関東に発遣していたらしい。この基仲は宇多源氏の時仲の男であろう。『尊卑分脈』に「実父従三位宗氏卿、上北面、昇殿、正四下、左京権大夫」とあり、実父の宗氏は五辻忠継男。時仲は後深草院の上北面で、正応三

幕府、為兼の撰を了承

年（一二九〇）二月十一日院の出家に従って出家、基仲も正和二年伏見院の出家の折に出家している（『伏見院御落飾記（ふしみいんごらくしょくき）』）。伏見院の近臣で、その意を体して勅撰集について関東に下っていたと思われる。その帰洛によって撰者が為兼一人であることを関東は了解し、それが世上に洩れており、五月三日に（院宣によって）為兼に仰せられていたことを為世も聞いているのであり、五月三日下命は確実である。

為世の嘆き

為世は「御沙汰之次第迷惑他無し。訴陳未だ整わず」と記しているから、訴陳の結着については公的な報もなかったのであろう。ただし院としてみれば、一応衝にいる近臣の意見は聞いたし、「叡慮の風躰」によって撰者を決めてよいのであるから、関東の了解もえて院宣を下したのであった。為世はさらに陳情する。「為兼卿天下の機務、小大なく掌握の上にあれば」伏見院が為兼を指名するとは思っていたが、関東が伏見院の意志に沿うのは嘆かわしい、として以下、長々と面目を失した恨みを述べ、

微臣其の家高貴に非ず。其の身賎愚（せんぐ）と雖も、家業を伝えて久しく朝列に接す。一流滅亡に及ぶの条、何ぞ無偏の哀恤（あいじゅつ）に漏れんか。当代に於ては徒（いたず）らに棄捐（きえん）に預るの上は、子孫永く拝趨（はいすう）の望みを絶つ。為世、何の面ありてか跡を朝市に留め、愁いを塵に繋げんか。速やかに辺境に卜居し、余算を終うべきものなり。糸髪の運命、只

東風の無偏を仰ぐに依る。紅涙を拭い、紫毫を馳すのみ。

と愁訴して、西園寺実衡を通して関東に自己の苦境苦衷を哀訴したのである。もちろんその展開はなく、為世は籠居する。

公衡出家

八月二十日為兼は、西園寺公衡（竹林院前左大臣）の出家を聞き、「方々に惜しむべき世を思ひ捨ててまことの道に入るぞかしこき」と歌を贈った（『風雅集』一九四六。返歌が一九四七）。十月二十六日は交際のあった北条貞時が没している。養子俊言は閏六月九日蔵人頭、十月八日右中将を兼ね（頭中将）、内蔵頭は弟為基に譲った。『花園院記』によると忙しく公儀に参じている。十二月二十一日為兼は権大納言を辞した。

権大納言を辞す

『実兼集』

この後、勅撰集では百首歌の詠進もなく、また為兼の撰集の業は長期にわたっていたので、漸次和歌資料は撰者の許に整えられていたと想像されるが、ごく親しい人はその詠草をまとめて送ったらしい。現存の『実兼集』は雑部の零本だが、いま古筆切が収集されており、石澤一志氏発見の一葉の歌（『玉葉集』一三七八と同じ歌）に「応長元年八月廿五日」の注記があり、この年八月以後、年末までの間に編まれて為兼に送られたものではないかと推定されている（「『実兼集』の成立とその性格」）。

応長二年に入って正月八日「今夜内々の歌合、如法密儀なり。前大納言為兼判す」、九日「今夜歌合、如法密儀なり。判者為兼卿」十日「歌合、判者為兼卿」と天皇はなかなか熱心である。二月十九日「前大納言為兼祇候す。内々の歌会。殿上人俊言朝臣・公躬朝臣・盛親朝臣・顕祐等祇候す。女房藤大納言三位（為子）・勾当内侍・別当・治部卿等也」（『花園院記』）。この会は、勅撰歌人でない公躬・顕祐を含む近臣による内々の会である。二十四日には「持明院殿の女房藤大納言三位・新宰相・永福門院内侍等、花を見んがため参るの間、内々の和歌会」（同上）という具合である。京極派の会はこういう内々の会が基調であった。

六　『玉葉和歌集』

『玉葉集』奏覧

三月二十日正和と改元。『勅撰目録』『勅撰次第』は三月二十九日『玉葉集』奏覧とし、次田氏もこれに従うのが妥当とする（「玉葉集の形成」）。神宮本『勅撰歌集一覧』も同じ。ところが『増鏡』（浦千鳥）は二十八日とし、『祐春記』も「去月（三月）廿八日勅撰奏覧之間、南都に風聞す」とある。いずれを採るべきか、決し難いが、『祐春記』を尊重して二十八日説に従っておく。

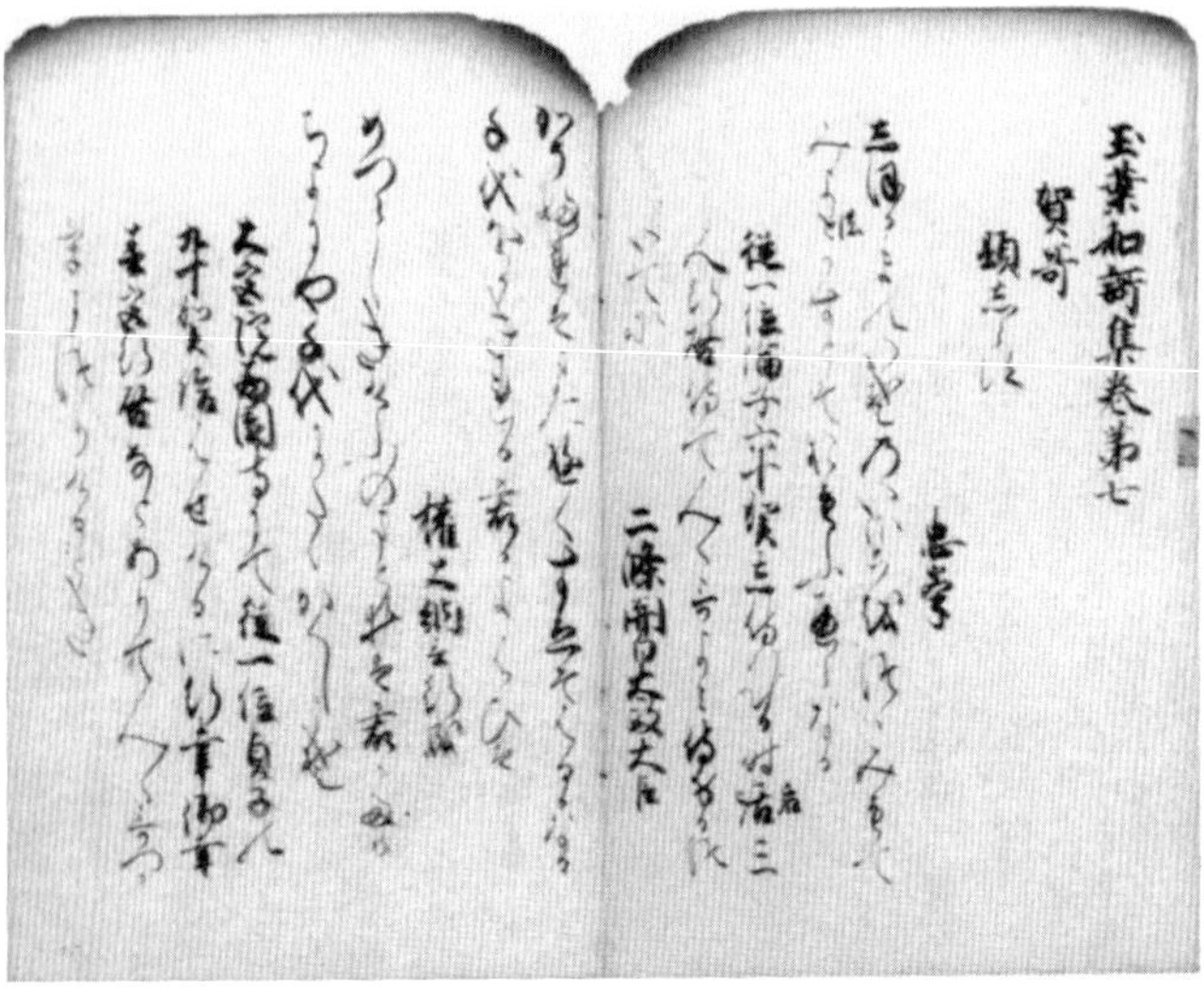

『玉葉和歌集』（冷泉家時雨亭文庫所蔵）

『玉葉和歌集』成立の発端は、いわゆる永仁勅撰の儀（一二九三）である。そののち為兼の佐渡配流、撰者に指名された隆博・雅有の死、為世の辞退、そして延慶の烈しい訴陳など、紆余曲折を経て応長元年の為兼撰者下命、正和元年（一三一二）三月の奏覧に至ったのである。こののち翌年にかけて改修作業が行われたが、正和元年奏覧ということを重んじて概観を試みておく。

全二十巻。歌数は本により小異はあるが、ほぼ二千八百首。部立は春上下、夏、秋上下、冬、賀、旅、恋一～五、雑一～五、釈教、神祇。

諸　本

伝本は臼田甚五郎氏蔵正中二年（一三二五）奥書本、太山寺本（前者は臼田氏により、後者は濱口博章氏編の影印がある）、ほか多くの写本、正保四年（一六四七）板本がある。個々の伝本については、濱口氏によって精査され、それをふまえて岩佐美代子氏による簡潔的確な記述が『玉葉和歌集全注釈　別巻』にある。現在最善本とされるのは最終的な形と思われる天文十九年（一五五〇）写の書陵部吉田兼右本で、『新編国歌大観』、岩佐美代子『玉葉和歌集全注釈』の底本である。

主要歌人

主要歌人の入集数を算用数字で掲げる。

伏見院93　定家69　実兼・為教女為子60　俊成59　西行57　為家51　永福門院49　為兼36　和泉式部34　実氏31　親子30　慈円27　貫之26　人麿24　宗尊親王22　基忠21　躬恒18　雅有・為氏・良経・式子内親王・後鳥羽院・後伏見院16　家隆15

二十五位までであるが、伏見院がその力量からも地位からも断然一位を占めるのは当然であろう。家祖俊成・定家・為家を優遇しているのは、身びいきばかりでなく、力量からいっても自然である。権門実兼・実氏・基忠もその地位と力量を睨んでの措置であろう。持明院統・京極派の人々、為子・永福門院・親子・後伏見院も妥当なところであろう。為兼の36首はやや抑えているようである。「近日専ら古風を慕はる」とした伏見院と同じ理念の為兼が、人麿・貫之・和泉式部などの古歌を尊重している。

全体的に見て、持明院統・京極派の人々は、新宰相13、花園天皇（十六歳）・永福門院内侍・教良女12、兼行・家親9、章義門院8、延政門院新大納言6、俊兼・経親・俊光5首などは優遇といえよう。また猶子の俊言4、忠兼（十六歳）1首、なお冷泉家の為相14、阿仏尼11、為相女6、為守4、為守女3、為成1首も優遇といえよう。

二条家への冷遇

二条家の為氏16首はかなり多いと見られるが、為氏の持つ一面華やかな風を尊重しているのであろう。為世10首は妥当なところであろう。為藤・為世女為子5首は配慮の跡が見えるが、為道2、源承・慶融・定為1首は前集（六～八首入集）に比して激減している。冷遇である。為定（二十歳、初入集）1は妥当といえよう。大覚寺統の後宇多院・後二条院8首というのはやや渋い待遇である。同族の為実6、為顕5首は比較的好遇されている。他の歌道家の飛鳥井雅有16、雅孝5は優遇、九条隆博9、隆教5首は無難な数といえるであろう。

北条貞時・大江宗秀7、北条斉時・宗宣5首などの採り方もそつがない。為相門の地方武士勝間田長清の1首入集は、『夫木抄』を既に為兼が撰集資料としたという点から、褒賞といえようか。

集の歌人は七百六十二名、うち、女性百六十五名（二一・七％）できわめて多い（岩佐氏）。なお本集を含めた勅撰集の歌人構成については深津睦夫『中世勅撰和歌集史の構想』（笠間書院、二〇〇五年）に詳しい。

歌風

『玉葉集』の歌風について、従来の説をふまえて述べておこう。

自然詠

まず第一に、最も特徴的であるといわれるのは自然詠であろう。自然の微妙な動きを、時間の推移、明暗の対比、斜めの光線のうちにとらえた作品である。

山の端も消えていくへの夕霞かすめる果ては雨になりぬる　（九七、伏見院）

枝に洩る朝日のかげの少なさに涼しさ深き竹の奥かな　（四一九、為兼）

吹きしをる四方の草木の裏葉みえて風に白める秋の明けぼの　（五四二、永福門院内侍）

波の上にうつる夕日のかげはあれど遠つ小島は色くれにけり　（二〇九五、為兼）

自然美の種々相

なおこの特徴の延長線上にある作品を若干挙げておこう。

梅の花紅にほふ夕暮に柳なびきて春雨ぞ降る　（八三、為兼）

大伴家持の「春の苑紅にほふ桃の花下照る道に出で立つをとめ」（『万葉集』・四一三九）の影響があり、配合美という点で共通性がある。為兼は家持からの継承面が多いといわれるが、この歌も色彩感豊かな構成的な歌で、これも京極派和歌の一特色である。

花かをり月霞む夜の手枕に短き夢ぞなほ別れ行く　（一一一二、為相）

末句に恋の趣があり、うたたねの夢の中で恋人の面影が浮んできて、そしてはかなく別れる。優艶な歌境。

入相の声する山のかげ暮れて花の木の間に月出でにけり　（一一一三、永福門院）

聴覚から視覚への展開、微妙な時間の推移。甘美な春宵の情景が描き出される。

薄緑まじる棟の花見れば面影にたつ春の藤浪　（三〇一、永福門院）

繊細な美意識による見事な景物の配合。

なびきかへる花の末より露散りて萩の葉白き庭の秋風　（四九九、伏見院）

露おもる小萩が末はなびき伏して吹き返す風に花ぞ色そふ　（五〇一、為兼）

二首、細かく鋭い観察眼と、すぐれた描写力を持って典型的な叙景歌となっている。

雨のあしも横さまになる夕風に蓑吹かせ行く野べの旅人　（一二〇二、為子）

純粋な自然詠ではないが、雨中の野を、強風を押し返すように（「蓑吹かせ」にそれが出ている）力強く歩く旅人を見事に描く。

盛りなる嶺の桜の一つ色に霞も白き花の夕ばえ　（二〇二、飛鳥井雅孝）

入日さす峰の梢に鳴く蝉の声を残して暮るる山もと　（四二〇、為世）

乱れ伏す野べの千種（ちぐさ）の花の上に色さやかなる秋の白露　（五一八、法性寺（ほっしょうじ）為信）

いずれも京極派以外の歌人だが、厭味のない自然詠で、専門歌人ならいちおうは詠みうる水準の歌ではあるが、為兼はそれらを巧みに選んで集に収めている。対立派・中立派でも名のある専門歌人の歌はある程度撰入する習わしに従っているのである。また『万葉集』からも自然詠を採っている。

万葉歌

わたつみの豊旗雲（とよはたぐも）に入日さしこよひの月夜すみあかくこそ　（六二九、天智天皇）

あづまののけぶりの立てる所みてかへりみすれば月かたぶきぬ　（一一二四、人麿）

心理分析的傾向の恋歌

次に、恋愛心理の内的追求、心理分析的な傾向が恋歌の特徴とされている。

契りしを忘れぬ心底にあれや頼まぬからに今日の久しき　（一三七九、伏見院）

人やかはるわが心にやたのみまさるはかなきこともただ常にうき　（一六七三、永福門院）

恋部には、一四五六、七、一六八八、九など、為相辺からの資料提供があったのか、為家と安嘉門院（あんかもん）四条（阿仏尼）との贈答歌がある。また建礼門院右京大夫（けんれいもんいんのうきょうのだいぶ）と平資盛（たいらのすけもり）関係の歌（一五四九、一五六六、一七五八、一七五九）の多いのも特色とされている。

思ふこと侍りける比、梢は夕日の色しづみてあはれなるに、またかきくらしし

ぐるるを見侍りて　　　　　　　　　　建礼門院右京大夫

夕日うつる梢の色のしぐるるに心もやがてかきくらすかな　　（一六六〇）

天候の変化と対応して心も揺れ動く、京極派好みの歌といえよう。なお右京大夫関係の歌は雑部にも存するが、概して詞書（ことばがき）が長い。

第三に、特色として挙げられるのは次のような歌である。巻頭の貫之歌、

今日に明けて昨日に似ぬはみな人の心に春の立ちにけらしも

岩佐氏によれば、「春が立つのも人の心の働き一つによるもの」という理、すなわち唯識（ゆいしき）思想を貫之歌により明らかにした、というのである。心の尊重を第一とした歌を巻頭に据えたということは確かであろう。

為兼にとっては、観念（かんねん）・思惟（しい）の直接的表現も正しい和歌のあり方であった。

木の葉なき空しき枝に年くれてまためぐむべき春ぞ近づく　　（一〇二二）

などもその好例であろう。

思ひそめき四つの時にには花の春春の内にも曙の空　　（一七四、為兼）

なども、思い入れの深い歌である。同時に型破りの歌でもある。

われもかなし草木も心いたむらし秋風ふれて露くだるころ　　（四六二、伏見院）

明恵の歌の尊重

などは感情表出の強い作といえる。また『遣心和歌集』の明恵（高弁）の歌を十首も採っている。一首を挙げておこう。

漕ぎ行かん波路の末を思ひやればうき世の外の岸にぞありける　（釈教歌・二六三四）

ちなみに、為兼は『和歌抄』で明恵の歌風を推称している。

新風

『玉葉集』和歌の新しさは他にも種々挙げられるであろう。例えば、有名な右京大夫の

月をこそ眺めなれしか星の夜の深きあはれをこよひ知りぬる　（二一五九）

ような、新しい星の美の発見、

尾花ふく穂屋のめぐりのひとむらにしばし里ある秋の御射山　（一九六五、金刺盛久）

のような、諏訪の神事を詠ったローカルカラー豊かな歌なども興味深い。

また勅撰集には扱われなかった「犬」を定家が『拾遺愚草』で詠んでいるのを、

さとびたる犬の声にぞ知られける竹より奥の人の家居は　（二二五九）

として撰入、新しく

音もなく夜はふけすみて遠近の里の犬こそ声あはすなれ　（二一六一、為子）

さ夜ふけて宿守る犬の声高し村しづかなる月の遠方　（二一六二、伏見院）

表現の新しさ

というように採り入れている。どれも印象鮮明な歌である。

　表現も新しい試みの歌が多く見える。


　　のどかにもやがてなりゆくけしきかな昨日の日影今日の春雨　（一八、伏見院）

のような双貫句法がしばしば用いられる。ちなみに、京極派歌風形成に当たって漢詩文の影響のあることは早くから指摘されている。

また、それまでの勅撰集の歌に用いられなかった句（特異句）の多いことも岩佐氏（『京極派歌人の研究』）の指摘する通りである。例えば、為兼の「枝にもる」歌は五句すべてが特異句である。二つの京極派勅撰集の清新さのよって来たるところはこの独自な特異句のあり方に負うところが大きかったといえよう。

また字余り（例えば五四二の「裏葉みえて」など）の多さも目立つ。状況を正確に描写・表現するとか、あるいは力強さを示すとか、工夫して用いられている。


　　常よりも涙かきくらす折しもあれ草木を見るも雨の夕暮　（一四七二、永福門院）

『新古今集』（一二二〇）「うちしめりあやめぞかをる時鳥なくや五月の雨の夕暮」（良経）の名歌により「雨の夕暮」は制詞（歌に使用を禁止または制限された言葉。『詠歌一体』による）とされていたのだが、用いるのにこだわっていないようだ。

近代人の好尚

以上述べた点が『玉葉集』和歌の特色といえよう。とりわけ近代人に好まれるのは自然詠、叙景歌で、王朝・中世和歌の特色でもある縁語・掛詞などの技巧が少なく、本歌取もそう多くはなく、あっても発想源程度のものであろう。

反面、歌数が多い点は、右にみるような特色を際立たせない恨みがある。そして心の尊重という面から、例えば「いかなりし人のなさけか思ひ出づる来し方語れ秋の夜の月」（六八九、為兼）のような難解歌も間々見える。

和歌は心に起こる感動を言葉に表わしたもの、という心の尊重を説いた為兼の歌論は、先学の指摘するように、唯識説、あるいは儒仏（じゅぶつ）や古典の世界によって深められて開花したものである。その自然詠、写実歌といわれるものも、単なる嘱目（しょくもく）や見聞をそのままスケッチしたものではなく、鋭い感覚でとらえた対象を、観念の中で再構成して表出したもので、心の働きに基本を置いているという点で、非具象的、思想的な歌、心理分析的な恋歌、すべて同根から生じたものといえよう。

二条派からの反撃

この集が和歌史上でユニークな、新しい歌風を形成したことは評価されるであろう。これに対して、伝統的な詞によって雅な境地を詠い上げるのを旨とした二条派からは異端として激しく攻撃されるのである（次節参照）。

奏覧本の整備

正和元年三月二十八(九)日奏覧。正式な受命以降ほぼ十二ヵ月である(応長元年は閏六月があった)。ただ、二千八百首に及ぶ、未曾有の大勅撰集を十二ヵ月で成立せしめたとは思えず、為兼は永仁以降その準備を重ね、特に帰洛してから鋭意業を進め、前節史料①に見えるように、延慶三年正月にはあらかた出来ていたと思われるのである。したがって正式な受命以後は奏覧本に向けての整備が主であったと思われる。

不備の修正

しかしこれほど大きな勅撰集は、いかほど整備点検しても完全無欠になるのは難しいであろう。迂闊に入れてしまった勅撰集にふさわしくない歌、従来の勅撰集との重複歌、詞書・作者などの表記のミス等々が存したであろう。この集の撰に助力者がいた記録はなく(猶子忠兼は若年で、俊言は官仕多忙の上、和歌についてあまり有能であったとは思えない)、独撰によるケアレスミスなどについて身近な人、例えば為子のような人からの注意が主だったのではなかろうか。

正和二年九月以降の『花園院記』に『玉葉集』のことが何ヵ所か見える。

(九月)六日…今日俊言朝臣を以て玉葉集一部を賜う。手箱に入る。猶直すべき事有り。披露無く外に出すべからずと云々。

八日…今日為兼卿参る。玉葉集二・九・十四・二十等の巻を申し出でて退出す。直すべき事等少々有りと云々。

九日…為兼卿玉葉集を返進す。皆悉く直す。

十一日…今日玉葉集の書写了り、六条殿に返進す。

（十月）五日…藤大納言三位（為子）持明院殿より参る。（中略。九日行幸の事）玉葉集直すべき事等を申す。一巻の巻物を持参し、直すべき事共なり。


右によると、天皇は奏覧以後もちろん集を披見していたが、九月六日（伏見院から）俊言を介して一部（二十巻）を賜い、直すべき点もあるから外に見せるな、ということで、八日為兼が四巻を借り受け、九日すっかり直したといって返しに来た、という。ごく小さいミスがところどころにあったということであろう。十一日に写して伏見院に返却したとあるが、六日に賜わった本を書写返却したというのであろう。十月五日は為子を介しての訂正が

花園院像
（宮内庁三の丸尚蔵館所蔵『天子摂関御影』より）

あったようで、『玉葉集』は為子の助力を想定しうるであろう。九月、十月の「直す可き」こととは小瑕(しょうか)の訂正であったのであろう。

完成

十月十七日伏見院出家、為兼もそれに従って出家したので、九・十月の改訂は当然それを射程に入れてのものであった。十月五〜十七日の間が実質的に完成した時と見てよいのであろう（形式的には完成はもちろん奏覧日である）。

七 『玉葉集』に対する批判――『歌苑連署事書』――

『増鏡』の評価

さて、『増鏡』（浦千鳥）には、

この為兼大納言は（中略）かぎりなき院の御おぼえの人にて、かく撰者にも定まりにけり。そねむ人々多かりしかど、障(さは)らんやは。この院の上好み詠ませ給ふ御歌の姿は、前大納言為世の心地にはかはりてなんありける。

とある。「そねむ人々」の筆頭は為世だが、既に上述「三章」で縷々(るる)述べたので、以下まとまった反論として著名な『歌苑連署事書』について述べる（以下『事書』と略記）。

『歌苑連署事書』

この書は『日本歌学大系』四巻にも収められているが、南北朝〜室町初期の写本である冷泉家時雨亭文庫本が発見され、同叢書『中世歌学集　書目集』に影印が収められ、それを底本として岩佐美代子「冷泉家時雨亭文庫蔵「歌苑連署事書」翻刻と訳注」（『鶴見大学紀要』三六号、一九九九年）と、佐々木孝浩氏による翻刻と校注（『歌論歌学集成』第十巻）とが刊行された。

『事書』の成立

この『事書』は末に喜撰法師ら十名の署名（連署）と「正和四年八月日」という年月記載がある。この日付は、為兼第二次失脚の十二月よりほぼ四ヵ月前、失脚の一因とされる四月の南都下向との中間にあたり、あえて微妙な年月を設定したのか、実際の著作成立の日時を示したものか、不明であるが、為兼失脚を示すような記述が見出せないので、一応成立した月と見ておこう。なお作者は不明だが、後に若干の推測を試みる。

『玉葉集』への批判

内容は、『玉葉集』への批判を、綱目を掲げて述べている。

まず「名字事」。玉は砕け易く、葉はもろくはかないものとして「玉葉」の名を非難。「巻頭歌事」では貫之歌が巻頭歌としてふさわしくないこと。「面々所詠并詞以下事」では、諸歌人の詠歌・詞書の欠点を列挙（これが中心である）。「句事」（「部の事」か）には部立にふさわしくない歌の入っていることなどを記す。「雑部はただ物語にてこそ侍るめれ」といった批判も見える。「歌員数事」では「おほかたものを選ぶみちはきはめてかたしとす」として、選歌の弛緩による歌数の過多を難じ、「詞中歌事」は詞書や左注に引かれる歌が二十首にも及ぶのは不審であることを記す。最後に、上記の不審も「九牛の一毛」であるとして多くの問題を記してまとめとしている。すなわち撰者の歌風が今様の「足も踏まずあらぬ姿」（地に足もつかぬ突飛・異様な姿のもの）で、採られた古歌をも含めて厳しく否定する。「新後撰をこそ弱々としておちぶれたる物と思ふたまひしに、これは又鬼のなきたらんやうにこそ侍れ」として、この勅撰がなかったら、（和歌史、あるいは勅撰集の歴史が）「いかに心にくく侍りなまし」云々と切言している。

さて、「面々所詠并詞以下事」で、撰者為兼の歌六首、為子の歌四首を批判している。一例ずつを挙げておこう。

このはなきむなしきえだにとしくれてまためぐむべきはるぞちかづく　同人（為兼）

このはなきむなしきえだ、あまりにくはしく侍り。下の句も何事をせんともみえず。

上の句はあまりに詳し過ぎてわずらわしく、下の句は何を眼目として言おうとしているのか分からない、というのである。

かぜののちにあられひとしきりふりすぎてまたむら雲に月ぞもりくる　為子

ただことばにてものをいひたらんやうなり。うたとはいひがたしと申さむもなほことあさしな。

日常の普通の言葉で物をいっているようだ。歌とは申し難い、と評しても、まだ言い足りないくらい仕方のない歌だ、という。

批判の内容

さらにこの綱目下で強く批判しているのは、狂歌体の歌のあること、類想（るいそう）歌・同類表現の歌が先行の勅撰集にあること、同類歌を多く並べること（配列の拙劣さ）、風体がくだけ、言葉の幼稚さなど表現の不備な歌、すぐれた先人の歌も（すべてがよいとは限らないので）吟味して採るべきなのにそうなっていないこと（有名な定家の「ゆきなやむ牛の歩みにたつちりの風さへあつき夏の小車」四〇七）等々である。

したがってこの『事書』の筆者の主張は、勅撰集には、風体のきちんとした、うるわしい歌（すなわち伝統的な温雅優美な歌）を選ぶべきで、部立・詞書との関係や配列をよく吟味し、先行勅撰集に眼を配り、同類歌の有無などをよく調べて整備すべきだ、と言いたいのである。

著者

六条有房説

それではその著者はどういう人であろうか。

右の記述から、まずは二条派に近い人ではあろうと推測される。実泰や宗秀歌を「下品」と酷評するか、共に為兼と親しい人物ではあっても、公武の有力者である。この点は卑位の人ではない感がするが、さらに為世女為子の歌も問題にし、また「新後撰をこそよわ〳〵としておちぶれたるもの」と批評するなど、二条家の中枢にいた人でもなさそうである。かつて井上豊『玉葉と風雅』（弘文堂、一九五五年）は六条有房説を提示し、井上（稿者）もそれを支持したが、最近、佐々木孝浩氏もこれに関わる見解を出した。すなわち上掲『歌論歌学集成』の解題で、有房は自ら一家を立てようとしたこと、漢籍に詳しく『事書』の中で『和漢朗詠集』や『本朝麗藻』にまつわる話題のあること、撰者に漢才の無いという非難に同調していること、勅撰集（である本集）に虹の歌のあることを評価していること（漢詩に虹の賦せられていることを意識しているらしい）等々を勘案して「作者候補が他に存在する可能性を視野に入れつつ、六条有房の歌人としての立場をさらに検討していく必要」を述べている。小川剛生「六条有房について」は、有房の学才は高かったが、歌風は京極派のそれではなく、しかし二条派歌風ともかけ離れ、作品の完成度は高くない、と指摘し、『歌苑連署事書』の作者については今後の課題としている。両説、同感である。

『事書』の存在意義

『玉葉集』には確かに『事書』が批判するような欠点はあるであろう。その批判は当代の和歌史の流れ——主潮ともいえるものに沿ったものでもあったであろう。この時代は『玉葉集』の持つ新しさを生み出す基盤が一方では存したのであり（それは公家貴族層に残っていたエネルギーともいえる）、しかし同時にそれを強く拒絶する立場が強力に存したのである。この二律背反性はそのまま時代相の反映であったといえるであろう。

第六　頂点から第二次失脚へ――正和期――

一　撰進以後

伏見院の厚い信任

正和元年（一三一二）三月『玉葉集』撰進後の為兼は、いよいよ伏見院の厚い信任を得たようである。

前年末、権大納言を辞していたが、この年八月二十三日本座を聴される。九月十三日玄輝門院（後深草院妃、伏見院母）は密々の御幸のため院の車でなく、為兼の「私車」を召した。同日伏見院の六条殿御幸、夜、密々の十三夜歌会があり、為兼が参仕している。十五日に為兼は賢所を拝し、心経一巻を廻向し、一首を詠じた。

あまてらす日かげさやけみ君を護る神今にます世はたのまれぬ

（岩佐氏のよみによる。原万葉仮名）

『花園院記』には次に「賢所者、昔も夢中に於て和歌を下さるるの時ありけり、と語り申す」とあり、賢所の啓示による、皇統擁護の心を込めた歌である。なおその後に「暫く歌の事を申さしめ退出す」とあり、為兼は機会を得ては十六歳の天皇に自らの和歌観を語るのであった。

伏見院御領の処分

十二月伏見院は御領の処分を行った。処分状案（『鎌倉遺文』二四七六七号）に、長講堂領、法金剛院領、室町院遺領のことなど、近親の皇族に管領の指示を記した後、

一、為兼卿当時知行所々、改動の儀あるべからず。両御方内裏・新院御乳父として懃厚を致す。尤も思しめし入れらるべし。子孫奉公を致す仁これ有らば、相伝の知行敢て違乱あるべからず。功臣の余胤殊に優異(賞)あるべきものか。

一、越前の国和田庄、予追善の為に別所として為兼卿に仰せ付くるなり。子細別の状に載せ、預け賜ひ了んぬ。

と記し、なお和漢文書以下は新院に進めることなどを記している。近親の、後伏見院・花園院・玄輝門院・永福門院・准后経子（後伏見院母）などに続けて為兼のことを特記している点、如何に院の信任が厚かったかが知られよう。院この年四十八歳。父後深草が四十八、祖父後嵯峨が四十九歳で出家しており、院も出家を考慮していたのではないかと思われる。

関東下向

写経を高野山に奉納

翌二年三月九日の『花園院記』に、

今日前大納言為兼関東より帰洛すと云々。

とある。出発はいつであったか不明だが、年頭であろうか。院の出家の決意とそれに伴う治天の君の交代について了解を求めることなどが用件であったのではあるまいか。

五月伏見院に弘法大師の夢告があって、「国家安寧、民庶豊楽」のために仁王般若経を書写せよ、ということであった。後伏見院は別に観世音経を書写する。為兼（入江大納言）はその写経を大師御影堂に奉納すべき宣旨を受け、左権少将忠兼、内蔵頭為基を伴って登山し、一両日逗留して奥院に通夜した夜に、「霊光赫奕、照曜（耀）」という奇瑞があった。為兼は随喜の涙を流す。彼にとっては疑うべくもない感動、法悦であった。三首を詠じ、忠兼・為基も各一首を詠じ、さらに宿所の金剛三昧院の灌頂廊障子に三者は歌を書きつけた。為兼三首ずつ、忠兼・為基は各一首ずつ。各一首を掲げておく。

風の音も高野の山の明けがたにうち驚けば暁の鐘　（為兼）

静かなる高野の山に入りぬれば心さへこそ澄む心地すれ　（忠兼）

高野山深き草葉の露分けて世々の罪まで今や消えなん　（為基）

帰洛して奏聞すると、「一人叡慮を驚かし、三公随喜を生じ、之に依りて花洛の緇素、京都の上下、耳目を驚かし、之を称讃す」ということであった。為兼の誠心をもって君を思う念が霊感奇瑞となって現われたということであろう。ちなみに、これに刺激されて後宇多院は八月六日自ら登山、こちらの方にも「寅一点、御廟(ごびょう)聊か(いささ)鳴動(めいどう)、鈴音高く響く」という奇瑞があったという(『後宇多院御幸記(ごうだいんごこうき)』続群書類従(ぞくぐんしょるいじゅう)所収。正和二年九月檀林朽木頼清(だんりんくつきよりきよ)〈済とも〉の著という。若干後補がある)。

為兼は五月二十四日内裏(だいり)にての修法聴聞(すほうちょうもん)に参じているので、高野行は五月の上中旬であったのであろう。

所労のため治療する

(六月四日)今日聞く、京極前大納言の所労、別事無しと云々。昨日火針(ひばり)すと云々。其の後増さずと云々。朝家に付き殊に悦たるものなり。才学無しと雖も直臣なり。又深く忠を存する人なり。歌道に於ては只一人なり。旁以て悦たるものなり。

(『花園院記』)

六十歳にして年頭の関東下向、五月の高野行きなどの疲れとも思われるが、「火針」は鉄針を焼かせて外傷や化膿の治療に用いるというから、外科的な処置を伴うものの、悪疾(あくしつ)ではなかったようだ。五日の条には「今日聞く、為兼卿纔(わず)かに減気(げんき)に属すと云々」とあり、天皇の信任の程も察せられる。

俊言を介し申し入れ

六月十四日の条には「今日又大納言為兼卿、俊言を以て申し入るるの事有り」とある。「又」という語から、為兼（ある程度は回復していたらしい）が、この頃蔵人頭として忙しく参仕している養子俊言を介して言上することが一度ならずあったのであろう。政務上のことという可能性もあろう。

皇子誕生

七月九日後伏見院の皇子誕生。十七日為基が生衣の使となっている。八月十七日立親王、名は量仁。後の光厳天皇である。

俊言、参議となる

九月六日俊言任参議。為兼が出家を前にした置土産という感がある。なお俊言は十一月従三位となり、十二月に参議を辞退しているが、いったん参議になることが大事だったのである。

皇統の擁護を祈請

このののち内裏ではしばしば歌会・歌合・詩・連句の催しがあったが、『花園院記』に為兼の名は見えない。が、十月二日伏見院の北野・石清水社御幸に供奉（小川剛生氏教示による国立歴史民俗博物館蔵「神社御幸部類記」〈継塵記〉）。石清水八幡宮は「皇位継承・守護」の神であり（八馬朱代「円融天皇と石清水八幡宮」『日本歴史』六八四号、二〇〇五年）、上皇は出家を前にして自らの皇統の擁護を祈ったのであろう。為兼も同じ心で供奉し、起請をしたのであろう。

二　出家

伏見院とともに出家

十月十日、十一日、十三日鞠の会（十日には続歌も）が行われ、十一、十三日には為兼も加わった。院在俗の別れであろう。そして十四日に伏見院は後伏見院に政務を譲り、十七日に出家するのである。四十九歳であった。為兼もそれに従って出家、法名を蓮覚、のち静覚と改めた。翌年正月二十四日の『花園院記』には「静覚」とあるから、出家後まもなく改名したのだろう。明静（定家）・融覚（為家）のそれを受けたのではないか。

『花園院記』十七日の条に、院の出家と、それに伴う「太上天皇尊号辞表」があって、現存本（続群書類従完成会本・増補史料大成本）には「闕文アルカ」のような注記があり、

為兼卿これを見て故実等を申す。今日朕簾外に於いて見物す。直衣を着す。資藤卿数を申す。数一度に三百を揚ぐるなり。戌の刻に関白参る。今夜宿侍始なり。手ずから競馬一雙を献ず。良久しく語り了りて退下す。後に為兼卿古今の序を読む。是れ俊成卿の自筆本なり。所々義を申す。古今本を進じ置く。後に給うべしと云々。朕直衣を着し説を受く。

とある。これが十七日の記事だと、出家した為兼の行動としては解し難い。おそらく例えば十三日などの鞠の会の記事に続くものではあるまいか。為兼は鞠を見ての故実を語り、鞠のあと、戌の剋に関白と語り、そのあと（夜半）為兼が俊成筆本によって古今の序を読み、かつところどころの解釈を行った、というのであろう。これは古今伝授のごく初期の形式であろう。おそらく出家を前にした為兼が和歌師範としての立場で行った儀式であり、教育であったと思われる。

天皇に古今の序を講ずる

正和三年になって、正月二日養子忠兼が玄輝門院御給によって従四位上に昇り、十五日に天皇は密々歌合を為子に判せしめた。二十四日為子は従二位に叙せられた。『花園院記』には、

為子、従二位となる

為子朕の乳母、大納言入道静覚妹なり

とある（実際は姉）。宮中のその局において、密々の儀などに天皇がそこを使うこともあった（二年五月二十二日など）。

内裏歌合に一家で参仕

二十七日の内裏歌合に「早春松」等三題を為兼が出題、法皇（ほうおう）・天皇・為兼・俊言・忠兼・為子ほか廷臣・女房を含めて、内々とはいい条、久しぶりに京極派の主要メンバーが揃っている。為兼一家の法皇・天皇宮廷における重さがうかがわれる。

定家筆本『拾遺集』を所持

次の奥書のある『拾遺集』（京大図書館中院旧蔵書）がある。

正和三年三月廿四日以₂京極中納言入道定家自筆本₁書₂写之₁畢、件本京極大納言入道為兼所₂借送₁也。（以下略。閏三月二日に至るまで書写・校合した旨を記す）

法印権大僧都（花押）

「法印権大僧都」は誰か不明であるが、為兼が定家筆本を所持していたことが知られる（この本については片桐洋一『拾遺和歌集の研究』大学堂書店、一九七〇年参照）。

こののち『花園院記』によると、六月まで侍臣や女房と内々の和歌・連歌・詩などの会等はしばしば催されているが、為兼の名はみえない（五年まで『花園院記』欠）。

後伏見上皇政務辞退の意志

そしてこの夏から秋頃にかけて、表には現れない大きな事件が、伏見法皇、後伏見上皇、花園天皇、西園寺実兼（空性）・公衡父子、為兼らをめぐって起こっていたのである。その詳細については、辻彦三郎「後伏見上皇院政謙退申出の波紋——西園寺実兼の一消息をめぐって——」を参照されたい。辻論文は、「空性消息」（多田侑史氏蔵）、「正和三年五月廿日新院（後伏見院）御書案」「同六月九日（伏見院）愚状案」、「同八月廿一日遣入道相国状案後伏見院」（書陵部「伏見宮御記録」）ほか多くの史料を用いて詳しい論述がなされている。以下、本稿に必要な点につき辻論文を参照しつつ若干の解説を加えて記す。

後伏見院像
（宮内庁三の丸尚蔵館所蔵『天子摂関御影』より）

後伏見上皇の開始した政務には、実兼・公衡が大きく関わっていたが、伏見法皇はこれに内心あまり好感を持たず、相変らず為兼を信寵した。かつて正応三年（一二九〇）後深草院が出家して政務を譲り、伏見親政が開始された後も、種々法皇の指示を仰ぐことがあったので、伏見法皇も同じ状況を期待していたようだ。

伏見法皇の意向

五月、上皇は、病気と諸社嗷訴とを理由に政務を「謙退」（辞退ほどの意）するとの意志表示を行った。この前後の神木入京・神輿動座などの事態を収拾する責任は、治天の君たる上皇にある、という周辺からの圧力によるのが表向きの理由であった。しかし法皇の後見に重荷を感じていたことは確かであろう。この意志表示に対して法皇は翌月、正応の近例に倣って花園天皇の親政とし、それを法皇が後見する、という意向を示した。おそらくは為兼の演出であろう（辻氏推測）。これが実現したら後伏見院政を支えていた実兼父子の面目は丸つぶれになるので、

実兼の工作

実兼は法皇に対してせめて天皇が「御未練」（年若く政務に不馴れ）の間だけの後見にして欲しいと消息した（「空性消息」）。紆余曲折あって、後伏見院は八月二十一日空性に遣した消息で、一連の事情説明をして、こんな事態になったのは「偏に佞臣等の張行」である、と述べているが、「佞臣」が「為兼をさすことというまでもない」と辻氏は断定している。

この「政務謙退」が表面化していたら、院政史上の大問題となるはずなのに、結局現状維持に落着したのは、実兼側が暗々裡に事態を処理したからであろう、と辻氏は推測している。

正和三年の時点で、後伏見・実兼側から見ると、法皇の君側に侍す為兼の専恣は目に余るものであった。不快な関係はかなり前からであったにしろ、後伏見院政以後際立ったのである。実兼は上皇の意志を錦の御旗として為兼失脚の機をうかがうことになる。

鞠の会に参仕

正和四年。『二老革匊話』（東京大学史料編纂所「難波家蹴鞠書〈八九〉」のうち）に次の記事がある（小川剛生氏より教示）。

御所における鞠の会の詳細な記事であるが、文永十一年（一二七四）四月二十二日の会、建治三年（一二七七）三月十三日の会、弘安八年（一二八五）四月の（北山邸）会、徳治二年（一三〇七）

三月十四日の会に為兼が参仕していることが記されている。

正和四年二月十一日長講堂で天皇・上皇の鞠の会が行われ、為相・俊言（京極前宰相）・忠兼・為基も加わっているが、注意されるのは、「喜賀丸教兼朝臣也、小葵文浮織物、直衣、萌木衣、紫織物、指貫、紅薄様、本結」の存在である。この喜賀丸については次の二通りの推測がなされよう。

一は、記載通り、喜賀丸すなわち教兼である。教兼についての他の史料には、『尊卑分脈』によると為守（為相弟）男、『彰考館本冷泉系図』には「従四位下」とあり、『花園院記』（元弘二年〈一三三二〉三月廿四日の条）から為兼の猶子となったこと、『風雅集』に四首入集などが見られる。この『二老革匊話』には「舎兄忠兼朝臣」とあり、十九歳の忠兼より年下で（十七、八歳か）、為兼の猶子であること、また「朝臣」とある点から四位（おそらく従四位下）であることが知られる。忠兼は十五歳で従四位下になっているから、十七、八歳で四位であることも不都合ではない。とすると、既に四位の男子が、喜賀丸という名乗り（童名）であるのは何故であろうか。おそらく童名をそのまま芸（鞠）の折に用いる一種の芸名ではなかったか。他の例を挙げえないが、一応そう考えておく。

もう一つ推測されるのは、「教兼朝臣子也」の「子」（あるいは「息」「男」など）が落ちたか、ということである。ただしこの場合、一つ難がある。為守の生年は文永二年、正和四年は五十六歳であることは動かない。その孫が十七、八歳であるとすれば、父（教兼）は三十四、五歳、弘安五年頃の生れで、為守十八歳頃の子となる。教兼十八歳の正安元年（一二九九）に喜賀丸が生れたとして、正和四年は十七歳。全くありえないことではないが、不自然の感は否めない。

やはり前者、喜賀丸すなわち教兼と推測するのが穏当であろう。永仁六年（一二九八）か正安元年の生れであろう。

喜賀丸の技は抜群で、「其腰の姿はまめやかに揚柳の風になびくにことならず」などとあり、「かかる達者なれば、舎兄忠兼朝臣を超て今日錦革韈をぞ聴される」とある。容姿も上乗の若人だったのであろう。

為兼の振舞い

参仕した為兼は天皇・上皇・左大臣道平の技をも「声をはなちておめきざめき褒美」した。為兼の剛直直情の性をよく表わしており、その具体的な姿を示す史料として貴重である。

三月一日後伏見院仙洞詩歌会、御遊。晴の三席の会である。文人には関白家平・左大臣道平以下、歌仙も家平・道平、前右衛門督為相・京極前宰相俊言、殿上人には忠兼ら、二条家の人々は出ていない（『後伏見院記』）。既掲『二老革匊話』にも、ここにも「京極前宰相」と表記されて、俊言が為兼の後嗣であることが明確に示されている。

三　南都西南院和歌蹴鞠の会

公衡は応長元年（一三一一）八月前左大臣（四十八歳）で出家していたが、関東申次の職は続けて、諸方からの情報をえて、まめに日記に記しつけている。体調はよくなかったようである。

為兼の南都下向

正和四年四月二十三日為兼は南都に下向し、二十四日から二十八日まで大規模な行事を催すのだが、これについて公衡には弟の覚円から記録がもたらされ、それを日記に組み入れている。

覚円の報告

二十三日は公衡自身の記録で、為兼が種々の願を果たすために一門を引率して南都に下ったが、「其間の事、天下の起騒（本ノ如シ）、尋ね記すべし」とあり、二十四～八日の記事は覚円の報告である。

西南院鞠の会

二十四日「南都西南院に於て蹴鞠の事有り。京極入道大納言静覚、当社に於て宿願の事有るに依りて、之を果し遂ぐ」とあって、目的は（具体的には不明だが）宿願の事を果たすために、一門を率いて大変な威勢の下向であった。鞠場の様子が詳しく記されているが、煩瑣をおそれて細かい服装等は略し、摘録する。

（未一点）当寝殿前の庭上に高麗端三枚を敷き、見所の座と為す。第一畳之中心、入道（為兼）一人坐す。装束墨染の薄物、（中略）第二畳一人座許り之を置く。資藤卿・家親卿・資親卿等各浄衣を着して之に坐す面々入道に向く。座の末に円座三枚を敷く。愛尼丸、幸勝丸・最上丸、南に当たり高麗端二枚、紫端三枚、喜賀丸、前右衛門督（為相）、京極宰相（俊言）、前左兵衛督（雅孝）、資教朝臣、忠兼朝臣、為基朝臣、座の末に円座六枚を敷く。（下略）

一門外の公卿で参加したのは、道綱流二条資藤・資親、堀川家親らで、家親は伏見院近臣、京極派の歌人なので参加も分かるが、資親らと為兼の関係は不明である。上鞠は雅孝だが、おそらく為兼が鞠の会を引き立てるために、専門家の参加を請うた、客分であろう。

鞠の会のあと、燭が入って延年、童舞があった。雅孝は席を外したが、「月卿雲客悉く以て着座」とあり、「凡そ卿相雲客の進退、其の礼宛も主従の如し。事の壮観、儀の厳重、臨幸の儀に異らず、摂関の礼を超過する者か」とあって、その豪勢さは筆舌に尽し難いものがあったという。

二十五日も鞠の会で、喜賀丸が上鞠であった。二十六日は春日社頭において法華一品経と唯識論開題供養が行われ、証義者は前大僧正範憲と前権僧正実聡であった。

実聡

ちなみに、実聡は為氏の子、為兼とは従兄弟同士で、為世の弟であるが、為兼と親しく、『公衡公記』四月十五日の条に、覚円が公衡に「凡そ南都の僧名、偏に実聡僧正権勢に属し、入道（為兼）内々に計り申す」と伝えたと見え、南都の人事なども両者によって決まることが多かったという。この一連の催しも実聡の計らいによることが大きかったのであろう。

雅孝の進退

二十六日朝、雅孝・資藤・資親らは帰京する。雅孝は二十四、五日鞠の会が終わると退去、「進退所存有るに似たるか」と記されており、客分として招かれたから一応依頼の事を果たすことだけで帰京している。居心地はよくなかったのであろう。

鞠の会を見物

二十七日西南院で鞠の会があり、為兼は実聡と並んで見物した。「蹴鞠訖り衆徒等叫喚、喜賀丸の余波を惜しむ」というのは、南都の衆徒が喜賀丸の技を（容姿をも含めて）堪能したのであろう。

春日社宝前和歌披講

四月二十八日に春日社宝前和歌披講。この和歌は『公衡公記』所収、また『続群書類従』にも「詠法華経和歌正和三年」として所収（三年は非）。ほとんど同じだが、唯識論の冒頭の歌が万葉仮名。前者には和歌に先立って作者表ともいうべき記載がある。詠者は、名を表す者六十四名、無名二、計六十六首。大きく二部に分かれ、前半は法華経和歌（法華二十八品二十八首、普賢経、無量義経、阿弥陀経各一首、後半は唯識論十巻各三首。前者・後者巻初に無名の各一首）。法華二十八品および開経の和歌は法楽歌（奉納歌）としては一般的だが、唯識論和歌は比較的珍しい。ただ「唯識三十頌」「成唯識論」は信仰の対象として、このころ唯識論和歌は興福寺の良信・実聡らも詠じ、為兼も為世も人々に勧進したりしている（岩佐氏『京極派和歌の研究』参照）。

前半・後半の各初めの無名歌を詠じたのは伏見・後伏見と岩佐氏は推定している。後伏見が果たして為兼主催の行事に出詠したものか、とも思われるが、後掲、永島氏の引く『春日社家日記』によっても、また後伏見院は父からの命にはいちおう従うし、法楽歌であるという点でも、承知したのかと思われる。

誰が何を詠むかは、おそらく為兼が実聡あたりと相談して決めたのではなかろうか。

作者

作者は、法華経和歌が序品関白近衛家平、以下、左大臣二条道平、右大臣近衛経平、

前内大臣久我通雄、准大臣近衛兼教、ほかに雅孝・為子・永福門院内侍・経親・道昭ら。唯識論の方は、九条禅閤忠教、前摂政九条師教、前関白鷹司冬平、あと延政門院高倉（新大納言）、為兼・忠兼・喜賀丸・俊言・為基・覚円・実聡ら。蔵人左衛門佐日野資朝が唯識論の方に加わって出詠しているのは興味深い。

奈良に下向したのは、為兼と親交のあった人々、また雅孝や賀茂の人々など蹴鞠の関係者であるが、和歌の詠進者が伏見院や摂関大臣および高位の廷臣・僧侶・女房であったのは驚くべきであった。

法華経和歌の書式を実兼に教授

『公衡公記』には、二十四日の条の末尾に、為兼の書状があって、それによると、実兼は法華経和歌の書式を為兼に聞き、為兼は丁寧に教えているが、結局出詠はしていない。事情はもとより明らかでない。

為兼の歌

為兼の歌のみ掲げておく。

詠真無我解違我執故和哥

静覚

〈(三行三字)〉

〈同〉

あさづくひみねににほへば山ふかき
　木のしたやみものこらざりけり

この歌は、染汙意（四煩悩に執する誤まった識）がおのずから伏滅される姿を、旭日の光にすべての闇が消滅される景として詠じたもので、歌壇におけるあらゆる闇を征服したと信じ、庇護を垂れた神仏への報賽の意を込めた自祝歌と解されている（岩佐氏）。年時分明な為兼の最後の歌である。

近衛兼教の懐紙

なおこの和歌の催しについて付記すると、是澤恭三「紙背文書の散佚　高山寺蔵近衛兼教一筆五部大乗経の例」（『古文書研究』九号、一九七五年）には、高山寺五部大蔵経の紙背に、この春日社和歌の兼教歌自筆の懐紙が存すること、また初め七首の新写記載のあることが指摘されている。

この一大行事については、覚円の記録を載せた『公衡公記』が管見に入った唯一の史料であるが、永島福太郎『春日社家日記』（高桐書院、一九四八年）によると、若宮社家千鳥家に祐臣の日記の原本が蔵せられる由で（正和三、四、文保二〈一三一八〉、正中二年〈一三二五〉分）、正和四年の日記にこの催しの記事がある由である。その文章を引いておく。

祐臣日記

正和四年四月に京極為兼・冷泉為相の春日社参の記事は興味深い。それは両人が鞠歌奉納の宿願を果す為に社参したもので、賀茂社の禰宜等を引連れて下向した。予告によって春日社の社司等は、共に懐紙を奉納しようとして準備をしてゐた。祐臣は偶々重服に当ってゐたので、その父祐世が詠進すべく用意してゐたところ、既に人数が定って居ると言うて、春日社司は除外して、為相が読師となって披講した。これを祐臣は残念がり、当社の御披露にその社の祠官で、特に勅撰にも預る輩が漏れるといふ事は不便の事だと述懐して居る。此の時、伏見法皇・後伏見上皇も御歌を進められ、為兼の懐紙は特に絶品であったというて居る。

賀茂の人々が来たのは確かだが、鞠のためで、現存詠歌の中には見えない。

分不相応な催し

この大規模な催しは為兼の「宿願」によるものであったにもかかわらず、貴顕をはじめとした人々の奉納歌を求め、鞠の会における為兼の主人然とした挙措、すなわち公卿殿上人の進退、その礼は主従の如くであり、行事の壮観は臨幸の儀に同じく、摂関の礼を超えるという覚円の記述は事実であったのだろう。この「天下の起騒」とされた一大行事が、政界の、とりわけ治天の君後伏見院や実兼を初めとする上層部には僭上の沙汰と見られたこと、その人々の神経を逆撫でしたであろうことは想像に難くない。

堀川光藤の公衡訪問

三月十三日、検非違使別当に補された堀川光藤は、五月十日直衣始に挨拶のため公衡を訪れた。病床の公衡は家司橘知経をして、（光藤は）「補任後一向に来訪しなかったではないか。内大臣実泰のもとにはしばしば行く由だが、どういう由緒（わけ・ゆかり）があるのか」と詰問せしめた。光藤の父顕世には恩顧を施すなどして生涯「昵近」であったのに。

此に於て此の卿偏に権勢内府幷びに為兼入道を存じ家門（西園寺家）を蔑如するは奇恠也。

と怒り、子孫に知らせるために記しておく、とまで書きつけている。この記事が為兼の権勢を示していることを早く指摘したのは辻彦三郎氏前掲論文で、田渕句美子氏も「鎌倉時代の歌壇と文芸」（『モンゴルの襲来』）で言及している。あるいは光藤の補任にも為兼は関与したのかもしれない。繰り返し述べたように、為兼は人事（それは政権の最重事の一つである）を含めて大きな権力を握っていたと見られる。

西園寺公衡像
（宮内庁三の丸尚蔵館所蔵『天子摂関御影』より）

洞院実泰

ちなみに、洞院実泰も権勢のあったことが知られる。実泰は『玉葉集』に十一首も入集しているところを見ても為兼とは親しかったらしいが、その権勢の淵源は「関東旧好」（『公敏卿記』）ということがあったからという（森茂暁『鎌倉時代の朝幕関係』）。

鷹司冬平、関白となる

五月十七日関白家平は病いのため辞意を洩らし、これに対して左大臣二条道平が関白を望み、二十日には鷹司冬平も法皇に還補の希望を申し入れた。六月十九日、院宣と款状四通（道平祖父の二条師忠、父の兼基各一通、冬平二通）とを持参した使者が関東に下った（『公衡公記』）。しかし結果は「聖断」に委ねるということであったので、九月二十一日家平の上表があって、翌日鷹司冬平が関白となった。小川剛生氏発見にかかる「事書案」（後述）を勘案すると、幕府は道平に意があり、冬平の還補に不満であった。法皇はそれならば初めにそう申せばよかったのに、と思ったのだが、小川氏も推定するように、これも為兼の容喙があったのだろうと幕府は考えた。

ちなみに、『井蛙抄』によると、伏見院は将来勅撰集が行われる場合、永福門院と冬平に相談せよ、と後伏見院に言い置いたという。冬平の歌は京極歌風ではないが、人物・識見（歌観を含めて）についてしっかりしたところがあったらしい。法皇の信頼が厚かった。

公衡没

公衡は九月二十五日五十二歳で没する。病床にあって八月一杯まで日記を書き続けた。為兼の偕上にはもちろん批判的であったが、少なくとも晩年には為兼を失脚に追込む気力も（また謀略も実行力も）なかったようである。関東申次は父の入道実兼の再登板になる。

実兼、関東申次となる

公衡男実衡は正二位中納言、二十六歳であったが、難しい政局に対処するには未だしと見られていたのだろう。実兼は六十七歳、まだ気力は充実していた。

実兼の再登板から十二月二十八日の為兼拘引までは三ヵ月。その因果関係は大であったとみるべきであろう。

四　為兼の拘引・配流

安東重綱、為兼を召し取る

十二月二十八日、東使安東左衛門入道重綱上洛。六波羅の軍兵数百人を率いて為兼を召し取った。「玄爾書状」を引く。

□(東)使案(安東)藤左衛門入道上洛(廿八日)候て、是に寄宿候。即ち直ちに先ず六波羅に参着し候。因□□六波羅数百人軍兵、毗沙(門)堂に馳せ向い、為兼を召取り候。其の罪科未だ実説を知らず候也云々。此の旨を以て申し入れ給う□(可く)候。恐惶謹言

十二月廿九日　　　玄爾

妙禅御房

右は『鎌倉遺文』（一二五七〇二号。金沢文庫蔵）に依ったが、管見に入ったところではこれが最も時間的に接近し、かつ具体的に記述した史料である。

安東重綱入道は得宗御内の最長老で、弘安の蒙古襲来以後の重大事件に得宗の意を受けて活躍する人物である（筧雅博『蒙古襲来と徳政令』）。重綱が数百人の軍兵を率いて召取りに向かったという点、示威の面もあろうが、幕府が重大視していたからである。

日野資朝の詠嘆

有名な文章だが、『徒然草』（百五十三段）に、

為兼大納言入道召し捕られて、武士どもうち囲みて、六波羅へ率て行きければ、資朝卿、一条わたりにてこれを見て、「あなうらやまし。世にあらん思ひ出、かくこそあらまほしけれ」とぞ言はれける。

為兼の毘沙門堂の邸というのは、現在、上京区毘沙門町、今出川通上ル、相国寺の東の辺（京極通りに面していたのであろう）の毘沙門堂の近くであったらしい。そこで拘引されて南に下り、一条通りで資朝に実見されたのであろう。僅か八ヵ月前には為兼催行の法華経和歌を詠じており、その感慨もあったろうが、おそらく堂々と召し取られた姿に、

烈しい気性の資朝は感銘を受けたのである（九年後、正中の変によって資朝も六波羅に捕えられる）。

拘引と土佐配流

為兼が六波羅に拘引されたことについて、上記「玄爾書状」には「未だ実説を知らず」とあるが、その直後に記された「某書状」（『鎌倉遺文』二五七〇四号）は「（前略）兼又今月廿八日、安東左衛門入道殿上下三百余人（以下欠）」云々とあって、四年十二月中（二十九日か三十日）に書かれたものだが、前文の小書きに「（前略）為兼入道殿とさの国へながされ、其の罪の由、未だ落（居）せず候也。説く者有り。むほん事にてはなく候とも申し候」と微妙な言い方であって、（謀反という噂もあったらしいが）真因は不確かということであった。ただ土佐への配流が早くから決まっていたらしいのは、召取りの責任者が安東重綱であったことから知られる。筧雅博『蒙古襲来と徳政令』が指摘するように、当時土佐は安東氏が守護所を固めていた。すなわち土佐は得宗が守護で、安東氏が守護代であった（『高知県史』古代中世編）。

伏見天皇事書案

この拘引についてはさらに「第三」で紹介した史料を再び参看する必要がある。すなわち小川剛生氏の発見・紹介・翻刻にかかる『二条殿秘説』のうちの「条々」である。「条々」の初めに「正和五年三月四日付之　奉行人刑部権少輔信濃前司」とあって（以下、

「正和五年三月伏見法皇事書案」または「事書案」と略す）、内容は「一、御治天間事」「一、京極大納言入道間事」「一、執柄還補事」より成り、某（おそらく法皇の近臣平経親辺か）が法皇の意を体して、責任を詰問してきた幕府に対して朝廷の立場を説明し陳弁し、三月四日幕府の奉行人に付したもののようである。以上のうち、「御治天間事」は短いもので、（「治天」の事に関して大覚寺統側は）六条有房を関東に下したが、それについて幕府は早まった判断をしないように（政権交代など考慮しないように）と訴えたもの。「執柄還補の事」は前に述べた（冬平還補の件）。

召し取りの理由

「京極大納言入道間事」は、安東重綱（すなわち幕府）の申し入れを引きつつ釈明したもので、かなり長文であるが、当面の問題、為兼召し取りの理由について、重綱が実兼を通して奏聞したのは、

入道大納言、永仁罪科により流刑に処せられ了んぬ。今猶先非を悔いず、政道の巨害を為す由、方々其の聞え有るの間、土佐国に配流すべしと云々。

ということであった。また、為兼の「張行」を法皇が「許容」し、多くの「非拠」が行われて政が乱れたと指摘、なお法皇と上皇との間のこと（既述、不和のこと）も触れていたようだが、欠文があってはっきりしない。さらに「執柄還補」の件も、「巨害」に関連

して付せられたものであろう。

実兼の讒

この「事書案」の記述、すなわち為兼配流の理由・経緯が、元弘二年三月二十四日『花園院記』の言を借りれば、「和歌を以て候し、粗政道の口入に至る。仍て傍輩の讒有り。関東退けらるべきの由を申す」ということであって、第一次失脚の理由となったことを全く後悔せず、「近年旧院（伏見）の寵を以て彼（実兼）と相敵し、互に切歯、正和□年□に至り遂に彼の讒に依り、関東重ねて土佐国に配す」ということに至ったのである。そして「事書案」にも、「讒諛臣」があって、それが事の起りであることが記され、その人物は実兼であることが暗々裡に窺いうるようになっており、それが『花園院記』には実兼と明示されているのである。

幕府は、皇位継承も政務も、いちおう朝廷（仙洞）側の意志に任せる形をとりつつも、人事を含む重事は幕府の承認を必要とし、「徳政」が乱れ、政局不安の懸念が生ずると必ず強い介入を行った（小川氏によると、特に持明院統の政治のあり方には危惧を感じていた）。

強引な政治介入

為兼の政務・人事への介入は、必ずしも人々の理解のえられるようなものではなく、かなり強引な手法で、その事例は既にいくつか見たように、人々から顰蹙をかうことがきわめて多かったのである。なお関東申次との衝突は幕府の不快を一層増大させたことであろう。君寵を恃んで反省する余裕——自己の立場を顧みる余裕はなかったのだろうか。南都の行事などを見ると、常人には考え難いことであり、失脚は確かに必然的なものと見做されるであろう。

二条派による和歌の非難

さらに付言すると為世の門弟たちは口をそろえて、為兼の失脚はその和歌の邪義を神が納受しなかったからだ、と非難したという。しかし花園院は、関東は政道口入による罪だ、とはっきり記しており、和歌とは全く別のこと、和歌の故だなどというのは愚人の口実だ、と『花園院記』に記している（元亨四年〈一三二四〉七月二十六日・元弘二年三月二十四日の条）。二条派の人々は、得たりや応、とばかりに和歌のことをも批判したのであろう。

配流の時期

為兼が土佐に配流された月日には諸説あるが、次田氏は『興福寺年代記』等によって五年正月十二日としている。同記には「正十二為兼禅門配所に赴く。路次に車を立てて見る者之多し」とある。召し取ってから流罪までの間が短いのは、上に述べたように土佐の守護代安東氏がすなわち召取り人であり、すべて準備が出来ていたからと見られる。

配所

土佐の配所は守護所の近く、高知平野の一角であろうが、不明という（『高知県史』古代中世編）。「為兼卿三十三首」（書陵部蔵。江戸初期写）は為兼の佐渡の三十三首および木綿襷十二首を収めるが、後者の前に「土佐のはたにて為兼卿十二首詠哥」とある。具体的に土佐のはた（幡多）と記しているのは珍しいが、これは前に述べたように、佐渡の「はた」と思われる。なお十数年後に尊良親王は畑（幡多）へ流されたという（『太平記』巻四。現大方町有井川という）。

花園院に和歌・文書を寄せる

いずれにしろ佐渡の折とは違って厳しい監視下に置かれたものと推察される。『花園院記』（元弘二年三月二十四日）に「配流の比、和歌・文書九十余合を以て朕に附属す。忠兼・教兼・為基等、器量に随いて或は一見を免じ、或は預け給うべきの由を書き進ず」とある。拘束の間に上奏したのであろうか。忠兼・教兼・教兼は猶子と見てよいが、俊言の名のない理由は不明である。

為相の感慨

為相は二〜三年後に「文保百首」を奉ったが、「友舟ののこる心もかへりみずまたひとりこぐ和歌の浦人」など、次田氏のいうように、遠流に深い思いを寄せたと思われる歌を詠じている。

五　為兼失脚の余波

政局への影響

為兼の失脚は、その周辺にはもちろん、政局にも影響を及ぼした。

まず『事書案』を引こう。

> 京極大納言入道の間の事、関東時議驚き思し食さるるの間、先ず忠兼朝臣に於ては、所職を解却せられ、勅勘有る所なり。朝恩の所々悉く知行を改めらる。姫宮御扶持の為、一所預け置かるる也。納言二品、彼の二品の事、永仁、沙汰に及ぶべからざるの由、関東申さる。仍て今度も其の沙汰に及ばず。当時の次第此の如し。

とある。次に、正和五年四月一日の伏見院書状（『鎌倉遺文』二五八三〇号。後伏見上皇書状とあるが伏見院と考えられる）には、為基と覚心（為雄）のことを記した後に、「関東は二品（為子）并俊言卿と指申の間、是は勿論候」とある。すなわち関東からは忠兼・俊言については処分の指名があったのである。

為子は処分されず

まず為子については、いちおう問題にされてはきた。しかし永仁の時には関東から「沙汰」に及ばずともよし、というので、今回もそれに倣ったという。為子は、『花園院記』に「姉大納言二品又和歌の堪能なり。永福門院に祗候、延慶に褰帳の典侍なり。兄（姉）弟共に頗る権威あり」とあり、宮中の局に、例えば正和二年五月二十二日、禅蕙上人が密々に参上すると、藤大納言三位の局で天皇が対面する、とあるように、その厚い信任によって、権威が高く、おそらく内々政事に関わったのであろうが、今回も問

忠兼籠居

題にはされたが、結果として「沙汰」に及ばなかった。関東が黙認したらしいが、その理由は明らかでない（臆測だが昵懇の実兼辺の庇護もあったか）。

忠兼は『公卿補任』元徳二年（一三三〇）の尻付によると、正和四年八月蔵人頭となったが、「十二月廿八東使為兼卿を召し取りの時同車、但即ち赦免と云々、同五正十一頭を止む（宣下）。其の後辺土に籠居す」とある。『事書案』と考え合せると、忠兼は為兼が毘沙門堂の邸で召取られて六波羅に移送された時に同車していたが、六波羅に着いた折に赦免（放免）され、拘束はされず、次いで蔵人頭はやめさせられ（「所職解却」）、のち辺土（京の郊外）に籠居したのであった。これは「勅勘」に依ってであろう。所領はすべて没収されたが、姫宮の扶持のため一ヵ所のみ預けられたという。忠兼の姉は三条局（東御方）として伏見院に寵愛されていたが、その所生の姫宮であろうか。この三条局はのち後伏見院に寵愛され、多くの皇子を生んでいる。家柄からいっても忠兼は他の猶子と違ってやや格の高い存在であったようだ。なおしばらく籠居していたようだが、やがて復活することは次章に述べる。

俊言は幕府からその処置を指名されていた。文保元年出家（『公卿補任』）。おそらく出仕を停められ、所領も没収されたのであろう。消息は全く不明である。

伏見院が思い煩(わずら)ったのは為基とその父（養父か）入道覚心である。四月一日付書状に、
抑(そもそも)一昨日申さしめ候為基の事、何様(なにさま)に為すべく候哉。覚心子息の儀を以て無為(むい)之条、苦しく有るべからずは神妙の事に候歟。（中略）而るに若し猶然る可からずなど言う義も候いぬれば、其の詮無く候えば、出仕を止めらる可く候歟。覚心子息の儀も又他人にても候ず、只同じ事かと沙汰もや候むずらむ、凡そ其の子勅勘の儀候えば、父にて候つる覚心も、若し又謹慎す可く候哉、如何。（下略）
為雄と為基とが実の父子か、養父子か明らかでないが、おそらく後者であろう。しかし為基については覚心の子ということで関東からの指名はなかったらしい。——だからといってそのままにしておいてはよくない、などと「言ふ義」もあるので、出仕を止めるべきだろうか、覚心としてもその子が勅勘になると父として謹慎すべきか、どうか——と院は苦悩したのである。この書状の宛先は『鎌倉遺文』（二五八三〇号）では実兼か、としている。

覚心の処置

覚心がどう処置されたかは不明だが、『花園院記』文保三年閏七月一日覚心は前関白道平の使として院を訪れた。昨夜、後伏見・花園両院が二条邸を訪れて歓を尽したことについての挨拶である。また元亨二年九月二十三日、三年五月十七日などにも伺候して

いる。入道しているし、格別な咎はなかったのであろう。

為基は正和四年四月の興福寺西南院の催しの折には従四位上内蔵頭(くらのかみ)であったが、

文保の比つかさとけてこもりゐて侍りける比、山里にて

藤原為基朝臣

心とはすみはてられぬ奥山にわがあとうづめ八重の白雲

(『風雅集』一八七三)

と詠じた。関東からの指名はなかったにしろ、俊言と同様、文保初めには解官の上、籠居を余儀なくされたのであろう。

為基、解官され、籠居

なお喜賀丸(教兼か)についての消息は全く不明である。

この為兼の第二次配流の事件の後遺症はいつまで続いたのであろうか。いくつかの文書を探ってみよう。

為兼配流の余波

・正和五年二月十五日「後伏見天皇宸翰(しんかん)御消息」(辻氏著参照)

為兼の配流について後伏見院が凶害(中傷)したため関東の厳しい処置になったという風説があるが、然らざる旨を伏見院に申し開きをしたもの。

・同年三月四日『事書案』(上述)

・同年四月一日「後伏見上皇(伏見院)書状」(上述)

伏見院賜于関東御告文（宮内庁書陵部所蔵『砂巌』より）

・同十月二日「伏見院賜于関東御告文」（『砂巌』一所収。『砂巌』は「図書寮叢刊」所収）

関東に対して決して異心はない旨を強調した告文。

伏見院は右の如き経過で、心労甚しかったと思われるが、それが直接的原因かどうかは不明にしても、翌年（二月改元されて文保元年）正月十日「御不食之気」があり、六月十四日には痢病甚しく、十九日・二十九日には快方に向かった由が『花園院記』に見えるが、九月三日暁、五十三歳で他界した。この年は花園天皇の在位期間が十年目で、皇位交代のうわさが繰り返し広まり、特に伏見院没後にその声は高まったらしく二年二月東使の入洛によって花園退位、後醍醐(ごだいご)の登極(とうきょく)となるのである。

為兼配流に関わる余波はここに一応の終焉を告げたといってよいであろう。そこで為兼の配流、伏見院他界後の持明院統の仙洞・女院(にょういん)の状況について触れておく。

永福門院の二条家批判

花園院は終始為兼の立てた和歌の義を正道としていた（『花園院記』元亨四年正月二十五日、七月二十六日等）。翌正中二年十二月十八日、二条為定が『続後拾遺集(しょくごしゅういしゅう)』を奏覧した。撰集に当たって二条家側から（資料とすべき）詠歌を請われたので遣わそうと思っていたところ、永福門院の夢想で、伏見院の言が伝えられた。

今度の勅撰不可説の事也。何ぞ況(いわん)や先度続千載の時、両院上皇、朕の事也御歌入の次第、不可説、為兼申す旨有り。凡そ今度この辺の人、一首と雖も歌を遣すべからず、嘲哢の基となるべき故也と云々。

と、花園院は記して、さらに永福門院の

天(あま)をとめ袖翻す夜な夜なの月を雲ゐに思ひやるかな

の歌を、「袖振る夜半の風寒み」と為世(ためよ)は改作して採ったことから（『続千載集』一七九三）、女院は怒って父実兼を通して切り出しを申し入れたが、為世は応じなかった。花園院は今回それを咎めたところ、為世は意趣を改めず入集したと答えたが、意趣は変わっている、として院は怒っている。院は歌を遣さず、院の入集は四首という少なさであった。また、永福門院の入集歌もわずか二首であった。

往時、伏見院と為兼が強く手を組んで、永福門院ほかの人々と、規模は小さくても、親しく、また厳しく和歌に精進したことを女院は忘れることが出来なかったのである。為兼は遠い所で生存はしているが、時をその昔に返すすべはない。在りし日々の想いと『続千載集』の折の苦汁とが、夢想となって伏見院を介して為兼の発言を伝えたのである。かつて為兼の薫陶を受けた人々の間では、為兼の主張・指導は強く生きていたのである。

元亨四年十一月二十日以後、量仁親王（十二歳、後の光厳天皇）の所での歌会が行われるが（『花園院記』）、為兼の義は花園院を通して量仁に伝えられるのである。

六　死去

為兼の配所における消息は全く不明である。ただ一つ、『風雅集』（旅歌・九三五）に、

前大納言為兼安芸国に侍りける所へたづねまかりて、題を探りて歌よみけるに、海山といふことを　道全法師

海山のおもひやられしはるけさも越ゆればやすき物にぞありける

とある。「安芸国」というのは唐突感があり、必然性にも乏しく、岩佐氏が、「或いは土佐国安芸郡（高知県室戸市）をさすか」という可能性があろうと思われる。道全の伝は不詳だが、『風雅集』にのみ三首入集。撰集の寄人（為基・為秀ら）と親交があったと思われ、この記事（詞書）は信用し得るので、歌人が訪れれば会を催したことが知られる。

和泉に遷る

帰京案妨げられる

『花園院記』元弘二年三月二十四日の条に「近年聊か優免の儀有り。和泉国□に移る。又上皇の御意を伺い申す。而るに讒臣有りてこれを塞ぐ。仍て勅許無し。凡そ旧院（伏見院）の寵を以て人に驕るの志有り。是を以て上皇（後伏見）の旨に忤う。朕に於ては忠節を存ず」とある。後文に「去年の比、為基朝臣を使として泉州に遣し……」とあるから元弘元年より前であろうか、優免の議があって和泉に遷っていたと見られる。さらに帰京の案も出ていたが、「讒臣」に妨げられて「勅許」（後伏見院の許しであろう）がなかった。為兼を厭う気持は広く残っており、後伏見も、為兼が伏見の寵を笠に着て驕っていた記憶を消し難かったのであろう。あるいは後伏見は近臣の讒を理由に許さなかった

と見るべきか。

花園院との交流

しかし花園院は為兼を慕う気持ちが強く、元弘元年には為基を和泉に遣し、自詠二、三百首を見せ、多くの点を得て悦びを表明している。なお為兼の和歌の「意趣」は「雅正」であり、仏法と和歌と別なき由を示したという。院と為兼の心の交流は続いていた。

河内にて他界

『常楽記』元徳四年（元弘二年）の条に、「三月　京極大納言入道為兼卿逝去河内国」とある。これを信ずるとしたらごく近々に河内に遷ったことになり、少しずつ京に近いところに来たのである。その年三月二十四日の『花園院記』に、為基が院を訪れ、「大納言入道為兼。法名静覚去る廿一日薨ずるの由伝聞すと云々」とあり、死去の月日はこれに従うべきであろう。享年七十九。

結　為兼の復権

一　為兼の家族

妻妾

為兼の妻妾（さいしょう）については、在佐渡（さど）の詠に、「みるもうしきえにし人の思ひよりなほやけぶりのなびくゆふべを」ほか数首から、配流（はいる）の前に妻と死別した体験があったか、と推測できなくはないが（既述）、まず不明とするのが無難であろう。

為兼の女性関係

為兼の女性関係には、唯一つ今川了俊（りょうしゅん）の『二言抄（にごんしょう）』に見える、守季（もりすえ）という者の語った話がある。すなわち為兼が内裏（だいり）春の節会（せちえ）の折、衣被（きぬかづ）きの女房に「夜さりよ」と声をかけたところ、女房が「あの顔やうにて」といったので、

さればこそ夜とは契れかづらきの神もわが身も同じ心に

（醜い顔と知ればこそ夜と約束した。あの醜い葛城（かつらぎ）の神と同じように）と詠んだのを、人々が「やさしきためしに」と申したという（為世（ためよ）がこれに対抗して、家女を女房に変装させて懸想（けそう）しかけ、「あの年

やうにて」と突き倒させ、「はかなくも人の心の荒磯に思ひかけける老の波かな」と詠んだという話を載せる）。しかしこの話は『正徹物語』には「みめわろき」二条為重の話となっている。為世の対抗談まである『二言抄』の話はかなり説話的で、為兼か為重か真偽いずれとも不明だが、剛気な性格の為兼から、容貌も魁偉であろうとして生れた伝説の可能性が高い。

為子

確実な近親者としては為子のみである。為子も為兼の事件で累が及びそうになったが、辛うじて免がれた。やがて政権も交替し、余生の具体的な有様は明らかでない。元亨二年（一三二二）三月成立の私撰集『拾遺現藻集』に二首入集。この集の作者は現存者と見られるので（小川剛生氏）この時点では生存していた。建長元年（一二四九）生として七十四歳。没年は不明である。

猶子・養子

為兼に実子がいたかどうか不明だが、養子または猶子は数人いた。なお養子とは「法的な親子関係による規制」、猶子は「養育の有無にかかわりなく形成された擬制的な親子関係」で、契約・約束などによって成立するものという（『国史大辞典』）。中世ではこの区別が全く失われた訳ではないが、かなり曖昧のようである。以下、厳密な区別はし難いが、数人の養子・猶子について記しておく。為仲・俊言・為基・教兼・忠兼である。

為仲

為仲は為教の異母弟為顕男。為兼の従弟。

生年は全く不明だが、父為顕は文永の末ごろ（一二七四年ごろ）三十前後と推測され、その頃の生れであろうか。『玉葉集』成立の正和元年（一三一二）は四十歳ほどだが、入集は一首。「藤原為仲朝臣」とあるから四位であった。いつ為兼の猶子となったか不明だが、推測年齢に比して入集数が少ないのは為兼から重きを置かれていなかったか。なお姉妹（おそらく姉）の宣子が関白二条兼基の妾となって、正応元年（一二八八）に道平を生む。宣子は文永半ば頃の生れであろう（正応元年兼基二十一歳）。宣子は元亨元年二月没（五十代半ばか）。

林羅山の『野槌』に、

権少僧都弘融、文保二年十月押小路亭に於て、少将為仲入道に随ひて、古今和歌集の訓説を受くと云々（下略）

とあり、宣子の息道平の押小路亭で『古今集』を弘融（仁和寺の僧。兼好の知人）に講じたという。信頼すべきこととされている。ただし、為仲が、その「訓説」を為顕・為兼いずれから受けたのかは不明である。

俊言

俊言は初名俊実といった。『公卿補任』に「左馬頭為言朝臣男（入道前三木従二位為雄卿男）」とある『新訂増補国史大系』本による（（　）内の細字は底本書陵部本の傍書という）。為雄は為氏の次子で、彰考館本『冷泉家系図』によると建長七年生。為言はその末弟。為言のすぐ上の兄為実は文永元年生であるから、二年頃の生れか。

一方、俊言は正応元年十一月に叙爵している。ちなみに、為世は二歳、為兼は三歳、為雄は五歳で叙爵している点を参考にして、俊言を正応元年五歳とすると、弘安七年（一二八四）の生れとなる。俊言が記録に名を見せるのは正安二年（一三〇〇）正月五日後伏見天皇元服の折のことで（『勘仲記』）、これ以後その参仕の記事が『実躬卿記』などにもみえる。弘安七年生れとすれば十七歳で、以下の事跡も弘安七年生れとして無理はない。続類従本『御子左系図』には「為言」の注記に「歌鞠、為雄為子、後為兼卿為子、依彼卿事坐事。解官」とあるが、これは為言の子俊言の注記が動いたものとみられる。これによれば、為言男→為雄為子→為兼為子という順になる。いずれにしろ為兼は従弟の子を養ったのである。

左少将俊言は正安三年十一月備中守（大嘗会国司）を兼ね、乾元元年（一三〇二）二月十一日万里小路殿鞠の会（後二条天皇、亀山・後宇多院臨幸）に参じ（『実躬卿記』）、家の芸である鞠の嗜みがあった。二年中将に昇った。為雄が亀山院に近仕していた関係で、大覚寺統にも近かったと思われるが、同時に後深草・伏見・後伏見方の行事にも参じている（『実躬卿記』によると乾元元年三月二十日富小路殿新御堂懺法結願に後深草・伏見院出御、俊言散花役を勤めた)。為兼佐渡配流中にも俊言の参仕記事は多いから、まだ為兼の養子にはなっていなかったのであろう。

為雄は嘉元三年(一三〇五)九月亀山院他界に殉じて出家している。おそらく為兼は親しかった為雄と合意して俊言を後嗣にしたのではなかろうか。ちなみに、為言(私見では初名為忠、弘安八年末頃改名か)は永仁三年(一二九五)頃まで記録にみえ、まもなく他界したと推測される。

もし為兼が俊言を養子にしたのが嘉元三年としたら俊言二十五歳ほど、為兼は五十二歳。

俊言の事蹟

俊言はこののち内蔵頭、蔵人頭を経て正和二年任参議、叙従三位。記録類には「京極宰相」などとあって明らかに後嗣とされていた。『井蛙抄』に、

戸部(為藤)云、京極大納言入道、俊言宰相、雲客の時吹挙して講師を勤仕せしむ。而るに「左大臣」と読む。ひだんのおほいまうちぎみとよむ事を知らず。亜相も教へず。存知せざるか。比興云々。

と記している。ありそうなことである。俊言は勤務の記事を見ていると人並みに行って

おり、為兼が後嗣としている点から、無能ではなかったが、才気煥発という程ではなく、和歌に関しても抜きんでた才があったとは思えない。『玉葉集』に四首、『風雅集』に三首、詠法華経和歌などが現存する程度。

為兼拘引後、幕府から処分を指名されたことは前に述べた。文保元年出家以後の事跡は明らかでない。正中二年（一三二五）十月没（『常楽記』）。四十二歳前後であった。

為基

為基について系図類は俊言の子とするものが多い。しかし彰考館本『冷泉家系図』は「実俊言卿弟」とあり、『公卿補任』正和二年俊言の尻付に「二（応長）三二去内蔵頭譲舎弟為基」とあり、弟と見るべきであろう。

年齢を推測する手がかりは全くなく、為兼の養子となったのもいつごろか不明である。正和元年の『玉葉集』に入集していないのは、あるいは若年で和歌にも未熟であったのか。仮に正和元年を十八、九歳とすると、永仁初め頃の生れとなる。正和元年内蔵頭となったのは一応官仕にふさわしい年頃であった。為兼の猶子となっていたと見られる。

俊言の弟であるから父は為言であるが、前に引いた「伏見上皇書状」によると「覚心子息」とあり、為雄の子ということにもなる。おそらくは為言晩年の子で、父を喪って為雄が養い、その後、為兼が猶子としたのであろう。正和二年四月二十一日花園天皇詩歌会の作者に「為基朝臣」（『花園院記』）とあり、既に四位であった。このあと詩歌会・鞠の会に名がみえる。為兼失脚後、文保頃、解官籠居（前述）。

『了俊歌学書』に「愚老（了俊）が十六七歳の時、為兼卿の養子為基入道殿は僧に成り給ひて、立誓（玄）と云ひし人のかたり給ひしは、故為兼卿の歌を教へられしに（中略）和歌はただ有りのままを詠むべく也、との給ひし、と語られしを」とあり、為基は為兼の養子とあり、為兼が流される前、正和の数年間和歌を教わったのであろう。なお為基から和歌を了俊が学んだのは康永元年（一三四二）前後のことである。

花園院に近侍

正中二年十二月十九日の『花園院記』に「為基参、歌の事等を談ず」とあり、院参することがあった。花園院が為兼の和歌を「正道」であることを深く信じており（元亨四年正月二十五日）、元弘元年（一三三一）には為基を使者として泉州の為兼の許に遣してその詠を見させ、為兼の批評を得、喜んだことは前章に記した（二年三月二十四日）。おそらく為基は閑居の中にあっても歌を廃することなく、院に信任され、院参もしていたのであろう。『風雅集』（雑下。一九〇六、七）に永陽門院左京大夫との贈答歌があるが、詞書に「正慶二年、藤原為基朝臣世をそむきぬと聞きて申しつかはしける」とあり、推測するに、正慶二年（一三三三）すなわち元弘三年五、六月の動乱と後醍醐の復辟、光厳天皇の廃位により、諦観しての出家であろう（法名玄誓また玄哲）。やがて建武三年（一三三六）の持明院統が復活し、次いで『風雅集』の撰集が行われた折に寄人となる。同集には二十二首入集。最終事蹟は観応元年（一三五〇）四月の「玄恵法印追善詩歌」に作者となったことである。五十七、八歳か。もし公卿に列していたら、京極家を復活しえたかもしれない。

教兼

教兼。その伝は全く不明である。父は為守。為兼の従弟。前章で述べたように、喜賀丸と同一人物の可能性が高く、正和四年十七、八歳ほど、永仁六年・正安元年（一二九八、九）頃の生れ。鞠の名手。正和四年より前に四位になっていた。『玉葉集』に入らなかったのは年少で、歌歴もなかったからであろう。教兼は『花園院記』（元弘二年三月二十四日の条）に忠兼・為基と並記され、為兼の猶子であることは確かで、『風雅集』には四首入集。ただしその没年など明らかでない（なお喜賀丸に関しても全く不明）。

以上はすべて為兼一族の子弟である。教兼は冷泉家系の為守男（為相甥）だが、他は二条家の嫡流以外の人々である。為兼としては二条家にくさびを打ち込む意図があったかもしれないが、やはり血縁ということを心に留めたのであろう。

この人々と違って、いわば名門の子息を一人猶子としている。忠兼である。

忠兼

忠兼は洞院流（正親町）実明男。永仁五年の生れ。嘉元三年九歳で叙爵。いつ為兼の猶子となったかは明らかでない。ただ『玉葉集』には十六歳で一首入集しているのは、既に猶子として優遇されているからであろう。忠兼の、おそらく姉（と思われる）女性が伏見院東御方として寵愛されていたので、実明一家は伏見院に近く、そういう縁故で、猶子としたのかもしれない。なお実明息には、『尊卑分脈』による限り他に僧となった慈能しかおらず、京極家の後嗣は俊言に早く決まり、忠兼は字義通りの猶子だったのではあるまいか。

小倉公雄の猶子となる

忠兼は為兼失脚後、籠居を経て入道小倉公雄（頓覚）の猶子となっている。公雄は洞院実雄男、実明は実雄の孫であるから、忠兼にとって公雄は大伯父である。なお公雄は後嵯峨院の近臣で、院の他界に殉じて出家。著名な歌人である。正中二年以後まもなく没したらしいので、忠兼が猶子となったのは元応・元亨の頃であろう。公雄には実教という継嗣がいたから、忠兼が公雄の猶子となったのは、為兼の猶子であった経歴を薄める（消去する）ためだったのではなかろうか。元弘元年十月五日任参議。『花園院記』に「年来為兼卿猶子也。実者実明卿息也。而るに為兼卿左遷之後、公雄中納言入道猶子と為る。仍て中将を申すと雖も、今夕は之に任ぜられず」とある（公雄猶子となったことへの不満か）。意味深長な表現である（しかし十一月五日左中将に任ぜられた）。

公蔭と改名

のち公蔭と改名、正親町家に復し、実明のあとを継いだ。『風雅集』の寄人となり、歌壇で一定の地位を得、また権大納言にも昇った。延文五年（一三六〇）十月六十四歳で没した。

為兼女という伝承

為兼女について。『後宮名目』という写本が国会図書館ほかに所蔵されており、「装束の類」以下、後宮関係の事項について記した有識書であるが、その奥書に、

右者御櫛笥殿中将冷泉為兼娘なり作也　献二鎌倉将軍家之御台所一之書也

とある（早稲田大学図書館「連城叢書」所収本による）。「御櫛笥殿中将」という宮中の女房と思われる女性が為兼女であったという。御櫛笥殿（御匣殿）は装束を裁縫する所だから、そこに参仕する女房が『後宮名目』を著すのは一応もっともである。しかし鎌倉将軍の御台所に奉ったというのは、冷泉為相女の方が似合しいようにも思える。ただしこの書の成立時期も未詳で、中将なる女性のことも事実か伝説か仮託か全く不明で、一種の伝承とみておくべきであろう。

為兼は伏見院に誠心仕えるために、また自己の政治的・歌壇的地位を維持・発展させるために、多くの若い人々を養子・猶子として周辺を固めたのであろう。為兼には女性のかげが全くといってよいほど無く、その愛情は伏見院・花園院に向けられ、政治に、和歌に心を専らにした生涯であった。

二　中・近世における為兼

為兼および『玉葉集』の影響ないしは享受については、小原幹雄「本居宣長の藤原為兼評」(『島根大学論集 人文』一一、一九六二年)ほかの諸論(同論集一二・一五・一六等所収)、岩佐美代子『玉葉和歌集全注釈 別巻』を参照願うことにして、以下、簡略に大筋のみを記す。

『続千載集』『続後拾遺集』は為兼・為子の歌を採っていない。為兼は配流の身であり、為子は為兼の姉として、謹慎同様の身であったと思われ、撰者も歌を採らなかったであろう。あるいは入集を拒否していたのかもしれない。

『風雅集』

南北朝初頭、持明院統の政権下に成立した『風雅集』は、為兼の遺志を体した花園院の監修、光厳院の親撰により、公蔭・為基および冷泉為秀(為相男)が寄人となり貞和二年(一三四六)に竟宴が行われ、五年に完成したが、歌風は清澄幽寂境の浸透が指摘され、『玉葉集』の歌風を一層推し進めたものとされている。岩佐氏によると全歌数二千二百十一首のうち、京極派の詠九百二十六首(四十二%)。為兼五十二、為子三十九首。猶子で寄人であった公蔭歌二十四首。同じく為基二十二首という大量入集である。

京極派の壊滅

足利氏の内訌によって政局が混乱した観応の擾乱（一三五〇〜二年）によって、南朝方は過大の利を得て京に軍を入れ、光厳院以下の皇族を南方に拉致する。この外圧によって京極派は壊滅した。

二条派の隆盛

新たに足利氏によって擁立された後光厳院は、光厳院の皇子ではあったが、二条家支持に転回した。それは二条良基の『近来風体』によると、良基と青蓮院尊円親王の「申しさた」（進言）によって、「伏見院様」（京極歌風）を捨てて、為定風（二条歌風）を詠むことになったものという。良基は「いかさまにも異風は不吉の事也」といい、南北朝末期には京極歌風が異風、不吉と目せられていたのである。もっとも二条家も一色ではなく、『新後拾遺集』（一三八四年成る）の撰者二条為重は、良基が『風雅集』の歌風に合わせて詠進した「貞和百首」を「心はたらきたる歌」として評価し、『新後拾遺集』に入れたので、この「為兼卿異風」をよしとした為重の態度をいぶかしんでいる。良基は為兼風を「心はたらきたる歌」と見ているから、為定風はその反対、温和静寂な風ということで、おそらくこれが歌壇の底流で、後光厳以後、完全に主流化するのである。室町期に至って二条歌風の推進者としての堯孝も、その門の東常縁もこの歌風を支持したこと（『東野州聞書』）はいうまでもない。

正徹の評価

室町期の正徹の『正徹物語』。

折々はおもふ心もみゆらんをうたてや人のしらずがほなる

此歌玉葉集第一の歌と申すなり。まことにおもしろく侍り。

右は、『玉葉集』(三八)の雅有の歌である(第四句「つれなや人の」)。もう一ヵ所、

為兼は一生の間、つひに足をもふまぬ歌を好みよまれし也。

「足をもふまぬ歌」というのは、『歌苑連署事書』にもあり、要するに穏やかでない、突飛な歌、の意で、良基の「心はたらきたる歌」にも近いのかと思われる。後者には若干批判の色もあろうが、前者と合わせて、ひどく玉葉・為兼の風を非難しているとも思えない。正徹が共感覚という特殊な表現などから京極歌風に関心のあったことは稲田利徳『正徹の研究』(笠間書院、一九七八年)の指摘する如くである。

三条西実澄の非難

室町最末期に成立したと思われる『三条大納言殿聞書』は、冒頭に「永禄十二暦七月日」とある、三条西実澄の説を某の聞書したものである(書陵部本ほか。大谷俊太・豊田恵子「校本『三条大納言殿聞書』付 略解題」、奈良女子大学『叙説』三一号、二〇〇三年)が、中に、

為兼卿、達者にては有りしかど風躰わろかりし也。風雅集の作者歟。御風躰と号して主上の被レ遊御風躰と云て、我が風躰を人によませられし也。

玉葉集、雨中吟の風躰の集也。勿論嫌ふ也。（下略）

とあって、この頃（室町後期）には悪感情を持って為兼・両勅撰集への非難の表面化していたことが知られる。

江戸期の評価

江戸期においても大勢は為兼、玉葉・風雅の歌は異風とされた。

『尊師聞書』（飛鳥井雅章より心月亭孝賀へ。寛文・延宝頃）

歌の風体の事、為兼卿のわろくよみて、勅弟として御風体と号して、伏見院までも其心をあそばしたりしを、後光厳院へ後普広園摂政（良基）申しなをされて、二条家になりし也。

『詞林拾葉』（武者小路実陰より似雲へ。正徳・享保頃）

西行・頓阿はてがらなる人なり。金葉・詞花の風を西行よみなをし、玉葉・風雅の風を頓阿よみなをされたり。

この辺の評価がほぼ定番になっているようだ。

本居宣長の批判

国学者の本居宣長も『あしわけ小船』などでも、『玉葉集』『風雅集』について、

此の二集は伏見院御流、為兼の風にて甚だ風体あしし。凡そ此の道古今を通じてみるに此の二集ほど風雅（体カ）のあしきはなし。かりそめにも学ぶことなかれ。

と非難している。

戸田茂睡の見解

しかし近世は多様な見解があって、早い時期に戸田茂睡は『梨本集』（元禄十三年刊）で『玉葉集』『風雅集』の風体は、俊成・定家・為家時代と変わり、新しく詠み変えたもので、そこで持明院統系の方々はこの風を詠み、

（用語も）色消えて・色暮れて・色さめてなどの詞、うす霧・朝あけ、（中略）惣じて嫌ひ制する詞なく、歌道ひろくよみたるを、二条家の人、為兼の風になりたらばわが家すたり用うる人あるまじきと思ひて（定家の名をかりて偽書を作ったのだ）

と述べ、為兼の歌風は父祖三代の風を一新したもの、と評価している。

擁護派

次に富士谷御杖のように「玉葉風雅をいやしむるはただ古の人の口まねなり。今のよに比ぶれば猶力いりて一ふしありといふべし」（『多南弁乃異則』寛政六年〈一七九四〉成る）といい、また石原正明のように「為兼卿もまた一時の名匠にて、いといきほひある歌よみ也」（『尾張廼家苞』文政二年〈一八一九〉刊）と評した擁護派が存在する。中にも注意すべきは北川真顔で、真顔は『為兼集』の写本を得て喜び、「為兼卿家集補遺」「藤為兼卿伝」を付して板行した（文政元年。岸本由豆流「しりがき」を付す）。真顔は「藤為兼卿伝」で、

（為家流は三つに分かれて）中にも持明院の御方には為兼卿のまめなる風体を好ませ給ひ

……此卿は当時の浮花なる体をこのまれず、万葉のいにしへにもとづき、歌は実正によむべき物ぞと人にも教へ導き給ひしかば、詞をもかざらず姿をもつくろはず、ただありによみ給ひしも多かりつらん。それとてもそらごとをかまへ詞をかざりていつもおなじさまなることをつづけよみたる其比の歌にはまさりぬべし。（下略）

と述べている。茂睡の影響も大きいが、注意すべき為兼論である。なお『為兼集』は現在では為兼の名を冠した撰集であることが知られているが、為兼発掘の一つのゆかりとなった点で注意される。

三 近代における為兼

京極派の再評価

近代に入って、初めて「京極派」の名称を用いたのは藤岡作太郎ではないか、と岩佐氏は指摘する。すなわち藤岡は、東大において鎌倉室町時代の文学を講じた中で（一九〇六年九月から三年半）、その清新さを指摘して的確な論評を行った（その講義は『鎌倉室町時代文学史』所収）。次いで一九〇七年福井久蔵（きゅうぞう）により宮内省図書寮から『為兼卿和歌抄』『歌苑連署事書』が発見され、一九一六年珍書同好会より刊行され、その著『大日本歌学史』

に為兼および京極派和歌の新しさについて簡潔的確な記述を行う。そして一九二六年十二月には土岐善麿『作者別万葉以後』が出される。二十三人の作者の歌を掲げ、略伝を添えたものであるが、為兼・伏見院・永福門院が採択されている。この書の末尾に折口信夫が「短歌本質成立の時代　万葉集以後の歌風の見わたし」という論文を草している(『折口信夫全集　第一巻』所収)。

彼（為兼）は、民間の隠者歌の影響を受けたと共に、万葉集の時代的の理会としては、最、よい程度に達してゐた様である。其上、新古今の早く忘れて過ぎた、真のはなやかで、正確な写生態度を会得してゐた。

近代人の共感

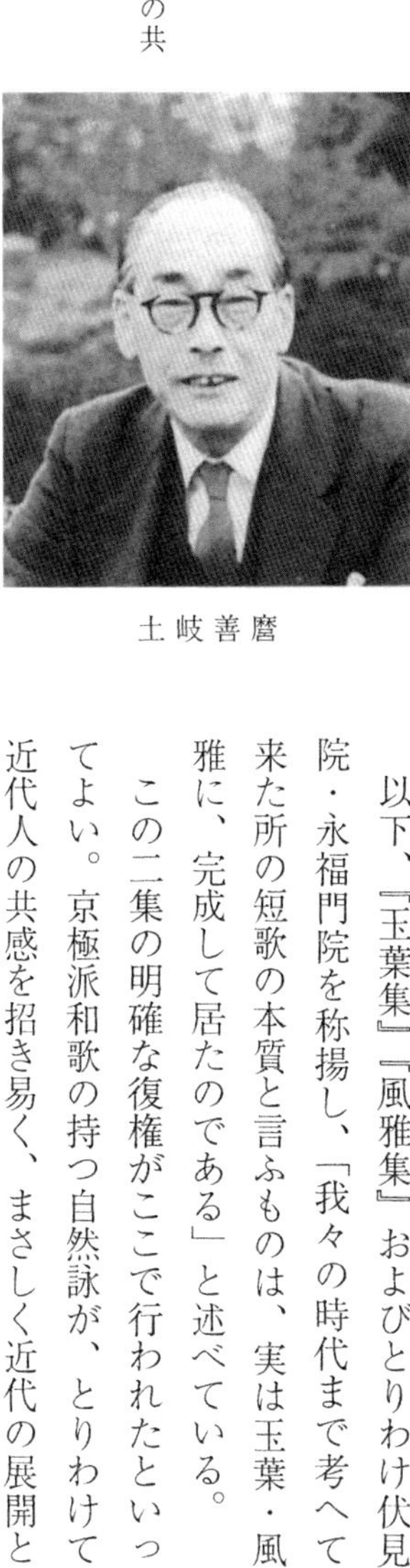
土岐善麿

以下、『玉葉集』『風雅集』およびとりわけ伏見院・永福門院を称揚し、「我々の時代まで考へて来た所の短歌の本質と言ふものは、実は玉葉・風雅に、完成して居たのである」と述べている。

この二集の明確な復権がここで行われたといってよい。京極派和歌の持つ自然詠が、とりわけて近代人の共感を招き易く、まさしく近代の展開と共に復権が進行したのである。

京極派和歌研究の隆盛

昭和期に入って、久松潜一「永福門院」（『国語と国文学』昭和四年十月号）が出て、こののち次第に京極派和歌研究は盛んになり、特に風巻景次郎・次田香澄・佐佐木治綱の業績が注意される。

第二次大戦後における為兼を含む京極派和歌の研究は、谷宏氏の新しい見方をはじめ、戦前より研究を重ねてきた土岐・次田氏、また小原幹雄・濱口博章・福田秀一・岩佐美代子諸氏による、それぞれの方法によって、広く活発な研究成果が生み出された。井上もその驥尾に付して、為兼、また二条派ほかを含む歌壇的な調査を行ってきたが、近時はさらに多くの若い世代の人々が研究を推し進めてきている。それを辿るのは本旨ではないので、岩佐氏の著書、後掲の参考文献を参照されたい。

四　為兼の和歌

全歌集

為兼の和歌の特徴などについては既に述べた。全歌集が岩佐著書に付載されている。主な出典は、『新後撰集』以下の勅撰集、『夫木抄』ほかの私撰集、弘安八年歌合以下の歌合、正応二年三月歌会以下の歌会歌、弘安九年立春百首以下の定数歌・詠草類、『十六夜日記』ほかに散在する歌、合わせて八百二十七首を収め、初句索引を付した懇切な全歌集である。

歌論には『為兼卿和歌抄』がある。ほかに若干の書状を残している（本書第二・五など参照）。歌合の判詞では、為兼と考えられるものもあるが、明確なものはほとんどない。

京極派の和歌については、上記折口の指摘があるように、伏見院と永福門院とが優れていることは首肯しうるが、歌論を早い段階で確立し、新しい和歌の方向を指示したのはやはり為兼というべきであろう。

新たな方向性

二条派の攻撃

為兼の新しい風体や表現による和歌が公表され、衆目にとらえられると、烈しい批判が巻き起こった。とりわけ伝統を守る立場からは、歌病を避けず、禁忌を憚らず、言葉を嫌わず、姿を飾らず、世俗の言葉で眼前の風情を詠ずるのみ（為世、延慶の訴状）の、このような和歌は天意に背く邪義であって、それ故に為兼は罪をえたのだ、と排撃した（既述。『花園院記』元亨四年七月二十六日、元弘二年三月二十四日）。すなわち和歌は政治と結合されるべきものとも見られていた。中世において長く正統とされていた和歌（極信体あるいは正風体と呼ばれる、穏和でまじめな風体）からみれば、新奇な風は邪道異端であるとされたのであった。「心のままに言葉のにほひゆく」を根本とした為兼の理念とは相合わぬ考えであることが知られる。

評価の転換

近代において、京極派和歌が復権されると共に、逆に二条派歌風が伝統美になずみすぎ、古風平淡（へいたん）であるとして軽視されてきた。文芸の価値評価が相対的なものであることを示す一典型といえるであろう。ともあれ和歌史の展開の中で、為兼が方向を示して成立した京極派和歌が、従来にない新しい境地を切り拓いた面のあることは確かである。

京極派歌壇の閉鎖性

なお京極派歌壇といわれるものは、院・後宮（こうきゅう）・女房・側近の近臣という、持明院統内部の小集団による閉鎖的なものであった。こういうエリート的小集団なればこそユニークな歌風を生み出し得たのだが、それは同時に当代歌壇における少数派という脆さを抱え込まざるを得なかったのである。

五　政界人としての為兼

政治家像

為兼は政治家（政界の人）としてどういう仕事をし、評価されるのであろうか。

為兼は参議・権中納言を経て正二位権大納言に昇ったから国政を議する立場にはあっ

た。しかし当代の制度からすると、伏見院の親政・院政時代を通じて、為兼は正規の伝奏・評定衆・文殿衆などの職にあったことはなく、雑訴を中心とした政務・訴訟等を行う評定などに関わる立場にはなかった。もっとも伏見院の親政期など、持明院統系の人材の揃わぬ頃は、伝奏の代役などもしているが、伏見院が治天の君として政権を執る間、その近臣としての立場で、「政道の口入」、すなわち政事・人事に介入して、人々から烈しく非難されたのであった。

和歌師範の職掌

為兼が官途に就き君側に侍するのは、たてまえとして和歌の師範としてであった。もちろん和歌は単なる風流ではなく、当時は政治の一環であり、その最大の任は勅撰集を撰ぶことであり、また大和歌（日本の詩）の晴の会（歌会・歌合など）の運営をとりしきることであり、天皇をはじめ廷臣、後宮の人々の詠作を拝見（事前指導）することであった。そういうたてまえであるのに、君寵によって大きく逸脱した営みをなすことが人々の目に余ったのである。

為兼の意図

為兼が志したのは、伏見院とその子孫、持明院統の政権の永続であった（正和期には肌のあわぬ後伏見院よりも若き花園院に望みを嘱した）。それは伏見・花園院のいう通り、忠君の念に発するものであったのは確かである。『花園院記』元弘二年三月二十四日に、

> 抑為兼卿は和歌・蹴鞠の両道に達し、家芸の□に叶い、奉公多年昵近の間、愛君の志尤も甚し。茲に因りて太だ寵有り。而るに其の性は猜忌多く、己に附かざる人を以て偏に不忠となす。権豪の家に於て憚らず、偏に愛君を以て至忠となし、民を御むるの大体に暗し。是を以て罪を得。

とある。家芸（歌・鞠）によって伏見院に長く仕え、忠節の念は強烈で、君寵も甚しかったが、「猜忌」（人の才能を疑い妬み、嫌うこと）の念が強く、権門をも遠慮せず、愛君を以て至忠とし、民を治める（政務の）大筋には暗かった、というのである。為兼にとっては自分の仕える持明院統政権の延命・伸張をのみ視野に入れて、広く民を治める政治的見識・手法を持たなかった、というのである。

その出自（家柄）にも依るが、京都政界では君寵以外に政治的基盤の弱い身であってみれば、人事などによって味方を作り、身辺の人々をのみ信じたことなど、猜疑狭量の人とも見られ、政権延命のためには幕府とも妥協し、権謀、裏面工作などを行って、人々から恨み・譏りを買うことが多かったと思われる。忠君の情熱による自己主張の強さが他への顧慮を欠き、かえって持明院統を窮地に追い込む失敗も招いた（正安・文保の政変も、その失脚と関係があったとみられている）。この辺、政界人としての限界があったと見る

人物像

ことが出来よう。

補足として、その人物像を具体的に示した史料を、繰り返しにはなるが掲げておこう。

正和四年長講堂の鞠の会で、花園天皇・後伏見上皇・左大臣道平の蹴鞠を、「聞きもおよばず、目にも見ずとて、入道大納言声をはなちておめきざめき褒美申されければ」とあり、内々の会ということもあるが、六十二歳にして大声を挙げるなどの情熱というか、傍若無人といった様子が記されている（『二老革匊話』）。同年四月の西南院の鞠の会、見所の第一畳の中心に為兼一人どっかと座し、第二畳の公卿三人、為兼に向いて座したあたり、この折の「卿相雲客之進退、其の礼宛も主従の如し」（『公衡公記』）というような、傲岸ともいえそうな態度を為兼はとった。同じ年の暮、六波羅に拘引された折の資朝。「あな羨し。世にあらむ思ひ出、かくこそあらまほしけれ」の嘆声も、剛気な姿を想像させる。

六　おわりに

三浦周行の評価

為兼の行動・事跡から、その性格を近代において最も早くまとめたのは三浦周行であろう。

為兼は文学家たりしと同時に政治家たりしなり、彼れは幼より西園寺実兼に仕へて寵あり、天皇龍潜の日、既に和歌を以て殊遇を受け、爾来連りに登用せらる。是を以て深く聖恩の厚きに感じて報効を図り、献替するところ多く、又第一胤仁、第二富仁両皇子の乳父たり、然るに資性偏狭にして妬忌の情に富み、往々君寵を恃んで権貴を凌ぎ、其己に与みせざるものを見ては、排して不忠となす、故に政敵の怨府となれり。

（『鎌倉時代史』五三九頁。）

この三浦説は『花園院記』を参照していると見られるが、長短両面を明確に指摘している。

戦後の評価

戦後の著書では、土岐善麿が『京極為兼』で、豪気な性格、行動力、傲岸な一面、また平凡なマンネリズムを拒否する積極的資質、歌風にあらわれた現実的な感覚と新鮮な美意識を探り出す革新性を指摘する。岩佐美代子『京極派和歌の研究』は、為兼が文学的欲求と思想信仰とを実践を通じて合致させ、知識人の深層にひそむ神秘への憧れなどを「ぬけぬけとくすぐ」る超能力者的資質の持主であり、彼が赤心をもって仕え得る伏見・花園という二代の主君を持ち、その資質を発揮しうる環境の中ですぐれた成果を挙げ、「性格のマイナス面をもプラス面をも生かしきった」めずらしい人間、と批評する。
為兼に関する以上の見解は、いずれも肯綮に中ったもので、異を挟む点は全くない。以上をふまえて思うには、為兼は、親愛する主君およびその皇統を永続させる強い志を持ち、同時に自ら築き上げた新しい和歌の理念・歌風を、志を同じくする人々に理解・支持せしめること、すなわち自ら志す政治と和歌とを一体のものとしてとらえて、その実現を目ざすことを強く願ったのではなかったろうか。波瀾に満ちた生涯におけるさまざまな営為は、その志を実現させるための環境の構築であったのではなかったか、と思われてならないのである。

和歌史の側から見ると、専門歌人がその地位をふまえて、あるいはその職掌を超えて政治に関与し、歴史の動きに参画することはきわめて希有であった。鎌倉時代の政治史・和歌史の検討に当たって、為兼は照射するに価する人物なのである。

御子左（二条・京極・冷泉）家略系図（名前に付した傍線は為兼の猶子）

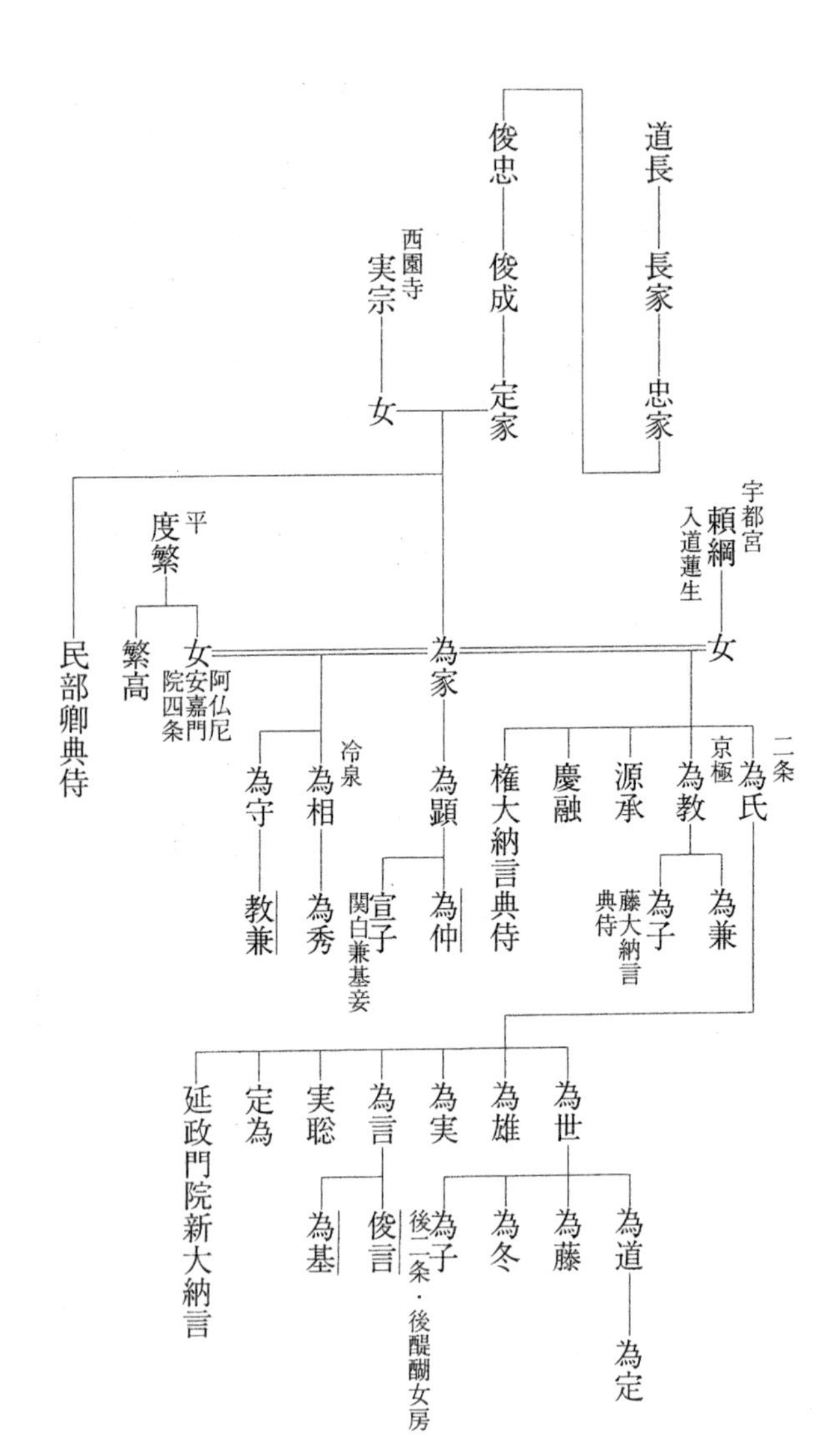

西園寺・洞院家略系図

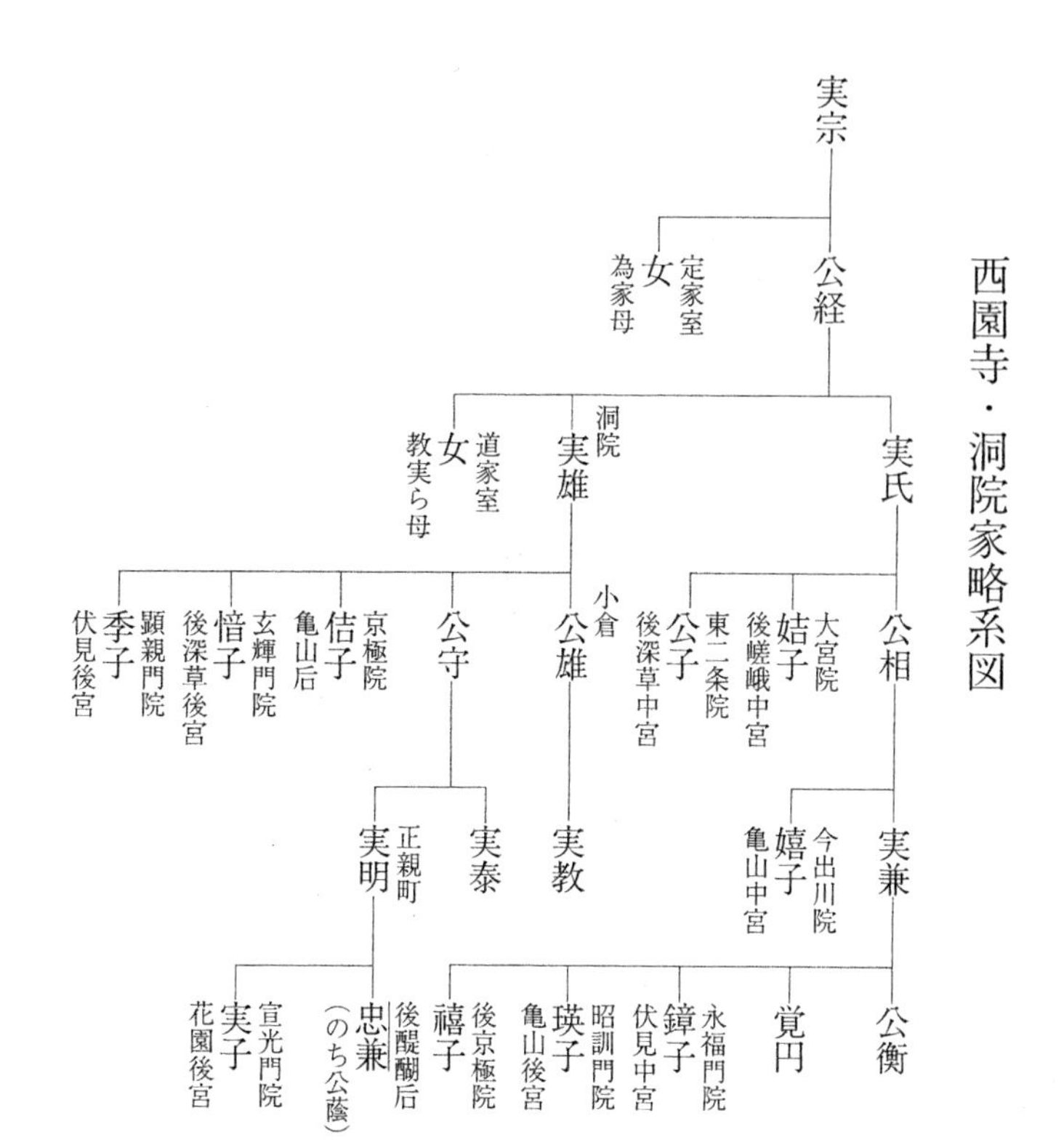

実宗
公経
女
定家室
為家母
実氏
洞院
実雄
女
道家室
教実ら母
公相
大宮院
姞子
後嵯峨中宮
東二条院
公子
後深草中宮
小倉
公雄
公守
京極院
佶子
亀山后
玄輝門院
愔子
後深草後宮
顕親門院
季子
伏見後宮
実兼
今出川院
嬉子
亀山中宮
実教
実泰
正親町
実明
公衡
覚円
永福門院
鏱子
伏見中宮
昭訓門院
瑛子
亀山後宮
後京極院
禧子
後醍醐后
忠兼
(のち公蔭)
宣光門院
実子
花園後宮

皇室略系図（右頭の数字は代数を示す）

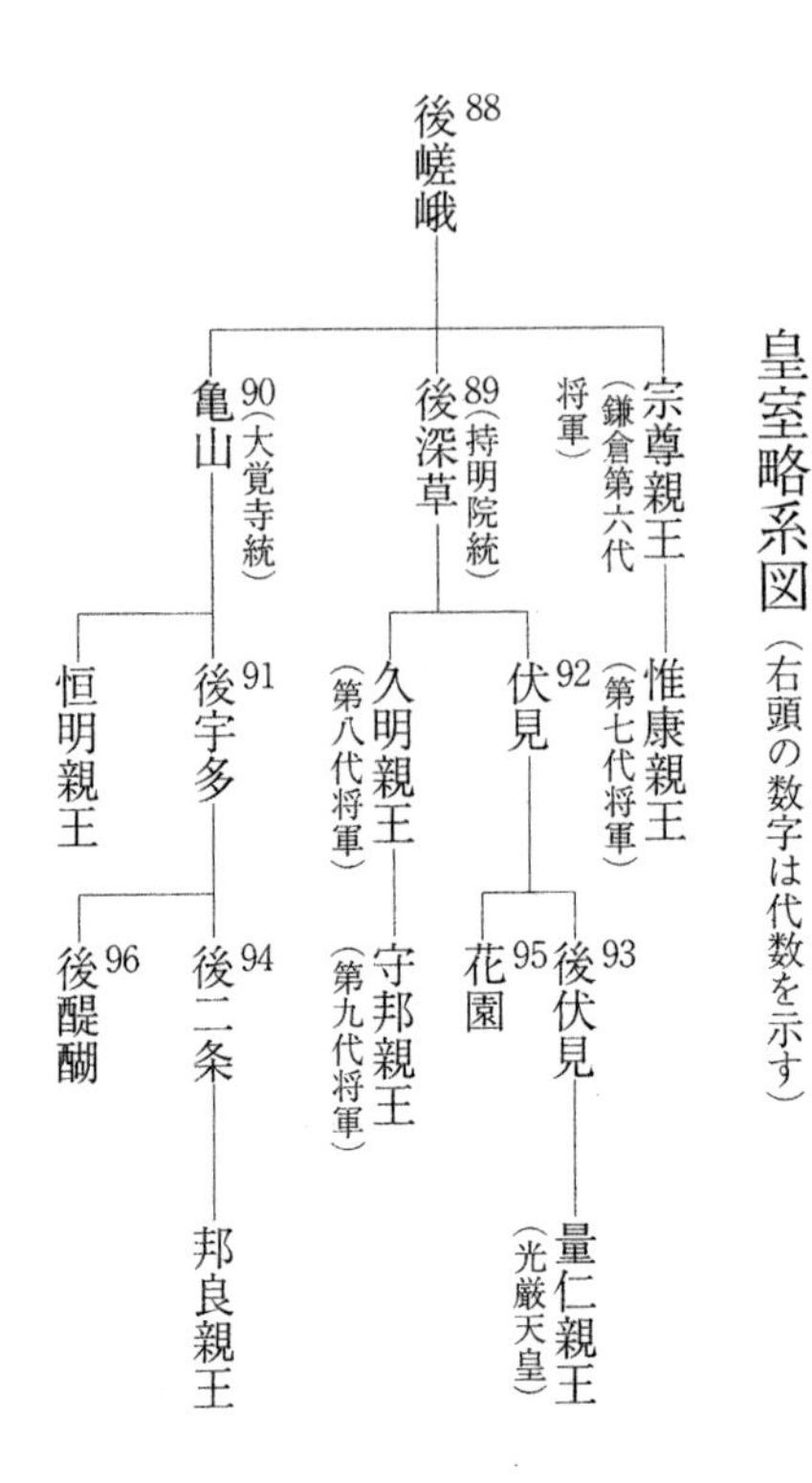

略年譜

年次	西暦	年齢	事蹟	参考事項
建長六	一二五四	一	この年、誕生。父為教（二八歳）、母三善雅衡女、姉為子（推定六歳）、祖父為家（五七歳）	七月二九日、准后貞子侍所始。為教職事となる
康元元	一二五六	三	正月七日、叙爵	
正嘉二	一二五八	五	二月二七日、叙従五位上	一一月一日、為教蔵人頭
正元元	一二五九	六	五月二一日、侍従となる	三月六日、為教、従三位右兵衛督となる○一一月一二日、宇都宮頼綱（蓮生）没
文応元	一二六〇	七		秋以後、為家、阿仏尼（安嘉門院四条）と嵯峨中院亭に同居
弘長元	一二六一	八		この頃、為子、大宮院に出仕か
二	一二六二	九		正月、為教叙正二位
三	一二六三	一〇	この頃から西園寺実兼に仕えるか	三月、住吉・玉津嶋歌合（為教・阿仏尼加わる）○この年、為相出生
文永元	一二六四	一一		当年以後、為世、和歌を為家に習う
二	一二六五	一二		七月七日、為教、「白河殿七百首」に出詠○一二月二六日、『続古今

年	西暦	年齢	事項	一般事項
三	一二六六	一三		集』成る（為子・為教ともに入集）○この年、為守出生 三月一二日、『続古今集竟宴和歌』（為教・為子加わる）○七月四日、宗尊親王、京へ送還され、二一日、惟康王将軍となる
四	一二六七	一四	正月五日、叙正五位下	三月以前、為家、妻蓮生女（為兼祖母）と離別
五	一二六五	一五	一二月三日、任右少将	正月、為教叙従二位
六	一二六六	一六		六月七日、西園寺実氏没（七六歳）。実兼、関東申次を継ぐ○九月、飛鳥井雅有、為家に『源氏物語』を習う（『嵯峨のかよひ』成る）○一一月一八日、為家、越部下庄を為相に譲る
七	一二七〇	一七	正月六日、叙従四位下。秋、嵯峨中院邸に連々同宿して為家より和歌のことを伝受	
八	一二七一	一八		一〇月、『風葉集』成る（為子撰集に関与か）
九	一二七二	一九	秋、為家の嵯峨中院邸に同宿して三代集を伝受。後高倉院本『古今集』仮名序に「あさか山」の歌あることを指摘	二月一七日、後嵯峨院没（五三歳）、亀山親政開始○八月二四日、為家、相伝の和歌文書等を為相に譲る

一〇	一二七三	二〇		七月二四日、為家、細川庄・定家の日記等を阿仏尼（為相）に与え、冬以後、持明院（阿仏尼宅か）に還る
一一	一二七四	二一	この冬か、為家病床にて歌会。為家、為兼に歌を代筆させる	正月二六日、後宇多天皇践祚、亀山院政開始〇一〇月、文永の役〇この前、為世、為家に三代集の説を伝受
建治元	一二七五	二二	正月六日、叙従四位上〇一〇月八日、任左少将	五月一日、為家没（七八歳）〇一一月五日、熙仁親王立太子
二	一二七六	二三	八月一九日、亀山院歌会に参〇九月一三日、内裏五首歌会（為兼和歌の初見）	六月九日、真観（葉室光俊）没
弘安元	一二七八	二五	正月六日、叙正四位下〇二月八日、兼土佐介〇四月一二日、任左中将〇秋ごろ、弘安百首を詠進〇一一月二二日、定家筆『僻案抄』を写〇一二月二七日、『続拾遺集』成り（為氏撰）、為兼ら入集〇この年、性助法親王五十首の作者に加わる	某月、為教、勅撰集に関して兄為氏に嘆願することあり
二	一二七九	二六	正月一八日、為教、為兼・為子歌の増加を望む申状（為兼執筆）を亀山院に奉る〇五月二四日、為教没し（五三歳）、服喪〇冬、鎌倉滞在中の阿仏尼と文・歌を取り交す	一〇月一六日、阿仏尼、鎌倉に下向（次いで『十六夜日記』成る）
三	一二八〇	二七	七月六日、春宮御所に参（服喪明けか）〇八月	五月、桑門良季、為兼所持の『古今

			一五日、春宮続歌百首、内裏月五首会に詠進	集』を写○この年、雅有、『春の深山路』を草す
四	一二八一	二八		六月～閏七月、弘安の役
六	一二八三	三〇	四月、籠居久しく、春宮、様子を問いに為兼の許へ中院具顕を遣す○八月一五日、内裏歌会に参	四月八日、阿仏尼没
七	一二八四	三一	九月九日、亀山院仙洞歌会に詠	四月四日、北条時宗没し、七月七日、貞時執権となる○この年ごろ、俊言生れるか
八	一二八五	三二	二月三〇日～三月二日、准后貞子九十賀に参仕。○四月、二十番歌合に加わる○八月一五日、亀山院に三十首を奉り、連歌会にも参○一〇月一八日、亀山院住吉御幸、歌会に加わる○この頃か、従兄の興福寺実聡より唯識論を学ぶ	一一月、安達泰盛、一族とともに自害（霜月騒動）
九	一二八六	三三	閏一二月、詠百首和歌、立春百首を詠○この年ごろ、『為兼卿和歌抄』を著す	九月一四日、為氏没（六五歳）
一〇	一二八七	三四	春、詠三十首○一二月二五日、北山邸方違行幸、内々歌会に参	一〇月一二日、東使、譲位のことを申入○一一月九日、源具顕没
正応元	一二八八	三五	七月一一日、補蔵人頭	正月二〇日、関東、後深草院に申入
二	一二八九	三六	正月一三日、任参議○一七日、内裏歌会始に出詠○一九日以後、内裏鞠の会に参○二月五日、	一〇月九日、将軍惟康辞し、久明親王将軍となる○一〇月一八日、実兼

			大原野祭（上卿代）○三月二四日、鳥羽殿朝観行幸に歌会、出詠○四月二九日、叙従三位○一〇月一〇日以前、在京時の久明親王に古今集を伝授	任内大臣○一一月七日、細川庄地頭職の係争に為相勝訴。為世越訴するか
三	一二九〇	三七	正月一〇日、内裏鞠の会に参○一三日、兼讃岐権守○二〇日、内裏和歌会に参（下読師）○二月五日、後深草院常盤井殿鞠の会に参○六月八日、兼右兵衛督○一三日、内裏歌会、作者となる○一一月二七日、兼左衛門督○一二月八日、叙正三位○この年、内裏月十五首詠	二月一一日、後深草院出家、伏見親政開始○三月一〇日、浅原為頼父子ら三人禁中に侵入、自害○前年からこの年の間、為子典侍となる
四	一二九一	三八	正月九日、内裏御会始講師、鞠の会にも参○五月、天皇の命により関東へ下向○七月二九日、任権中納言	一二月二五日、実兼任太政大臣
五	一二九二	三九	正月一日、三本の松樹を呑み込む夢を見る○正月～四月、山門・南都の訴訟事件を折衝○この春か、宇都宮蓮愉と和歌贈答○六月一四日、聴帯剣○七月二八日、叙従二位○一一月三日、平野臨時祭（宣命上卿。忘却し遅参）○この年、北条貞時勧進三島社十首、内裏当座会に詠	二月、親玄、権僧正に昇任（為兼、僧官人事に関与か）○八月一〇日、厳島社頭和歌
永仁元	一二九三	四〇	七月、伊勢公卿勅使を勤める○八月一五日、石清水放生会（宣命上卿）。内裏御会、題者。後宇	四月二二日、貞時、平頼綱・資宗父子を誅す（平禅門の乱）

			多院仙洞歌会にも出詠○八月二六日、賀茂社宝前にて夢想○八月二七日、天皇、為世・為兼らを召し勅撰集のことを決定（永仁勅撰の議）○歳暮の頃、関東に下向し、宇都宮蓮愉と和歌贈答	
二	一二九四	四一	正月六日、叙正二位○三月五日、長井貞秀の初参内を扶持、その父宗秀と和歌贈答○三月二〇日、和歌御会始に参○四月二〇日、禁裏の鞠に参○五月二七日、勅撰集撰者を望む為相を援護する書状を記す○五月二八日、内裏歌会、題者○八月四日、『伊達本古今和歌集』に奥書を草す○この年ごろ、伝伏見院宸筆判詞歌合、作者となる	三月二七日、藤原為雄、任蔵人頭（為兼の推挙）
三	一二九五	四二	一二月一二日、南都騒乱に関する武家の申状を天皇に取り次ぐ○この頃（永仁四年以前）、天皇、六帖題和歌を為兼らに詠ぜしめる	九月、某『野守鏡』を著して為兼を難ず○この頃、奈良の大乗院と一条院との抗争烈し（南都騒乱）
四	一二九六	四三	春（三月か）、高階宗成と歌を贈答○五月一五日、権中納言を辞す（失脚）、籠居	六月、慶融、「俊成卿百番歌合」を撰ぶ
五	一二九七	四四	八月一五日、歌合、衆議判（為兼密々判か）○一一月一三日、高階宗成、籠居中の為兼と和歌を贈答○この年か前年か、「伝後伏見院筆歌集断	この年、忠兼出生○この頃（永仁二～五年初頃）、『源承和歌口伝』成る

六	一二九八	四五	篇」（天皇以下、為兼ら） 正月七日、六波羅に召取られる（「政道口入」による籠居後、重ねて「陰謀」との讒口あり）○三月一六日、佐渡に配流。途次、越後寺泊にて遊女初若より歌を贈られる○秋、配所（現佐渡市佐和田町か）にて『鹿百首』を詠○一二月一二日、世尊寺定成没、それを聞き詠歌	七月二二日、伏見天皇譲位、後伏見天皇践祚（伏見院政開始）○八月一〇日、邦治親王立太子○八月二一日、中宮の院号決定（永福門院）○九条隆博没
正安二	一三〇〇	四七	この年か翌年秋、「三十番歌合」（作者は伏見院以下。判者は為兼とも）	この年か前年秋、「十八番歌合」（作者は伏見院以下。為子も）
三	一三〇一	四八	配流中も在地の歌会に臨む。また、永仁六年五月〜嘉元元年四月の間に、「あらたまの」以下三十一首、「ゆふだすき」歌十二首、「なきあとを」以下六首を詠む	正月一一日、飛鳥井雅有没（六一歳）○二一日、後伏見天皇譲位、後二条天皇践祚（後宇多院政開始）○八月二四日、富仁親王立太子○一一月二三日、後宇多院、二条為世に勅撰集撰集の命を下す
嘉元元	一三〇三	五〇	閏四月、帰京、直ちに「為兼卿家歌合」行われるか○閏四月二九日、「仙洞五十番歌合」、判詞執筆○五月一日、『為兼卿記』始まる（一二月二八日まで）○四日、三十番歌合に加わる○八月一五日、伏見院御所にて月百首による続歌の会○二八日、伏見・後伏見院に古今序を授ける○	四月ごろ、後二条天皇内裏百首○四月一一日、定為「定為法印申文」を奉る○五月二九日、為相、為兼の勧めにより百首歌を詠進して東国へ下向○七月二〇日、「後二条院歌合」○一〇月、将軍久明親王千首○冬ま

			九月二四日、伏見院・永福門院ほかと月五首歌を詠進〇一〇月四日、歌合。伏見・後伏見院・永福門院以下、為兼ら〇六日、春日社奉納の『鹿百首』を伏見院に叡覧〇一二月一八日、後宇多院の万里小路殿に参り、明日奏覧の勅撰集を批判〇一九日（一八日とも）、『新後撰集』奏覧（為兼・為子ともに入集）〇二〇日、実兼を訪い、撰集のことを聞く	でには嘉元百首詠進される〇この年より翌年にかけて、伏見院三十首ほぼ詠進される〇この頃から翌年、為相『拾遺風体集』を撰ぶ
二	一三〇四	五一	七月一六日、後深草院没し（六二歳）、一八日以後、九月四日（中陰）までの仏事に参	六月、西園寺実兼、関東申次を公衡に譲る
三	一三〇五	五二	九月一五日、亀山院没、こののち哀傷歌を伏見院詠。為兼、為子と贈答歌〇この前後（嘉元元年末〜徳治ごろ）、「金玉歌合」（伏見院・為兼）	正月四日、永福門院歌合〇三月、十八番歌合（伏見院以下）〇九月一七日、為雄出家（覚心）し、その猶子俊言、為兼の猶子となるか
徳治元	一三〇六	五三	この年または翌年、「二十番歌合」。作者は伏見院以下、為兼ら	
二	一三〇七	五四	一二月三日、春日社参籠	二月一〇日、平経親東下
延慶元	一三〇八	五五	一一月一六日、花園天皇即位に参仕。為子褰帳典侍、為兼扶持する（為子叙従三位）	八月四日、将軍久明親王帰洛し、一〇日、守邦親王将軍となる〇二五日、後二条天皇没（二四歳）、二六日、花園天皇践祚（伏見院政開始）〇九

二	一三〇九	五六	年末ごろ、為兼が勅撰集撰集を進めていると風聞	月一九日、尊治親王立太子
三	一三一〇	五七	正月二一日、為世の使者二条為藤、撰集のことを問う。為兼、奏覧の意とともに所存があれば幕府に申し入れてはと語る○二四日、為世第一次訴状○二月三日、為兼第一次陳状○二月半ば～三月二六日以前、為世第二次訴状、次いで為兼第二次陳状○五月二七日、為世第三次訴状○七月一三日、為兼第三次陳状○こののち、関東に下り他阿と交流○一二月二八日、任権大納言	二月三日、九条隆教、撰者に加えられたい旨の申状提出○六日、為相、長井宗秀に東下の意向を示す○前年またはこの年、秋に「歌合」(伝後伏見院筆、残欠)、冬に「十五番歌合」○この年、為相『柳風抄』を、為相門勝間田長清『夫木和歌抄』を撰ぶ(ともに為兼入集)
応長元	一三一一	五八	三月二二日、石清水臨時祭のあと内々続歌会に出○五月三日、伏見院、為兼に勅撰集撰進を下命○五月二六日、為世、撰者のことにつき西園寺公衡に愁訴○一一月二一日、権大納言を辞す	この年の早い時期、伏見院「伏見上皇事書」を記す○閏六月九日、俊言任蔵人頭○八月二〇日、西園寺公衡出家○十月二六日、北条貞時没
正和元	一三一二	五九	正月八～一〇日、内裏内々歌合、判者○二月一九日、内裏内々歌会、為兼ら○三月二八日、『玉葉和歌集』奏覧○八月二三日、聴本座○九月一三日、伏見院六条殿御幸、密々歌会に参○九月一五日、賢所を拝し、暫く天皇に歌のことを語る○一二月、伏見院御領処分。為兼の知行につ	二月二四日、内裏花見、内々歌会。為子ら○三月三日、俊言、内蔵頭を弟為基に譲る○三月、忠兼、勅撰集奏覧以前に為兼の猶子となるか○五月二九日、執権宗宣出家、六月二日熙時執権となる○一〇月一〇日、無

			き配慮	住没（八七歳）
二	一三一三	六〇	三月九日、関東より帰洛（年初に東下か）○五月上・中旬、忠兼・為基を伴って高野山に赴く○六月初め、病む○九月六日、伏見院、『玉葉集』一部を天皇に賜う。八日、為兼が四巻ほどを申しうけ、九日訂正返進、一一日、天皇書写終り伏見院に返遣○九月一三日、内裏内々歌会○一〇月五日、為子、『玉葉集』一巻を持参し訂正（間もなく完成か）○一〇月一一日、両院の鞠に加わる○一〇月一三日、天皇・為兼ら鞠○一三〜一六日の間か、為兼、天皇のために俊成筆『古今集』により序を読む○一〇月一七日、伏見院出家に殉じて落飾（法名蓮覚、次いで静覚）	七月九日、量仁親王出生○九月六日、俊言任参議○一〇月一四日、後伏見院政開始○一一月一四日、俊言叙従三位○一二月二〇日、俊言、参議を辞す
三	一三一四	六一	正月一五日、内裏密々歌合、為兼判○正月二七日、内々歌合、伏見院・天皇・為兼ら○三月二四日、法印権大僧都、為兼所持の定家筆『拾遺集』を写	正月二四日、為子、叙従二位○五月、後伏見院、政務を辞退しようとするが、八月に現状維持で落着○この年、「詩歌合八十番」
四	一三一五	六二	二月一一日、長講堂鞠の会。伏見・後伏見院以下、為相・為兼とその猶子ら○四月二三日、宿願のことあり一門を率い奈良へ下向○二四日、	三月一日、後伏見院、仙洞詩歌会、御遊、為相・俊言・忠兼ら○三月、二条派の花見詠「花十首寄書」○八

年号	西暦	年齢	事蹟	参考事項
			西南院にて蹴鞠、夕刻より延年の興○二五日、春日野馬場にて蹴鞠○二七日、内々蹴鞠○二八日、春日宝前にて和歌披講○一二月二八日、東使安東重綱、毘沙門堂の邸に為兼を召取り、六波羅に拘禁（忠兼は赦免、次いで郊外に籠居）	月、某『歌苑連署事書』を著し、為兼および『玉葉集』を難ず○九月二二日、鷹司冬平関白となる○九月二五日、西園寺公衡没。関東申次は父実兼に
五	一三一六	六三	正月一二日、土佐に配流○二月一五日、後伏見院、伏見院に言上し為兼を中傷して配流せしめたという風説を否定	一〇月二日、伏見院、関東に対し異心なき旨の告文を記す
文保元	一三一七	六四		五月、幕府、両皇統の和談を申し入れるが不調（文保の和談）○五月三日、伏見院没（五三歳）○この頃、為基、解官、籠居
二	一三一八	六五		二月二六日、花園天皇譲位、後醍醐天皇践祚○三月九日、邦良親王立太子
元応元	一三一九	六六		夏か、為相、文保百首を奉る○七月、二条為世『続千載集』を撰進
元亨元	一三二一	六八		冬、「外宮北御門歌合」○この頃、忠兼、公雄の猶子となる
二	一三二二	六九		三月、『拾遺現藻集』成る（為子入集、この後没か）○九月一〇日、西

年号	西暦	年齢	事項	一般事項
三	一三二三	七〇		園寺実兼没。実衡、関東申次を継ぐ　この頃、『続現葉集』成る
正中元	一三二四	七一	正月二五日、花園院、和歌の衰えを嘆く永福門院に反省の思いを述べ、為兼の立てる義が正義と確認○七月二六日、花園院、為兼の和歌は儒・釈の奥義と符合する旨を日記に記す	二月二八日、「石清水社歌合」、為世判○六月二五日、後宇多院没○七月一七日、為藤没（五〇歳）○九月、正中の変
二	一三二五	七二	この年か、二条為定、撰集のために花園院に和歌を請う。院は、永福門院の夢想に、伏見院が歌を遣すことは不可、為兼の申すのも同じ、ということで遣わさず	六月四日、為基、花園院蔵『古来風体抄』を写○一〇月、俊言没○一二月一八日、為定、『続後拾遺集』を撰進
嘉暦元	一三二六	七三	某年、道全法師、安芸の為兼を訪ね、題を探って詠歌	七月二四日、量仁親王立太子
三	一三二八	七五		七月一七日、為相没（六六歳）○一一月八日、為守没（六四歳）
元弘元	一三三一	七八	この前後、「優免」の意見により和泉国に遷る。花園院、為基に詠を持参させ、為兼、多くの歌に合点す。「優免」の儀は「讒臣」により成就せず	八月二七日、光厳天皇践祚○元弘の乱○九月二〇日、この頃、『徒然草』（兼好）成る
二	一三三二	七九	三月二二日、没。為基、花園院に伝える	三月七日、後醍醐天皇、隠岐に配流

参考文献

一　主要な刊本史料（一）

『後深草天皇御記』（増補史料大成一『歴代宸記』の内）
『後伏見天皇御記』（増補史料大成一『歴代宸記』の内）
『花園天皇宸記』一・二（増補史料大成）
『伏見天皇宸記』（増補史料大成）
『勘仲記』（増補史料大成）
『吉続記』（増補史料大成）
『平戸記』（増補史料大成）
『公衡公記』一〜四（史料纂集）
『経俊卿記』（図書寮叢刊）
『実躬卿記』一〜四（大日本古記録）
『民経記』九（大日本古記録）
『尊卑分脈』全五冊（新訂増補国史大系）

『公卿補任』第二篇（新訂増補国史大系）
『続史愚抄』前篇（新訂増補国史大系）
『史料綜覧』巻五
『鎌倉遺文』第二四〜三四巻
『勅撰作者部類』（『和歌文学大辞典』付録）
『勅撰集　付新葉集　作者索引』（名古屋和歌文学研究会編　和泉書院　一九八六年）
『私家集大成』（三・四・五）
『新編国歌大観』（第一〜七、十巻）
『入道大納言為兼卿集』（続群書類従、十六ノ上、巻四三二）
『為兼為相等書状并案』（宮内庁書陵部編、吉川弘文館刊行）
『野守鏡』（日本歌学大系　第四巻）

二　主要な刊本史料（二）――注釈および詳細な解題・校注を含む――

井上宗雄『増鏡　全訳注』中・下（講談社学術文庫）　講談社　一九八三年
岩佐美代子校注『中務内侍日記』（新日本古典文学大系『中世日記紀行集』）　岩波書店　一九九〇年
岩佐美代子校注・訳『十六夜日記』（新編日本古典文学全集『中世日記紀行集』）

岩佐美代子『玉葉和歌集全注釈』全四冊　小学館　一九九四年
小川剛生校注・解題『為兼卿和歌抄』『延慶両卿訴陳状』（『歌論歌学集成』第十巻）　笠間書院　一九九六年
小川剛生編『拾遺現藻和歌集　本文と研究』　三弥井書店　一九九九年
宮内庁書陵部編『図書寮叢刊　看聞日記紙背文書看聞日記別記』　三弥井書店　一九九六年
源承和歌口伝研究会『源承和歌口伝注解』　養徳社　一九六五年
小林強・小林大輔校注『井蛙抄』（『歌論歌学集成』第十巻）　風間書房　二〇〇四年
佐々木孝浩校注『歌苑連署事書』（『歌論歌学集成』第十巻）　三弥井書店　一九九九年
佐藤恒雄編著『藤原為家全歌集』　三弥井書店　一九九九年
外村南都子校注訳『春の深山路』（新編日本古典文学全集『中世日記紀行集』）　風間書房　二〇〇二年
長崎健・外村展子・中川博夫・小林一彦『沙弥蓮瑜集全釈』　小学館　一九九四年
濱口博章（釈文・解題）『陽明文庫蔵為兼卿和歌抄　京都大学附属図書館蔵　為兼卿記』　風間書房　一九九九年
濱口博章『飛鳥井雅有日記注釈』　和泉書院　一九七九年
福田秀一校注『十六夜日記』（新日本古典文学大系『中世日記紀行集』）　桜楓社　一九九〇年

村田正志編『和訳　花園天皇宸記』第一　続群書類従完成会　一九九八年
冷泉家時雨亭文庫『冷泉家古文書』（冷泉家時雨亭叢書。山本信吉・熱田公解題）　朝日新聞社　一九九九年
渡辺静子・芝波田好弘『嵯峨のかよひぢ』『春のみやまぢ』（中世日記紀行文学全評釈集成第三巻）　勉誠出版　二〇〇四年

三　著書・論文

浅田徹『百首歌』　臨川書店　一九九九年
石澤一志「『実兼集』の成立とその性格」『和歌文学研究』八七　二〇〇三年
石田吉貞「法眼源承論」（初出『国語と国文学』三三―八、一九五六年、『新古今世界と中世文学　下』所収）　北沢図書出版　一九七二年
井上宗雄『中世歌壇史の研究　南北朝期〔改訂新版〕』　明治書院　一九八七年
井上宗雄『鎌倉時代歌人伝の研究』　風間書房　一九九七年
井上宗雄「伝為兼資料二つ――「いわゆる為兼三十三首」と「詠源氏物語巻名和歌――」（『立教大学日本文学』五五、一九八五年。なお「付記」を加えて『鎌倉時代歌人伝の研究』所収）
今谷明『京極為兼』　ミネルヴァ書房　二〇〇三年

岩佐美代子『京極派歌人の研究』　笠間書院　一九七四年
岩佐美代子「大宮院権中納言――若き日の従二位為子――」（森本元子編『和歌文学新論』）　明治書院　一九八二年
岩佐美代子『京極派和歌の研究』　笠間書院　一九八七年
岩佐美代子『宮廷女流文学読解　中世編』　笠間書院　一九九九年
岩佐美代子『玉葉和歌集全注釈』（上・中・下・別巻）　笠間書院　一九九六年
小川剛生「六条有房について」『国語と国文学』七三―八　一九九六年
小川剛生「歌道家の人々と公家政権」（兼築信行・田渕句美子責任編修『和歌を歴史から読む』）　笠間書院　二〇〇二年
小川剛生「京極為兼と公家政権」『文学』二〇〇三年十一・十二月
川平ひとし『中世和歌論』　笠間書院　二〇〇三年
筧　雅博『蒙古襲来と徳政令』（『日本の歴史』一〇）　講談社　二〇〇一年
久保田淳『新古今歌人の研究』　東京大学出版会　一九七三年
久保田淳『中世和歌史の研究』　明治書院　一九九三年
小原幹雄「京極為兼年譜考（正）（続）（続々）」（『島根大学論集』八～一〇）　一九五八～六一年
小原幹雄「京極為兼の歌歴」（『開学十周年記念論集』）　島根大学　一九六〇年
小原幹雄「翻刻『為兼佐渡詠歌』（架蔵本）」『島大国文』二一　一九九三年

小林一彦「「正応五年北条貞時勧進三島社奉納十首和歌」を読む」
『京都産業大学日本文化研究所紀要』五 二〇〇〇年
近藤成一編『モンゴルの襲来』（『日本の時代史』九） 吉川弘文館 二〇〇三年
佐藤恒雄「藤原為家の所領譲与について」（中四国中世文学研究会編『中世文学研究——論攷と資料——』） 和泉書院 一九九五年
佐藤恒雄「詠源氏物語巻々名和歌は為家の詠作か」『中世文学研究』二二 一九九六年
佐藤恒雄「為家室頼綱女とその周辺」『中世文学研究』二四 一九九八年
佐藤恒雄『藤原定家の研究』 風間書房 二〇〇一年
佐藤恒雄「藤原為家息為顕の母藤原家信女について」『香川大学国文研究』二八 二〇〇三年
篠弘「京極派歌風を推進させたもの」『国文学研究』一二 一九五五年
篠弘「藤原為兼」『中世・近世の歌人』（和歌文学講座七） 桜楓社 一九七〇年
田渕句美子『阿仏尼とその時代』 臨川書店 二〇〇〇年
谷宏「京極派歌風の一問題」『国語と国文学』二四—八 一九四七年
谷宏「京極為兼——その「新風」について——」『文学』一六—八 一九四八年
谷宏「玉葉風雅歌風——其の基楚的な見方について——」『国語と国文学』二五—九 一九四八年
次田香澄「為兼卿集の性格と意義」『国語国文』四〇—八 一九六三年

次田香澄「玉葉集の形成」（初出『日本学士院紀要』二二―一、一九六四年。『玉葉集　風雅集攷』所収）　笠間書院　二〇〇四年
辻彦三郎「後伏見上皇院政謙退申出の波紋――西園寺実兼の一消息をめぐって――」（初出竹内理三博士還暦記念会編『律令国家と貴族社会』吉川弘文館、一九六九年。『藤原定家明月記の研究』所収）　吉川弘文館　一九七七年
土岐善麿『新修京極為兼』　角川書店　一九六八年
土岐善麿『京極為兼』（日本詩人選一五）　筑摩書房　一九七一年
橋本不美男「為兼評語等を含む和歌資料――西園寺実兼をめぐって――」（『語文』一七　日本大学、一九六四年。『王朝和歌　資料と論考』所収）　笠間書院　一九九二年
濱口博章『中世和歌の研究』　新典社　一九九〇年
濱口博章「京極為兼と京極派歌人たち」『中世の和歌』（和歌文学講座七）　勉誠社　一九九四年
樋口芳麻呂「風葉和歌集序文考」（初出『国語と国文学』四二―一・二、一九六五年。『平安・鎌倉時代散佚物語の研究』所収）　ひたく書房　一九八二年
福田秀一『中世和歌史の研究』　角川書店　一九七二年
藤平春男『藤平春男著作集』第二・三巻　笠間書院　一九九七、八年

別府節子「「伏見院三十首歌切」について」『出光美術館研究紀要』二　一九九六年
別府節子『鎌倉時代後期の古筆切資料』『出光美術館研究紀要』九　二〇〇三年
本郷和人『中世朝廷訴訟の研究』東京大学出版会　一九九五年
本郷和人「西園寺氏再考」『日本歴史』六三四　二〇〇一年
三浦周行『鎌倉時代史』早稲田大学出版部　一九〇七年
三浦周行『日本史の研究　第二輯』岩波書店　一九三〇年
三村晃功『中世私撰集研究』和泉書院　一九八五年
村田正志「京極為兼と玉葉和歌集の成立」（初出『古典の新研究』角川書店、一九五二年。『村田正志著作集』第五巻所収）思文閣出版　一九八六年
森　茂暁『鎌倉時代の朝幕関係』思文閣出版　一九九一年
安田次郎「永仁の南都闘乱」（初出『お茶の水史学』三三、一九九〇年。『中世の興福寺と大和』所収）山川出版社　二〇〇一年
龍　粛『鎌倉時代史　下』春秋社　一九五七年
冷泉為人監修『冷泉家　歌の家の人々』書肆フローラ　二〇〇四年

著者略歴

一九二六年生まれ
一九五三年早稲田大学大学院文学研究科修士課程修了
現在　立教大学名誉教授　文学博士

主要著書
中世歌壇史の研究（南北朝期・室町前期・室町後期）　平安後期歌人伝の研究　鎌倉時代歌人伝の研究

人物叢書　新装版

京極為兼

二〇〇六年（平成十八）五月十日　第一版第一刷発行

著　者　井上宗雄（いのうえむねお）
編集者　日本歴史学会
代表者　平野邦雄
発行者　林　英　男
発行所　株式会社　吉川弘文館
東京都文京区本郷七丁目二番八号
郵便番号一一三—〇〇三三
電話〇三—三八一三—九一五一〈代表〉
振替口座〇〇一〇〇—五—二四四
http://www.yoshikawa-k.co.jp/
印刷＝株式会社 平文社
製本＝ナショナル製本協同組合

『人物叢書』(新装版)刊行のことば

人物叢書は、個人が埋没された歴史書が盛行した時代に、「歴史を動かすものは人間である。個人の伝記が明らかにされないで、歴史の叙述は完全であり得ない」という信念のもとに、専門学者に執筆を依頼し、日本歴史学会が編集し、吉川弘文館が刊行した一大伝記集である。

幸いに読書界の支持を得て、百冊刊行の折には菊池寛賞を授けられる栄誉に浴した。

しかし発行以来すでに四半世紀を経過し、長期品切れ本が増加し、読書界の要望にそい得ない状態にもなったので、この際既刊本の体裁を一新して再編成し、定期的に配本できるような方策をとることにした。既刊本は一八四冊であるが、まだ未刊である重要人物の伝記についても鋭意刊行を進める方針であり、その体裁も新形式をとることとした。

こうして刊行当初の精神に思いを致し、人物叢書を蘇らせようとするのが、今回の企図である。大方のご支援を得ることができれば幸せである。

昭和六十年五月

日本歴史学会
代表者 坂本太郎

〈オンデマンド版〉
京極為兼

人物叢書　新装版

2020年（令和2）11月1日　発行

著　者　井上宗雄（いのうえむねお）
編集者　日本歴史学会
代表者　藤田　覚
発行者　吉川道郎
発行所　株式会社　吉川弘文館
〒113-0033　東京都文京区本郷7丁目2番8号
TEL　03-3813-9151〈代表〉
URL　http://www.yoshikawa-k.co.jp/
印刷・製本　大日本印刷株式会社

井上　宗雄（1926～2011）

ISBN978-4-642-75236-7